KB067317

어느 작가의 오후

ARU SAKKA NO YUKOKU－Fitzgerald Koki Sakuhinshu
selected by Haruki Murakami

어느 작가의 오후

피츠제럴드 후기 작품집

무라카미 하루키 엮음

서창렬·민경욱 옮김

INFLUENTIAL
인플루엔셜

차례

소설

에세이

일러두기

• 본문의 주는 모두 옮긴이가 독자의 이해를 돕기 위해 붙인 것입니다.

• 스콧 피츠제럴드가 쓴 소설과 에세이는 영어 원문을 번역 저본으로 삼았으며,
   작품 선정과 소개 순서는 무라카미 하루키 편집을 따랐습니다.

소설

이국의 여행자

———

One Trip Abroad

이국의 여행자

1930년 10월 11일에 발행된 《새터데이 이브닝 포스트》에 실렸다. 미국을 떠나 1920년대 유럽을 자유롭고 우아하게 여행하는 유복한 젊은 부부. 핸섬한 남편과 아름다운 아내. 순수하고 행복한 그들은 이국의 땅에서 도대체 어떤 일을 겪을까? 이후 발표된 장편 《밤은 부드러워라》(1934년)의 분위기를 느낄 수 있는, 조용하면서도 교묘하기 이를 데 없는 불온함을 담은 이야기이다. 주인공의 모델은 물론 스콧과 젤다인데, 유럽의 유복한 두 친구 제럴드 머피 부부의 모습도 섞여 있다. 그 부분도 《밤은 부드러워라》와 같다.

머피 부부 역시 센강의 선상 파티를 주최한 바 있는데, 새로운 취향과 우아함으로 파리를 떠들썩하게 했다고 전해진다.

1

오후가 되자 하늘이 메뚜기 떼로 새까매졌다. 몇몇 여자들은 비명을 지르며 버스 바닥에 쭈그리고 앉아 여행용 무릎 담요를 머리에 뒤집어썼다. 메뚜기 떼는 북상하면서 이동 경로에 있는 모든 것을 먹어치웠는데, 이곳은 먹을 것이 별로 많지 않은 지역이었다. 메뚜기들은 소리 없이 일직선으로 날았다. 마치 새카만 눈송이가 흩날리는 듯했다. 하지만 버스 앞 유리창에 부딪히거나 차 안으로 날아드는 메뚜기는 한 마리도 없었고, 그래서인지 장난기가 발동한 사람들은 창밖으로 손을 내밀어 메뚜기를 잡아보려고 했다. 10분 후 메뚜기 떼의 구름이 옅어지다가 이윽고 사라지자 담요를 뒤집어쓴 여자들이 머리가 헝클어진 모습을 드러내며 괜한 짓을 했다는 듯한 표정을 지었다. 그런 다음 일제히 떠들어댔다.

모두가 떠들었다. 사하라 사막의 끝자락에서 자기들이 탄 버스를 통과하여 지나가는 메뚜기 떼를 맞닥뜨린 후에 서로 아무 얘기도 하지 않는다면 그게 더 우스운 일일 것이다. 아직 만나지도 못한 족장과 마지막 꽃을 피워보려는 부푼 기대를 안고 비스크라*로 가는 영국인 과부에게 스미르나** 출신 미국인이 말을 걸고 있었다. 샌프란시스코 증권 거래소 직원은 작가에게 수줍게 물었다. "선생님은 작가시죠?" 델라웨어 주 윌밍턴에서 온 아버지와 딸은 팀북투로 비행할 예정인 런던 말씨를 쓰는 비행사에게 말을 건넸다. 심지어 프랑스인 운전사도 고개를 돌려 크고 또렷한 목소리로 엉뚱한 설명을 했다. "저것들은 호박벌이에요." 운전사의 말에 뉴욕에서 온 간호사가 배꼽을 잡고 비명을 지르듯 날카롭게 웃어댔다.

여행자들이 서로를 함부로 대하는 어수선한 분위기 속에서도 상대를 훨씬 점잖게 대하며 얘기를 주고받는 사람들이 있었다. 리틀 마일스 씨와 그의 아내는 거의 동시에 고개를 돌려 뒷좌석에 앉아 있는 젊은 미국인 부부에게 미소 지으며 말을 건넸다.

"머리에 달라붙은 거 없죠?"

젊은 부부도 예의 바르게 빙긋 웃었다.

"없습니다. 메뚜기 떼 습격에서 탈 없이 살아남았네요."

두 사람은 이십 대로, 아직 신혼의 즐거운 분위기가 감도는 잘

---

* 사하라 사막 북쪽 언저리에 있는 작은 오아시스 도시.
** 지금의 튀르키예 이즈미르 지역.

생긴 부부였다. 남자는 약간 열정적이면서도 섬세해 보였다. 여자는 눈과 머리칼 색이 밝고 매력적이며 얼굴에 그늘이 없었는데, 그 생기발랄하고 신선한 자태가 자신감이 깃든 차분함으로 적절히 조절되었다. 마일스 부부는 젊은 부부에게 딱딱하지 않은 타고난 과묵함과 순수함이 배어 있는 것을 보고 그들이 교육을 잘 받았으며, 특히 '훌륭한' 가문이라는 것을 알아보았다. 두 사람이 다른 사람들과 거리를 두었다면, 서로의 존재만으로도 충분했기 때문이었다. 반면, 마일스 부부가 다른 승객들과 거리를 두려 한 것은 의식적인 가면이자 사회적 체면을 의식한 태도였는데, 그것은 모든 사람들에게 무시당하는 스미르나 출신 미국인이 장소를 가리지 않고 나서 누구에게나 말을 거는 것과 마찬가지로 본질적으로 공적인 행동이었다.

사실 마일스 부부는 젊은 부부를 '가능성' 있는 사람으로 판단했던 데다 자기들 둘이서만 얘기하며 여행하는 게 따분해져서 마음을 열고 말을 건 것이다.

"전에 아프리카에 와본 적 있어요? 정말 매력적인 곳이죠! 튀니스에 갈 건가요?"

마일스 부부는 파리의 특정한 환경에서 15년을 산 탓에 내면이 다소 닳고 무뎌졌지만, 그럼에도 그들에게는 무시할 수 없는 품위뿐만 아니라 나름의 매력이 있었다. 네 사람은 버스가 저녁에 작은 오아시스 마을인 보사다에 도착하기 전에 어지간히 친해졌다. 뉴욕에 공통으로 아는 친구들이 있다는 사실도 밝혀져서 그들은 트랜스아틀란틱 호텔 바에서 칵테일을 마셨고, 이따가 저녁 식사를 함께하기로 했다.

얼마 후 젊은 켈리 부부가 아래층으로 내려왔을 때, 아내인 니콜 켈리는 저녁 약속을 받아들인 것이 약간 후회되었다. 이제 그들은 여행 경로가 갈라지는 콘스탕틴까지 새로 알게 된 이 사람들을 꽤 자주 보아야 할 터였다.

8개월의 결혼 생활이 정말 행복했기에 그들과 친해진 것이 뭔가를 망쳐놓을 것 같은 기분이 들었다. 지브롤터까지 타고 온 이탈리아 여객선에서도 켈리 부부는 바에서 기를 쓰고 어울려 노는 무리들에 끼지 않았다. 대신 그들은 프랑스어를 열심히 공부했고, 넬슨은 최근 상속받은 50만 달러와 관련된 일들을 처리하고 있었다. 배의 굴뚝 그림을 한 장 그리기도 했다. 바에서 즐겁게 어울려 놀던 무리 중 한 명이 아조레스 제도 근처의 대서양에 빠져 영원히 사라졌을 때, 젊은 켈리 부부는 사람들과 거리를 두고 지낸 자신들의 태도가 정당화되었다는 생각에 기쁜 마음마저 들었다.

하지만 니콜이 저녁 식사 약속을 후회하는 이유가 하나 더 있었다. 그녀는 넬슨에게 그 이야기를 했다. "방금전 복도에서 그 부부를 지나쳐 왔어."

"누구? 마일스 부부?"

One Trip Abroad

"아니. 그 젊은 부부. 우리 나이쯤 되는, 다른 버스에 탔던 부부 있잖아. 비르라발루에서 점심을 먹은 후에 낙타 시장에서 마주쳤을 때, 무척 멋져 보인다고 우리가 이야기했던 부부 말이야."

"정말 멋져 보였지."

"매력적이었어." 그녀가 힘주어 말했다. "아내도 매력적이고 남편도 그렇고. 전에 틀림없이 어디선가 그 여자를 만났던 것 같아."

그들이 언급한 부부는 건너편 자리에 앉아 저녁 식사를 하고 있었다. 니콜은 자기도 모르게 그들에게 눈길이 쏠리는 것을 어쩌지 못했다. 이제 그들도 같이 식사하는 일행이 있었다. 그 모습을 보면서 두 달째 자기 또래의 여자와 얘기를 나누지 못한 니콜은 다시 한번 어렴풋한 아쉬움을 느꼈다. 형식적으로는 세련됐지만 실제로는 속물적인 마일스 부부는 다른 부류의 사람이었다. 마일스 부부는 놀랍도록 많은 곳을 다녔고, 신문에 반짝 나타났다가 사라지는 모든 사람들을 알고 있는 것 같았다.

그들은 하늘이 보이는 호텔 베란다에서 저녁을 먹었다. 낮은 하늘에는 세상을 지켜보는 이방의 신의 기운이 가득했다. 호텔 주변에서는 밤이 이미 여러 가지 소리로 어지럽게 흔들렸다. 세네갈의 북소리, 원주민의 피리 소리, 괴이쩍으면서도 여성스러운 낙타 울음소리, 아랍인들이 낡은 자동차 타이어로 만든 샌들을 신고 짝짝 소리 내며 지나가는 발소리, 조로아스터교 사제의 울부짖는 듯한 기도 소리……. 책에서 자주 읽었음에도 신경이 곤두설 만큼 낯선 소리들이었다.

호텔 데스크에서는 한 동료 여행객이 환율에 대해 직원과 지루한 언쟁을 벌이고 있었다. 여행자들이 남쪽으로 내려감에 따라 더욱 무심한 현지인들을 만나게 되었으며, 온당치 않은 대우를 받는 일도 잦아졌다.

식사 자리에 감도는 침묵을 맨 먼저 깨뜨린 사람은 마일스 부인이었다. 그녀는 약간 조바심이 난 기색으로 밤 분위기에 빠져 있는 일행의 의식을 테이블로 되돌려놓았다.

"옷을 잘 차려입고 나올걸 그랬죠. 옷을 잘 입으면 저녁 식사가 더 즐거우니까요. 정장을 입으면 느낌이 다르기 때문이죠. 영국 사람들은 그걸 알아요."

"여기서 정장을?" 그녀의 남편이 반대했다. "나는 오늘 우리가 지나가다가 보았던, 양 떼를 모는 그 누더기 정장 차림의 남자 같은 기분이 들 것 같은데."

"난 정장을 입지 않으면 언제나 관광객 같은 기분이 들었어."

"어, 우린 관광객 아닌가요?" 넬슨이 물었다.

"난 내가 관광객이라고 생각하지 않아요. 관광객은 일찍 일어나서 대성당을 찾아가고 경치에 대해 이야기하는 사람들이죠."

페즈*에서 알제**에 이르기까지 명소로 알려진 관광지는 다 가보고 몇 편의 영화 필름에 풍경을 담으면서 많은 것을 배웠다고 느끼고 자부심을 갖게 된 니콜과 넬슨이었지만, 그들은 자신들의 여행 경험이 마일스 부인의 흥미를 끌지는 못할 거라고 판단했다.

"어디든 똑같아요." 마일스 부인이 말을 이었다. "중요한 것은 거기에 누가 있느냐 하는 거죠. 새로운 경치도 반시간 즐기면 충분하고, 그 후엔 뜻이 맞는 사람을 만나고 싶어지죠. 그래서 유행하는 장소들이 생기고, 얼마 후 유행이 바뀌면 사람들이 또 다른 곳으로 옮겨가는 거예요. 장소 자체는 그다지 중요하지 않답니다."

"그렇지만 처음에 그 장소가 참 멋지다고 판단하는 누군가가 있는 거 아닌가요?" 넬슨이 이의를 제기했다. "처음에 가는 사람들은 그 장소가 마음에 들어서 가는 거잖아요."

"두 사람은 올봄에 어디로 갈 생각이에요?" 마일스 부인이 물었다.

"우린 산레모를 생각하고 있어요. 아니면 소렌토로 가거나. 유럽에 가는 건 처음이거든요."

"있잖아요, 난 소렌토도 산레모도 다 아는데, 당신들은 둘 중

• 모로코 북부에 있는 도시.
•• 알제리의 수도.

어디에서도 일주일을 견디지 못할 거예요. 그곳엔 《데일리메일》을 읽고, 편지를 기다리고, 지루하기 짝이 없는 이야기를 해대는 끔찍한 영국인들이 우글거리거든요. 차라리 브라이튼이나 본머스에 가서 하얀 푸들 한 마리와 양산을 구입해 부두를 걷는 게 더 나아요. 유럽엔 얼마나 오래 머물 생각이에요?"

"잘 모르겠어요. 아마 몇 년은 살게 될 것 같아요." 니콜이 어정쩡하게 대답했다. "넬슨에게 돈이 좀 들어와서 우린 변화를 원하게 되었죠. 저는 어렸을 때 아버지가 천식을 앓으신 탓에 아주 을씨년스러운 요양지에서 수년 동안 아버지와 함께 살아야 했거든요. 넬슨은 알래스카에서 모피 사업을 했는데, 그 일을 무척 싫어했답니다. 그래서 자유를 얻자마자 해외로 나온 거예요. 넬슨은 그림을 그리고 저는 성악을 공부할 예정이에요." 그녀는 흡족한 표정으로 남편을 보았다. "지금까지는 정말 좋았어요."

마일스 부인은 젊은 여자가 입고 있는 옷으로 보아 상당히 많은 돈이 생겼을 거라고 짐작했다. 더욱이 그들의 열정은 전염성이 있었다.

"비아리츠*엔 꼭 가봐야 해요." 그녀가 조언했다. "아니면 몬테카를로에 가든지."

"여기서 굉장한 쇼가 열린다는 말을 들었어요." 마일스가 샴

• 모로코 북부에 있는 도시.

페인을 주문하며 말했다. "울레드 나일족*이래요. 호텔 컨시어지가 말하길, 그 부족의 젊은 여자들은 산에서 내려와 무희가 되기 위해 여러 가지를 배운대요. 무희가 되어 충분히 돈을 모으면 다시 산으로 돌아가 결혼한다는군요. 오늘 밤 그 무희들이 공연을 한답니다."

얼마 후 울레드 나일족 무희들이 공연하는 카페로 걸어가면서 니콜은 이토록 아기자기하고 이토록 부드럽고 이토록 밝은 밤에 넬슨과 단둘이서 밤길을 산책하지 않는 것이 못내 아쉬웠다. 넬슨은 저녁을 먹으면서 답례로 샴페인을 한 병 더 주문했는데, 그들 두 사람은 그렇게 많이 마시는 것에 익숙지 않았다. 구슬픈 피리 소리가 가까워지자 그녀는 카페 안으로 들어가고 싶지 않았다. 그 대신 하얀 모스크가 밤하늘의 행성처럼 또렷이 빛나는 낮은 언덕 꼭대기까지 걸어 올라가고 싶었다. 인생은 그 어떤 쇼보다 더 좋으니까. 니콜은 넬슨에게 다가가 그의 손을 꼭 잡았다.

작은 동굴 같은 카페는 두 대의 버스에 나눠 타고 온 여행객으로 가득 찼다. 연한 갈색 피부에 납작한 코, 짙게 화장한 눈이 예쁜 고산지대 소녀들이 이미 무대 위에서 각자 독무를 추고 있었다. 그들은 미국 남부의 흑인 유모를 떠올리게 하는 무명 드레스를 입고 있었다. 드레스 속 몸이 느리게 꿈틀대더니 벨리댄스

• 알제리와 사하라 고지에 사는 유목민.

에서 춤이 절정을 이루었다. 은색 벨트가 격렬하게 위아래로 흔들리고, 진짜 금화를 엮은 목걸이와 팔찌가 목과 팔에서 찰랑거렸다. 피리 부는 사람은 익살꾼이기도 했다. 그는 소녀들을 과장되게 흉내 내며 춤을 추었다. 주술사처럼 염소 가죽을 두른 북 치는 사람은 수단 출신의 진짜 흑인이었다.

자욱한 담배 연기 속에서 소녀들이 허공에 대고 피아노 치듯 손가락을 움직이며— 겉보기에는 쉬워 보였지만 잠시 후에는 그 것이 대단히 힘들고 까다로운 동작이라는 것을 알게 되는— 한 명씩 차례로 지나갔다. 그런 다음 그들은 아주 단순하고 나른하지만 역시나 똑같이 정확한 동작으로 스텝을 밟았다. 이것들은 절정으로 치닫는 춤의 격한 관능을 향한 예비 동작일 뿐이었다.

얼마 후 중간 휴식 시간 같은 상태가 찾아들었다. 공연이 완전히 끝난 것 같지 않았는데도 상당히 많은 관객이 천천히 일어나서 자리를 뜨기 시작했다. 사람들이 수군거리는 소리가 허공을 맴돌았다.

"무슨 일이지?" 니콜이 남편에게 물었다.

"음, 내 생각엔…… 올레드 나일족 무희들이 뭐랄까…… 그러니까…… 오리엔탈 스타일로…… 장신구 외에는 거의 아무것도 걸치지 않고 춤추려는 것 같아."

"아."

"우린 남아 있자고요." 마일스 씨가 그녀에게 쾌활하게 말했다. "어쨌든 우린 이 나라의 진짜 관습과 풍속을 보러 온 거니까. 점잖은 태도는 일단 제쳐두기로 해요."

남자들은 대부분 자리에 남았고, 여자들도 몇 명 남아 있었다. 니콜이 갑자기 일어났다.

"난 밖에서 기다릴게." 그녀가 말했다.

"여기 있지 그래, 니콜. 마일스 부인도 계신데."

피리 부는 사람이 전주 부분의 악절을 멋들어지게 불고 있었다. 단상에서는 열네 살쯤 되어 보이는 연갈색 피부의 소녀 두 명이 무명 드레스를 벗고 있었다. 니콜은 잠시 머뭇거렸다. 융통성 없는 점잔 빼는 사람처럼 보이고 싶지 않은 마음과 혐오감 사이에서 갈등했다. 그때 그녀는 젊은 미국 여자가 재빨리 일어나 문을 향해 걸어가는 것을 보았다. 다른 버스에 탔던 매력적인 젊은 아내라는 것을 알아차린 니콜은 곧바로 마음을 정하고 그 뒤를 따랐다.

넬슨이 서둘러 그녀를 따라왔다. "당신이 가면 나도 갈 거야." 그는 그렇게 말했으나 미련을 버리지 못하는 게 분명했다.

"신경 쓰지 마. 난 밖에서 가이드와 함께 기다리고 있을게."

"그럼……." 북소리가 들려왔다. 그는 타협안을 내놓았다. "아주 조금만 보고 갈게. 어떤 것인지 알고 싶어서 그래."

신선한 밤공기 속에서 남편을 기다리던 그녀는 자신이 이 일—남편이 마일스 부인이 자리에 남아 있다는 사실을 핑계 삼아 즉시 자신을 따라나서지 않은 일—로 상처받았다는 것을 깨달았다. 상처받았다는 것 때문에 점점 더 화가 난 그녀는 가이드에게 호텔로 돌아가고 싶다는 신호를 보냈다.

20분 후에 밖으로 나온 넬슨은 그녀가 가버렸다는 것을 알고 불안해졌고, 화가 났다. 화가 난 데에는 그녀를 혼자 내버려두었다는 죄책감을 숨기고자 하는 심리도 작용했다. 그들 자신도 믿기지 않았지만, 다시 만난 그들은 갑자기 언쟁을 벌였다.

한참 후, 모든 소리가 사라진 보사다 마을에 정적이 내려앉고 시장의 유목 상인들도 후드 달린 외투를 입은 채 웅크린 자세로 꼼짝 않고 자고 있을 때, 그녀는 그의 어깨에 기대어 잠이 들었다. 인생은 우리의 의도와는 상관없이 앞으로 나아가는 것이지만, 뭔가가 손상되었고, 둘 사이에도 의견의 불일치가 있을 수 있다는 선례가 생겼다. 그러나 그들의 결혼은 사랑으로 맺어진 결혼이었고, 웬만한 것은 다 이겨낼 수 있었다. 그녀와 넬슨은 외로운 젊은 시절을 보냈고, 그들은 이제 생생히 살아 있는 세계의 맛과 냄새를 원했다. 지금은 서로에게서 그것을 찾고 있었다.

한 달 후, 그들은 소렌토에 있었다. 거기서 니콜은 성악 지도를 받고, 넬슨은 나폴리 만의 풍경에 뭔가 새로운 것을 그려 넣으려 노력했다. 그것은 그들이 계획을 세우고, 자주 책에서 읽던 생활 방식이었다. 그러나 그들은 다른 많은 사람들과 마찬가지로 목가적인 에피소드의 매력은 한 사람이 '명랑하고 활기찬 분위기'를 만들어주는 것에 달려 있다는 것을 발견했다. 즉 상대방에게 배경과 경험과 인내심을 제공함으로써, 상대가 거기에 기대어 어린 시절의 추억에서 길어 올린 목가적 평온함의 한때를 다시 만끽할 수 있게 하는 것이다. 니콜과 넬슨은 나이가 너무 많기도 하고 동시에 너무 젊기도 해서, 그리고 너무 미국적이어서 낯선 땅에 빠르고 매끄럽게 정착하지 못했다. 그들의 활력이 그들을 차분히 두지 않고 불안하게 만들었다. 왜냐하면 아직 그의 그림은 방향성이 없고, 그녀의 성악은 현재로서는 진지한 수준이 될 만한 전망이 보이지 않았기 때문이다. 그들은 "이룬 게 없어"라고 말했다. 저녁은 길었고, 그래서 저녁 식사 때면 카프리 와인을 많이 마시기 시작했다.

호텔 주인들은 영국인으로, 온화한 날씨와 평온함을 찾아 남쪽으로 내려온 노인들이었다. 넬슨과 니콜은 어정쩡하고 미지근하게 지나가는 하루하루에 부아가 났다. 몇 달이 지나도록 끊임없이 날씨 얘기만 하고, 같은 길을 산책하고, 저녁에는 이런저런 종류의 마카로니 요리만 먹으면서 어떻게 만족할 수 있을까? 그들은 점점 더 지루해졌고, 지루해진 미국인은 그런 기분을 숨기지 못하고 표출하는 법이다. 어느 날 밤 문제가 한꺼번에 터지고야 말았다.

그들은 저녁 식사 때 와인 한 병을 마시면서 파리로 가기로 결정했다. 파리에서 아파트를 구해 정착하여 열심히 공부하기로 했다. 파리는 대도시의 다양한 즐길 거리를 제공할 것이고, 거기서라면 또래 친구들도 사귈 수 있을 것이다. 이탈리아에 부족한 활기를 폭넓게 찾을 수 있을 것이다. 새로운 희망으로 잔뜩 부푼 그들은 저녁을 먹은 후에 살롱으로 느긋하게 걸어 들어갔다. 그때 넬슨은 아주 오래되고 아주 커다란 자동 피아노를 열 번째로 보았고, 한번 작동해보고 싶은 마음이 일었다.

건너편에 그들과 사소한 일로나마 관련을 맺은 유일한 영국인들이 앉아 있었다. 이블린 프라젤 장군과 그의 아내였다. 그 사람들과 관련된 일이란 간단하지만 불쾌한 사건이었다. 그들이 수영하러 가기 위해 실내복 차림으로 호텔을 나와 걸어가는 것을 본 프라젤 부인이 몇 미터나 떨어진 곳에서 그런 모습은 볼썽사나우니 절대 그렇게 입고 나와선 안 된다고 정색하고 충고한 것이었다.

그러나 그 일은 이 전기 피아노에서 엄청나게 큰 첫 음이 터져 나왔을 때 프라젤 부인이 보인 반응에 비하면 아무것도 아니었다. 피아노가 진동함에 따라 수년에 걸쳐 쌓인 먼지가 건반에서 피어오르자 그녀의 몸이 전기의자에라도 앉은 것처럼 움찔하면서 앞으로 쏠렸다. 갑자기 피아노에서 〈로버트 E. 리호를 기다리며〉*가 큰 소리로 연주되자 넬슨 자신도 깜짝 놀라며 미처

• 남북전쟁에 남군 장군으로 참전한 로버트 리의 이름을 딴 증기선을 소재로 하여 1912년에 만들어진 유행가.

앉지 못하고 주춤거렸는데, 그때 그녀가 살롱 건너편에서 치맛자락을 질질 끌며 뛰어와 켈리 부부에게 눈길도 주지 않고 악기의 전원을 꺼버렸다.

그 동작은 명백히 정당화될 수도 있고, 혹은 대단히 무례하게 여겨질 수도 있는 행동이었다. 잠시 넬슨은 마음을 정하지 못하고 머뭇거렸다. 그때 자신의 수영복 차림에 대한 프라젤 부인의 오만한 언사가 머리에 떠올랐고, 그래서 넬슨은 부인의 치맛자락이 여전히 바닥을 쓸고 있는 와중에 악기 앞으로 돌아가 전원을 다시 켰다.

그 일은 일종의 국제적인 사건이 되어버렸다. 살롱에 있는 모든 사람의 눈이 주인공들을 주의 깊게 지켜보며 다음에 일어날 일을 기다리고 있었다. 니콜은 급히 넬슨을 쫓아가서 그 문제는 이제 그냥 내버려두라고 다급히 말했지만, 이미 너무 늦었다. 레이디스미스 구출 작전* 이후 가장 중대한 듯싶은 상황에 직면한 이블린 프라젤 장군이 화가 잔뜩 난 영국인들의 테이블에서 관절을 하나씩 하나씩 움직이는 듯한 동작으로 일어났다.

"고얀 것! ……고얀 것!"

"뭐라고요?"

"난 15년 동안 여기서 지냈어!" 이블린 경이 혼잣말처럼 소리

---

* 1899년 제2차 보어 전쟁 때 영국군이 보어인들에게 포위당한 남아프리카 레이디스미스 마을을 구해낸 작전.

질렀다. "그렇지만 여태 누가 이런 짓을 했다는 이야기는 들은 적이 없어!"

"이 피아노는 손님들을 즐겁게 하기 위해 여기 놓여 있는 줄 알았는데요."

대답 대신 냉소적인 웃음을 띤 채 무릎을 꿇고 앉아 손잡이를 잡은 이블린 경은 그것을 잘못된 방향으로 밀었다. 그러자 악기의 속도와 볼륨이 세 배로 증가했고, 두 사람은 귀를 찢을 듯한 엄청난 굉음 속에서 멈춰 섰다. 이블린 경은 군인다운 격한 감정이 솟구쳐서 얼굴이 흙빛이 되었고, 넬슨은 웃음이 걷잡을 수 없이 터질 것 같았다.

잠시 후, 호텔 매니저의 듬직한 손이 문제를 수습했다. 악기는 끼익 소리를 내며 멈췄다. 전에 없이 큰 소리를 터뜨린 악기는 얼마간 부르르 떨었다. 커다란 침묵에 빠진 악기를 뒤로 하고 이블린 경이 매니저에게 몸을 돌렸다.

"이런 고얀 짓을 당하긴 평생 처음이오. 내 아내가 한 차례 저걸 껐는데도 이자가……" 이블린 경이 악기와 구분하여 넬슨의 존재를 인정한 것은 이것이 처음이었다. "이자가 다시 악기를 켰단 말이오!"

"여긴 호텔 손님 모두가 이용할 수 있는 공간입니다." 넬슨이 항의했다. "악기는 원하면 사용하라고 여기 있는 것 같고요."

"언쟁은 그만둬." 니콜이 속삭였다. "나이 든 분들이잖아."

그러나 넬슨은 이렇게 말했다. "사과를 받아야 한다면 내 쪽이 받아야지."

이블린 경은 위협적으로 매니저를 노려보며 그가 의무를 수행하기를 기다렸다. 매니저는 이블린 경이 15년 동안이나 여기서 지냈다는 사실을 떠올리며 움츠러들었다.

"저녁에 이 악기를 연주하는 것은 관례에 어긋납니다. 손님들은 각자 자신의 테이블에 조용히 있어야 해요."

"미국인의 무례함이란!" 이블린 경이 쏘아붙였다.

"알겠습니다." 넬슨이 말했다. "내일 우리가 이 호텔을 떠나죠."

이 사건에 대한 반응으로, 이블린 프라젤 경에 대한 일종의 항의로, 그들은 결국 파리로 가지 않고 몬테카를로로 갔다. 둘이서만 지내던 시기도 끝이 났다.

2

켈리 부부가 몬테카를로에 온 지 2년이 조금 지난 어느 날 아침, 니콜은 이름은 같지만 완전히 다른 장소로 변해버린 그곳에서 눈을 떴다.

파리나 비아리츠에서 몇 달 동안 바쁘게 지내기도 했지만, 지금은 이곳이 집이었다. 별장 주택을 소유한 그들은 봄과 여름에 이곳에 머무는 이들 중 많은 사람을 사귀었다. 물론 여행사를 통해 온 여행자나 지중해 크루즈를 타고 와서 해변에서 짧게 머무는 사람들은 포함되지 않았다. 이런 사람들은 그들에게 '관광객'일 뿐이었다.

그들은 친구들이 많고 개방적인 밤이 있고 음악이 넘쳐흐르는 한여름의 리비에라*를 사랑했다. 오늘 아침, 하녀가 강렬한 햇빛을 가리려고 커튼을 치기 전에 니콜은 창문으로 T. F. 골딩 소유의 요트를 보았다. 요트는 모나코 만의 파도에 잔잔히 흔들리고 있었는데, 실제 움직임과는 달리 늘 낭만적인 항해를 하고 있는 것처럼 보였다.

해안의 느린 템포를 익힌 그 요트는 세계 일주를 할 수도 있을 텐데도 여름 내내 칸까지만 갔다가 돌아오곤 했다. 그날 밤 켈리 부부는 요트 선상에서 저녁을 먹을 예정이었다.

니콜은 프랑스어로 유창하게 말했다. 그녀는 새 이브닝드레스가 다섯 벌 있고, 아직 충분히 입을 수 있는 이브닝드레스도 네 벌 있었다. 남편이 있고, 그녀를 사랑하는 남자도 두 명 있었다. 그중 한 명에게 비애의 감정을 느꼈다. 그녀는 얼굴도 예뻤다. 10시 30분에 니콜은 '위험하지 않은 방식으로' 막 그녀와 사랑에 빠진 세 번째 남자를 만나고 있었다. 1시에는 십여 명의

---

* 프랑스 동남부에서 이탈리아 서북부까지의 지중해 연안 지역.

매력적인 사람들과 오찬 모임을 가질 예정이었다. 그녀의 생활은 그런 식으로 흘러갔다.

"난 행복해." 그녀는 밝은 블라인드를 바라보며 생각했다. "젊고 아름다워서 이런저런 자리에 참석하니 종종 신문에 이름이 실리기도 하잖아. 난 사실 화려하고 사치스러운 것엔 별 관심이 없어. 무척 어리석은 생각일지 모르지만, 그래도 누군가를 만나고 싶다면 세련되고 재미있는 사람을 만나는 게 나아. 만약 사람들이 나를 속물이라고 부른다면, 그건 질투인 거야. 그들도 그걸 알고 있고, 모두 그걸 알고 있어."

그녀는 이런 얘기를 두 시간 후 몽타젤 골프장에서 오스카 데인에게 되풀이했고, 그는 그녀를 가볍게 질책했다.

"전혀 그렇지 않아." 오스카가 말했다. "당신은 전형적인 속물이 되어가고 있을 뿐이야. 당신이 만나서 어울리는 그 주정뱅이들을 재미있는 사람들이라고 부르는 거야? 허, 그자들은 별로 멋지지 않아. 그들은 돈이 궁해서 일거리를 찾아 사방을 두리번거리며 유럽을 훑고 내려오다가, 지중해에 이르러서야 겨우 숨을 돌리게 된 자들이라고."

화가 난 니콜이 이름 하나를 힘주어 언급했다. 그러나 그는 이렇게 대답했다. "그 사람은 삼류야. 초보자 눈에는 근사해 보이겠지만."

"콜비 부부는? 그중에서도 콜비 부인은?"

"거기도 삼류."

"드칼브 후작 부부는?"

"부인이 마약을 하지 않고, 남편에게 몇 가지 기이한 버릇이 없었더라면 좋았을 텐데."

"그렇다면 재미있는 사람들은 다 어디에 있는 거지?" 그녀가 초조해 하며 물었다.

"어딘가에서 외따로 살고 있지. 그들은 예외적인 경우를 제외하곤 떼로 모여 사냥하지 않아."

"그런 당신은 어떤 사람인데? 당신이야말로 내가 언급한 사람들 중 누가 초대하더라도 냉큼 응할 사람이잖아. 난 당신에 관해, 당신이 지어낸 것보다 몇 배는 험한 이야기를 여럿 들었어. 당신을 6개월 동안 알아온 사람치고 당신이 발행한 10달러짜리 수표를 받아줄 사람은 한 명도 없을 거라던데. 당신은 식객에, 기생충에……."

"잠깐 입 좀 다물어줘." 그가 그녀의 말을 막았다. "이 티샷을 망치고 싶지 않아……. 난 당신이 자기 자신을 속이는 걸 보고 싶지 않을 뿐이야." 그가 말을 계속했다. "당신이 국제적 사교계로 여기는 것이 이제는 카지노의 무료 라운지만큼이나 들어가기 쉬운 것이 되었어. 그리고 내가 식객 노릇이나 하며 살아가고 있다 해도, 난 여전히 받는 것의 스무 배를 상대에게 주고 있어. 나처럼 남에게 빌붙어 사는 사람들은 사회에서 무언가 자질을 가지고 있는 거의 유일한 사람들이지. 우리가 그 무리와 어울리는 것은 그것이 우리의 책무이기 때문이야."

니콜은 그가 정말 마음에 들어서, 그리고 오스카가 넬슨의 손톱 가위와 오늘 자 《뉴욕헤럴드》 조간신문을 가지고 갔다는 것을 알면 그가 얼마나 화를 낼지 궁금해서 크게 웃었다.

'어쨌든.' 얼마 후 오찬을 위해 차를 몰고 집으로 돌아가며 그녀는 생각했다. '우린 곧 이 모든 것에서 벗어나 진지해질 거야. 그리고 아기를 가져야지. 이번 여름만 지나면.'

잠시 꽃 가게에 들른 니콜은 꽃을 한 아름 안고 나오는 젊은 여자를 보았다. 그 화려하고 다채로운 빛깔 위에서 젊은 여자도 니콜을 힐끗했다. 니콜은 그녀가 매우 예쁘고 맵시 있다고 생각했고, 어딘가 낯익다는 느낌을 받았다. 언젠가 알았던 사람이지만, 그리 친밀한 사이는 아니었던 게 분명했다. 이름이 기억나지 않았기에 니콜은 고개인사를 하지 않았고, 그날 오후 늦게까지 그 일을 까맣게 잊고 지냈다.

오찬 모임에 참석한 사람은 열두 명이었다. 요트에서 온 골딩 부부 일행, 리들 마일스와 카딘 마일스 부부, 데인 씨……. 니콜이 세어보니 모두 일곱 개 국적의 사람들이 한자리에 모였다. 그 중에는 대단히 아름답고 젊은 프랑스 여자인 들로니 부인도 있었는데, 니콜은 그녀를 가벼운 마음으로 '넬슨의 여자'라고 불렀다. 노엘 들로니는 아마도 니콜의 가장 가까운 친구일 것이다.

네 명이 한 팀이 되어 골프를 치거나 여행을 갈 때면 노엘은 넬슨과 짝을 이루었다. 하지만 오늘 니콜은 누군가에게 그녀를 '넬슨의 여자'로 소개하면서, 문득 이 농담이 역겹다고 느꼈다.

니콜은 오찬 자리에서 큰 소리로 말했다. "넬슨과 나는 이제 이런 생활에서 벗어나려고 해요."

모든 사람이 자기들도 이런 생활에서 벗어날 생각이라고 동조했다.

"영국인들에겐 이런 생활이 괜찮아요." 누군가가 말했다. "왜냐하면 그들은 일종의 죽음의 춤을 추고 있으니까요. 세포이 반란군이 문턱까지 몰려와도 함락될 성채 속에서 흥겹게 지내는 사람들이죠. 춤을 출 때의 얼굴을 보면 알 수 있어요. 그 강렬한 표정을 보면 말이에요. 그들은 그걸 알고, 그걸 원해요. 어떤 미래도 보지 않아요. 하지만 당신들은 미국인이니 이런 생활이 끔찍할 거예요. 초록색 모자를 쓰고 싶든, 찌그러진 모자를 쓰고 싶든, 그 어떤 것을 쓰고 싶든 당신들은 언제나 얼마간 술에 취해야 하잖아요."

"우린 이제 이 모든 것에서 벗어날 거예요." 니콜은 단호하게 말했지만, 그녀의 내면에 있는 무언가가 유감을 표명했다. '그렇지만 너무 아쉬워…… 이 아름다운 푸른 바다, 이 행복한 시간에서 벗어나다니.' 그다음엔 뭐가 올까? 긴장이 줄어든 생활을 그저 묵묵히 받아들이게 될까? 거기에 답하는 것은 넬슨의 몫

같았다. 자신은 아무것도 이루지 못했다는 사실에 대한 넬슨의 커져가는 불만이 바람직하게 폭발해서 그들 둘 모두를 새로운 삶으로 이끌어야 했다. 좀 더 정확히 말하면, 새로운 희망을 품고 삶에 만족하는 형태로 이끌어야 했다. 그 알 수 없는 생의 비밀을 열어 보이는 것은 남자인 그가 할 일이었다.

"자, 두 분 안녕히 계세요."

"훌륭한 오찬이었어요."

"이런 생활에서 벗어날 거라는 사실을 잊지 말아요."

"다음에 봐요……."

손님들은 자기 차가 있는 곳을 향해 작은 길을 걸어 내려갔다. 오스카만 가지 않고 남았다. 그는 술기운에 약간 불콰해진 얼굴을 한 채 베란다에 니콜과 함께 서서 자신이 수집한 우표를 보여주겠다며 집으로 불러들인 여자에 대해 지루하게 이야기를 이어갔다. 사람들과 함께 있는 것에 피로감을 느낀 니콜은 혼자 있고 싶었다. 그래서 그녀는 잠시 그의 이야기에 귀를 기울이고 나서 오찬 테이블에 놓아둔 꽃이 담긴 유리병을 들고 프랑스식 유리문을 지나 어둡고 그늘진 집 안으로 들어갔다. 베란다에 서서 열심히 떠들어대는 오스카의 목소리가 그녀를 뒤따랐다.

여전히 베란다에서 들려오는 오스카의 단조로운 목소리를 들으며 첫 번째 응접실을 가로지를 때 옆방에서 다른 목소리가 들려왔다. 그 목소리는 오스카의 목소리를 예리하게 뚫고 그녀의 귀에 들어와 꽂혔다.

"아아, 다시 키스해줘." 목소리는 거기서 멈췄다. 니콜도 걸음을 멈추었다. 침묵 속에서 몸이 뻣뻣해졌다. 베란다에서 나는 오스카의 목소리만 그 침묵을 깼다.

"조심해야 해." 니콜은 노엘 들로니의 희미한 프랑스 억양을 알아챘다.

"난 조심하는 것에 지쳤어. 그들은 베란다에 있잖아."

"아니야. 평소의 장소가 더 나아."

"사랑해, 사랑해 자기야."

베란다의 오스카 데인의 목소리가 약해지더니 이윽고 그쳤다. 니콜은 마치 데인의 목소리가 그침과 동시에 마비에서 풀려난 것처럼 걸음을 뗐다. 앞으로 걸음을 내디딘 것인지 뒤로 물러난 것인지, 그녀 자신도 알지 못했다. 그녀의 발꿈치가 방바닥에 닿는 소리에 옆방의 두 사람이 후다닥 몸을 떼고 떨어지는 소리가 들렸다.

니콜은 방으로 들어갔다. 넬슨은 담배에 불을 붙이고 있었다. 등을 돌린 자세로 서 있는 노엘은 의자 위에 놓인 모자인지 핸드백인지를 찾는 것처럼 보였다. 니콜은 화가 치밀었다기보다는 걷잡을 수 없는 공포감에 사로잡혀 손에 들고 있던 유리 꽃병을 던졌다. 아니, 던졌다기보다는 손에서 꽃병을 밀쳐냈다고 하는 게 옳을 것이다. 만약 누군가에게 꽃병을 던지려 했다면 그것은 바로 넬슨이었다. 그러나 격한 감정의 힘이 그 생명 없는 물체에 스며들었는지 꽃병은 넬슨을 지나 막 고개를 돌리던 노엘 들로니의 머리와 얼굴 옆면을 정통으로 맞혔다.

"맙소사!" 넬슨이 외쳤다. 노엘은 앞에 놓인 의자에 천천히 주저앉았다. 손이 천천히 올라가서 옆얼굴을 가렸다. 꽃병은 깨지지 않은 채 두꺼운 양탄자 위를 구르며 꽃들을 여기저기 흩뿌렸다.

"조심해!" 노엘 옆에 있는 넬슨이 얼굴이 어떻게 되었는지 보려고 그녀의 손을 얼굴에서 떼려 했다.

"C'est liquide(액체잖아)." 노엘이 할딱거리는 목소리로 속삭이듯 말했다. "Est-ce que c'est le sang(이거 피야)?"

넬슨이 그녀의 손을 억지로 떼어내고 가쁜 목소리로 외쳤다. "아니야, 그냥 물이야!" 그런 다음, 문간에 나타난 오스카에게 소리쳤다. "코냑 좀 가져와!" 그러고 나서 니콜에게 소리 질렀다. "이 바보야, 당신은 미쳤어!"

니콜은 숨을 거칠게 쉴 뿐 아무 말도 하지 않았다. 브랜디가 건네졌을 때도 침묵이 계속되었고, 넬슨이 브랜디를 술잔에 따라 노엘에게 먹이는 동안에도 마치 수술 장면을 지켜보는 사람들처럼 여전히 침묵이 이어졌다. 니콜이 오스카에게 술을 한 잔 따라달라는 신호를 보냈고, 그러자 술을 마시지 않고 침묵을 깨는 게 두려운 듯 그들 모두 브랜디를 마셨다. 그런 다음 노엘과 넬슨이 동시에 입을 열었다.

"내 모자를 찾아주면……."

"이건 정말……."

"……곧장 떠날게."

"……어리석기 짝이 없는 짓이야. 난……."

그들 모두 니콜을 보았다. 니콜이 말했다. "이 사람 차를 문 앞에 대기시켜줘." 오스카가 곧바로 나갔다.

"병원에 안 가봐도 되겠어?" 넬슨이 걱정스럽게 물었다.

"집으로 돌아가고 싶어."

잠시 후 노엘의 차가 떠나자 넬슨이 방으로 돌아와 자기 잔에 브랜디를 한 잔 더 따랐다. 다소 진정된 긴장감이 파도처럼 넘실대는 상태가 그의 얼굴에 나타났다. 니콜은 그것을 보았고, 최선을 다해 이 상황을 수습하고자 하는 남편의 의지도 엿볼 수 있었다.

"왜 그런 행동을 했는지 알고 싶어." 그가 말했다. "오스카, 가지 말고 여기 있어줘." 넬슨은 이 이야기가 사방으로 퍼져 나가리라는 것을 알았다.

"도대체 무슨 이유로……."

"입 다물고 가만 있어!" 니콜이 쏘아붙였다.

"내가 노엘과 키스했다고 해도 큰일이 난 것처럼 소동을 벌일 필요가 전혀 없어. 아무 의미 없는 행위일 뿐이야."

니콜이 경멸스럽게 말했다. "당신이 노엘에게 하는 말을 들었어."

"당신, 미쳤군."

넬슨은 니콜이 정말 미쳤다는 투로 말했고, 그래서 그녀는 화가 치밀었다.

"거짓말쟁이! 그동안 내내 바르고 공정한 사람인 척하며 내가 하는 일에 대해서는 그토록 까탈스럽게 굴더니, 내 뒤에서는 틈만 나면 저 변변치 않은 것이랑 놀아나고……."

그녀는 거친 말을 사용했고, 자기 입에서 나온 말에 새삼스럽게 부아가 치민 듯 넬슨이 앉아 있는 의자를 향해 달려들었다. 넬슨은 갑작스러운 공격에 방어하려고 재빨리 팔을 들었고, 그러는 바람에 펼쳐진 손등의 관절 부위로 니콜의 눈가를 치고 말았다. 그녀는 10분 전에 노엘이 그랬던 것처럼 손으로 얼굴을 가린 채 흐느끼며 바닥으로 쓰러졌다.

"할 만큼 했으니 이제 그만하는 게 어때?" 오스카가 소리쳤다.

"맞아." 넬슨이 호응했다. "그만하는 게 좋겠어."

"자네는 베란다로 나가서 좀 진정해."

오스카는 니콜을 소파에 앉힌 다음 옆에 앉아 그녀의 손을 잡았다.

"정신 차려…… 정신 차려, 니콜." 그는 여러 번 반복해서 그렇게 말했다. "당신이 잭 뎀시*라도 되는 줄 알아? 프랑스 여자들

• 1919년 헤비급 세계 챔피언에 오른 미국의 권투 선수.

을 때리면 안 돼. 고소당한다고."

"그이가 그 여자한테 사랑한다고 말했단 말이야." 니콜이 흥분을 이기지 못해 헐떡이는 목소리로 말했다. "그 여자가 그이에게 평소의 장소에서 만나자고 말했단 말이야……. 넬슨은 벌써 거기로 간 거야?"

"넬슨은 베란다에서 서성거리고 있어. 실수로 당신을 쳤으니 몹시 미안하겠지. 노엘 들로니를 만나고 다닌 것에 대해서도 미안해하고 있을 테고."

"그래, 그렇겠지!"

"당신이 잘못 들었을 수도 있어. 어쨌든 그건 아무런 증거도 되지 못해."

20분 후, 넬슨이 갑자기 방으로 들어와서 아내 옆에 무릎을 꿇고 앉았다. 오스카 데인은 자기는 받는 것보다 훨씬 더 많은 것을 준다는 평소의 신념을 더욱더 굳히면서 조심스럽게 문 쪽으로 뒷걸음질해서 은근히 만족스러운 기분으로 물러났다.

그로부터 한 시간 후, 넬슨과 니콜은 팔짱을 끼고 별장을 나와 '카페 드 파리'를 향해 천천히 걸음을 옮겼다. 두 사람은 한때 그들이 지녔던 단순함으로 돌아가려는 것처럼, 또는 마구 뒤엉켜버린 뭔가를 풀어내려는 것처럼 차를 몰지 않고 걸어서 카페로 갔다. 니콜은 넬슨의 설명을 받아들였다. 설명이 믿을 만했기 때문이 아니라 믿고 싶은 마음이 간절했기 때문이다. 그들 둘

다 매우 조용했고 마음속으로 뉘우치고 있었다.

그 시간의 카페 드 파리는 쾌적했다. 노란 차양과 붉은 파라솔 너머에서 석양이 지고 있었다. 마치 스테인드글라스를 통해 보는 듯한 풍경이었다. 니콜은 주위를 둘러보다가 그날 아침 만났던 젊은 여자를 보았다. 지금 그 여자는 한 남자와 함께였는데, 넬슨은 곧바로 그들이 거의 3년 전에 알제리에서 만난 그 젊은 부부라는 것을 알아보았다.

"저 사람들, 많이 변했는데." 그가 말했다. "우리도 변했겠지만, 우린 저 정도는 아니야. 둘 다 표정이 굳었어. 남자는 방탕한 생활을 하는 것처럼 보여. 방탕한 생활은 언제나 짙은 눈동자보다는 옅은 빛깔 눈동자로 나타나는 법이지. 여자는 흔히들 말하는 tout ce qu'il y a de chic(시크함 그 자체)지만, 여자의 얼굴에도 굳은 표정이 나타나 있군."

"난 저 여자가 마음에 들어."

"저들에게 가서 전에 우리가 보았던 그 부부가 맞느냐고 물어볼까?"

"하지 마! 그런 건 외로운 관광객들이나 하는 짓이야. 저 사람들도 자기 친구들이 있을 거라고."

그때 그들의 테이블로 사람들이 와서 합류했다.

"넬슨, 오늘 밤 어떡할 거야?" 잠시 후 니콜이 물었다. "그런 일이 있었는데, 우리가 골딩 부부의 요트에 갈 수 있을까?"

"갈 수 있을까를 넘어서, 우린 가야만 해. 만약 그 이야기가 주변에 퍼졌는데 우리가 거기 나타나지 않으면, 그들에게 맛있고 신나는 이야깃거리를 제공하는 셈이 될 거야……. 아니! 저건 또 무슨 일이지……."

카페 맞은편 자리에서 뭔가 떠들썩하고 폭력적인 일이 벌어졌다. 한 여자가 비명을 지르고, 테이블에 있던 사람들이 전부 다 벌떡 일어나서 마치 한 사람이 움직이듯 앞뒤로 요동치는 것이었다. 그러자 주변 테이블에 앉아 있던 사람들도 일어나서 앞으로 몰려갔다. 아주 잠깐 동안 켈리 부부는 그들이 지켜보고 있던 젊은 여자의 얼굴이 창백해지면서 분노로 일그러지는 모습을 보았다. 갑자기 정신이 멍해진 니콜이 넬슨의 옷소매를 잡아끌었다.

"여기서 나가고 싶어. 오늘은 이런 일, 더는 못 견디겠어. 집으로 데려다줘. 다들 미쳐가고 있는 걸까?"

집으로 돌아가는 길에 넬슨은 니콜의 얼굴을 힐끗 보았다. 그 순간 그는 흠칫 놀라며, 오늘 밤 그들이 저녁을 먹으러 골딩 부부의 요트에 가는 일은 없으리라는 것을 깨달았다. 니콜의 눈두덩에 어떻게 해도 숨길 수 없을 만큼 눈에 띄는 멍이 들기 시작했기 때문이다. 모나코 공국의 모든 화장품의 도움을 받아도 밤 11시까지 그것을 숨길 방법은 없을 터였다. 그는 낙심했고, 그것에 대해서는 집에 도착할 때까지 아무 말 하지 않겠다고 마음먹었다.

3

기독교의 교리 문답에는 죄를 짓는 것을 피하는 데 도움이 되는 현명한 조언이 있다. 한 달 후에 파리로 갔을 때 켈리 부부는 앞으로 가지 않을 장소와 다시는 만나지 않을 사람들에 대한 목록을 양심적으로 성실하게 작성했다. 기피 장소 목록에는 유명한 술집 몇 군데, 품격 있는 나이트클럽 한두 곳을 제외한 모든 나이트클럽, 새벽까지 영업하는 온갖 종류의 클럽, 그리고 떠들썩하게 축하하는 것 자체가─아무런 규제 없이 소리 지르고 기뻐 날뛰는 것 자체가─목적인, 여름에 인기 있는 모든 휴양지가 포함되었다.

관계를 끊고자 하는 사람들 목록에는 지난 2년을 그들과 함께 보낸 사람의 4분의 3이 포함되었다. 그렇게 한 것은 속물적인 태도 때문이 아니라 어디까지나 그들 자신을 지키기 위해서였다. 이러다가 인간관계가 영원히 끊기는 것은 아닐까 하는 약간의 두려움이 마음속에서 떠나지 않은 것도 사실이었다.

그러나 세상은 언제나 호기심 가득한 곳이고, 쉽게 다가갈 수 없는 사람이라는 이유만으로 그 사람의 가치가 올라가는 경우도 있다. 그들은 또, 파리에는 외따로 떨어져 생활하는 이들에게만 관심을 가지는 사람들도 있다는 것을 알게 되었다. 그들이 처음 알고 지낸 사람들은 주로 미국인이고, 거기에 유럽인이 소금

처럼 약간 섞여 있었다. 두 번째로 알게 된 사람들은 주로 유럽
인이고, 거기에 미국인이 후춧가루처럼 조금 섞여 있었다. 이 두
번째 그룹은 '상류 사회'로, 도처에서 최상위 계층과 맞닿아 있
었다. 이들은 높은 지위나 막대한 재산이나 아주 드물게는 천재
성을 가진, 그리고 예외 없이 권력을 지닌 사람들이었다. 넬슨과
니콜은 대단한 거물들과 친하게 지내지는 못했지만, 좀 더 보수
적인 유형의 새 친구들을 사귀었다. 넬슨은 다시 그림을 그리기
시작했고, 화실이 있었다. 두 사람은 브랑쿠시, 레제, 뒤샹의 화
실을 방문하기도 했다. 그들은 뭔가 전보다 더 나은 것의 일부가
된 듯한 느낌이 들었다. 어떤 속되고 번드르르한 만남이 화제에
오르면 그들은 유럽에서의 첫 2년을 경멸스럽게 떠올리며, 예전
에 알고 지냈던 사람들을 '그 무리들'이나 '시간 낭비였던 사람들'
이라고 부르곤 했다.

그런 식으로 그들은 자신들이 세운 규칙을 잘 지켜나갔지만,
그러면서도 곧잘 사람들을 집으로 초대했으며, 남의 집을 방문
하는 경우도 많았다. 젊고 잘생기고 이지적인 그들은 해도 되는
일이 무엇이고 하면 안 되는 일이 무엇인지 알게 되었고, 그 기
준에 잘 적응했다. 더구나 두 사람은 천성적으로 관대한 편이어
서 상식적인 범위 내에서는 기꺼이 돈을 냈다.

밖에 나가면 보통 술을 마시게 된다. 이 점은 자신의 단아한
분위기를 잃는 것이 두려운 니콜에게는 별로 해당되지 않았다.

니콜은 삶이 한창 피어나는 기운이나 자신을 향한 찬탄의 시선을 잃는 것이 두려웠다. 그러나 나사가 하나 풀린 듯한 넬슨은 소규모 저녁 모임에서도 격식을 중시하지 않는 떠들썩한 자리에 있을 때와 마찬가지로 자기도 모르게 술을 찾는 버릇이 있었다. 그는 술주정뱅이는 아니었다. 눈에 띄는 행동이나 멍청한 주정 따위는 전혀 부리지 않았다. 그러나 그는 이제 술의 자극 없이는 사교 모임에 나가지 않으려 했다. 파리에서 1년을 보낸 후에 니콜은 이제 아기를 가져야겠다고 결심했는데, 여기에는 남편으로 하여금 진지하고 책임감 있는 태도를 갖게 하려는 생각이 작용했다.

그들은 마침 이 무렵에 치키 사롤라이 백작을 만났다. 그는 오스트리아 궁정의 매력적인 유물이었다. 재산은 없고, 다소간이라도 있는 것처럼 보이려는 허세조차 부리지 않았지만, 프랑스 안에 견고한 사회적, 경제적 인맥을 가지고 있었다. 그의 누이는 드 라 클로 디롱델 후작과 결혼했는데, 후작은 유서 깊은 가문 출신의 귀족일 뿐만 아니라 파리의 성공한 은행가이기도 했다. 치키 백작은 이곳저곳 돌아다니며 당당한 태도로 빌붙어 얻어먹고 사는, 얼마간 오스카 데인 같은 사람이었다. 하지만 그가 속한 사회는 데인의 사회와는 전혀 달랐다.

치키 백작은 미국인들을 매우 좋아했다. 그는 마치 미국인들이 조만간 돈을 버는 신비한 공식을 누설할 거라고 여기기라도 하는 것처럼 미국인들의 말에 애처로울 만큼 열심히 매달렸다. 백작은 어디선가 우연히 켈리 부부를 만난 후, 이들 부부에게 관심을 쏟았다. 니콜의 임신 기간 중에 그는 쉼 없이 이 집에 찾아와 머물며 미국의 범죄, 비속어, 경제, 풍습 등 미국과 관련된 것이라면 가리지 않고 끊임없이 흥미를 보였다. 달리 갈 데가 없을 때면 점심때든 저녁때든 아무 때나 찾아왔다. 그는 암묵적인 감사의 표시로 자기 누이를 설득하여 니콜을 방문하게 했는데, 니콜은 그 일을 엄청 기뻐하고 뿌듯해했다.

니콜이 병원에 입원해 있는 동안 치키 백작은 아파트에 머물면서 넬슨의 말동무가 되어주기로 했는데, 니콜로서는 내키지 않는 일이었다. 두 사람은 함께 술을 마시곤 했기 때문이다. 그러나 그렇게 하기로 결정된 날, 백작은 귀가 솔깃한 소식을 하나 가지고 왔다. 그의 매제인 드 라 클로 디롱델 후작이 주최하는 유명한 센강 운하 선상 파티에 켈리 부부가 초대될 것이라는 소식이었다. 게다가 그 파티는 편리하게도 아기의 출산 예정일 3주 후에 열린다는 것이다. 그리하여 니콜이 아메리칸 병원에 입원했을 때 치키 백작이 이 집으로 들어왔다.

아기는 아들이었다. 한동안 니콜은 주위 사람들을 잊고 지냈다. 그들의 지위며 가치 따위도 모두 잊었다. 그녀는 심지어 자신이 그토록 한심한 속물이 되어 있었다는 사실이 믿기지 않았다. 병원 사람들이 하루에 여덟 번씩 자신의 젖가슴 앞으로 데려오는 이 새로운 생명에 비하면 모든 것이 사소해 보였기 때문이다.

2주 후 그녀와 아기는 아파트로 돌아왔는데, 치키와 그의 하인은 여전히 떠나지 않고 그곳에 있었다. 켈리 부부는 최근에야 백작의 미묘하고 모호한 언사로부터 그가 자기 매제의 파티 이후까지 머물 생각이라는 것을 이해했다. 아파트가 비좁게 느껴져서 니콜은 그가 떠나기를 바랐다. 그렇지만 어쨌든 누군가를 만나야 한다면, 상대가 최고의 사람인 편이 낫다는 그녀의 오랜 생각은 드 라 클로 디롱델 부부의 초대를 받는 것으로 이루어진 셈이었다.

파티가 열리기 전날 그녀가 긴 의자에 등받이를 젖히고 누워 있을 때, 치키가 파티에 대해 설명했다. 그가 파티 진행을 거들고 있는 게 분명했다.

"모든 손님은 배에 오르기 전에 미국식으로 칵테일 두 잔을 마셔야 해요. 그것이 입장권인 셈이죠."

"저는 포부르 생제르맹* 같은 지역에 거주하는 격조 있는 프랑스인은 칵테일을 마시지 않는 줄 알았는데요."

"아, 하지만 우리 가문은 매우 현대적이라서요. 우린 많은 미국 관습을 도입하고 있답니다."

"거기에 어떤 사람들이 오죠?"

---

* 앙시앵 레짐(프랑스 혁명 전 시대) 때 귀족들이 사저를 지었던 파리 강변 지역.

"온갖 사람들이죠! 파리에 사는 온갖 사람들."

몇몇 훌륭한 이름들이 그녀의 눈앞에 떠다녔다. 다음 날, 니콜은 담당 의사와 얘기를 나누다가 그 일을 화제에 올리고 싶은 욕구를 참지 못했다. 그러나 그 말을 들은 의사의 눈에 믿기지 않는다는 듯한 놀라운 표정이 떠오르자 그녀는 다소 기분이 상했다.

"그러니까 당신 얘기는 이런 건가요?" 그가 물었다. "당신이 내일 무도회에 가려고 한다, 이 말인가요?"

"음, 예." 그녀가 더듬거리며 말했다. "안 되나요?"

"부인은 앞으로 2주 동안은 집 밖을 돌아다니면 안 됩니다. 그 이후로도 2주 동안은 춤을 추거나 격렬한 활동을 해서는 안 되고요."

"말도 안 돼요!" 그녀가 소리쳤다. "이미 3주나 지났잖아요! 에스더 셔먼은 출산 후 미국에 가기도 했는데……."

"그런 얘기는 할 필요 없습니다." 의사가 말을 끊고 얘기했다. "경우마다 달라요. 당신은 합병증이 있기 때문에 반드시 내 지시를 따라야 합니다."

"그렇지만 저는 딱 두 시간 동안만 거기 있을 생각인데요. 아무튼 집에 돌아와서 아기를 돌봐야 하니까요."

"두 시간이 아니라 단 2분도 안 돼요."

니콜은 의사의 심각한 어조에서 그의 말이 옳다는 것을 알았지만, 심술이 나고 삐딱한 마음이 들어서 넬슨에게는 그 일을 언급하지 않았다. 대신 몸이 좀 피곤해서 파티에 가지 못할 수도 있다고만 말해두었다. 니콜은 그날 밤 누워서 자신이 느끼는 실 망감과 두려움 중 어느 것이 더 큰지 저울질해보았다. 아기에게 그날의 첫 번째 젖을 먹이기 위해 잠에서 깬 그녀는 속으로 생각했다. "리무진에서 의자까지는 열 걸음만 걸으면 되고, 그러고 나서 의자에 30분 동안만 가만히 앉아 있으면……."

마지막 순간에 그녀는 침실 의자에 걸려 있던 아름다운 연녹색 이브닝드레스를 바라보며 마음을 정했다. 그래, 나는 갈 거야.

손님들이 배에 올라 흥겨운 기분으로 자기 몫의 칵테일을 마시는 동안 니콜은 뒤에 온 손님들의 행렬에 끼어 건널 판자를 느릿느릿 나아가다가 자신이 실수했다는 것을 깨달았다. 그곳에는 손님을 맞이하는 공식적인 줄 같은 것이 없었다. 넬슨은 주최자들에게 인사를 건넨 후, 갑판에 있는 의자를 찾아내 니콜을 앉혔다. 그제야 니콜의 현기증이 가셨다.

그러고 나자 니콜은 아무튼 오길 잘했다는 생각이 들었다. 배에는 화사한 등불이 주렁주렁 매달려 있었는데, 그 불빛이 다리의 파스텔 색조와 함께 어두운 센강에 비친 별빛과 어우러져서 마치 《아라비안나이트》에 나오는 아이의 꿈속 풍경 같았다. 강둑에는 호기심 가득한 눈초리의 구경꾼들이 모여 있었다. 샴페인 병들이 훈련받는 소대원들처럼 줄지어 빠르게 이동했다. 그러는 동안 크고 화려한 음악이 아닌, 케이크 위로 떨어지는 프로스팅 같은 잔잔한 음악이 상갑판에서 부드럽게 떠내려왔다. 니콜은 자기들이 거기 있는 유일한 미국인이 아니라는 것을 금방 알게 되었다. 갑판 저쪽에 수년 동안 보지 못했던 리들 마일스 부부가 있었던 것이다.

'그 무리들'에 속하는 다른 사람들까지 참석한 것을 보자 니콜은 가벼운 실망감을 느꼈다. 이것은 후작이 주최하는 최고의 파티가 아닌 걸까? 니콜은 고향의 어머니가 행사의 두 번째 날에 지인들을 맞이하곤 했던 일을 떠올렸다. 그녀는 옆에 있는 치키 백작에게 유명 인사들이 있으면 자신에게 알려달라고 부탁했다. 그러나 그녀가 유명 인사에 속한다고 생각되는 몇몇 사람들에 대해 묻자 그는 그 사람은 멀리 떠나 있다거나, 늦게 올 거라거나, 올 수 없는 상황이라는 식으로 애매하고 어정쩡하게 대답했다. 그녀는 방 건너편에서 몬테카를로의 '카페 드 파리'에서 소란을 피운 여자를 보았다는 생각이 들었지만 확신할 수 없었다. 왜냐하면 거의 느낄 수 없을 정도로 미세하게 배가 움직이자 다시 현기증이 일었기 때문이다. 그녀는 넬슨을 불러서 집에 데려다달라고 했다.

"당신은 곧장 다시 여기로 오면 돼. 나는 곧바로 잠자리에 들 테니까 날 생각해서 집에 일찍 들어올 필요 없어."

넬슨은 그녀를 간호사의 손에 맡기고 돌아갔다. 간호사는 그녀가 2층으로 올라가는 것을 도와주고 드레스를 얼른 벗을 수 있도록 거들어주었다.

"몹시 피곤해." 니콜이 말했다. "진주 목걸이 좀 넣어줄래요?"

"어디에요?"

"화장대 위 보석함에."

"안 보이는데요." 잠시 후 간호사가 말했다.

"그럼 서랍 속에 있을 거예요."

간호사가 화장대를 샅샅이 살펴보았지만 보석함은 어디에도 없었다.

"거기 있어야 하는데." 니콜은 일어나려 했지만 몸이 너무 피곤해서 뒤로 주저앉고 말았다. "한번 더 찾아봐줘요. 거기 다 들어 있는데……. 어머니가 물려주신 모든 장신구와 내 약혼 예물이 다 거기 들어 있다고요."

"죄송합니다, 켈리 부인. 부인께서 말씀하신 보석함이 이 방에는 없습니다."

"하녀를 깨워주세요."

하녀는 아무것도 몰랐다. 하지만 니콜은 하녀에게 이것저것 꼬치꼬치 캐묻고 나서야 뭔가 깨달았다. 니콜이 집을 나선 지 30분 후에 사롤라이 백작의 하인이 가방을 챙겨 들고 나갔다는 것이다.

갑자기 찾아온 날카로운 통증에 니콜은 집으로 급히 부른 의사를 옆에 둔 채 몸을 비틀며 괴로워했다. 니콜이 느끼기에 넬슨은 몇 시간이 지난 후에야 집에 온 것 같았다. 집에 도착한 넬슨의 얼굴은 죽은 사람처럼 창백했고 눈은 벌겋게 충혈되어 있었다. 그는 곧장 그녀의 방으로 들어왔다.

"세상에, 내 말 좀 들어봐." 넬슨이 사납게 말했다. 그러고 나서야 의사가 와 있다는 것을 알아차렸다. "어? 무슨 일이야?"

"아, 넬슨. 몸이 너무 안 좋아. 그리고 보석함이 사라졌어. 치키의 하인도 사라졌고. 경찰에 연락했어……. 치키는 하인이 어디에 있는지 알고 있을 것 같은데……."

"치키는 다신 우리 집에 오지 않을 거야." 그가 천천히 말했다. "그 파티, 누가 주최한 파티였는지 알아? 누구의 파티였는지 당신이 상상이나 할 수 있을까?" 그가 거칠게 웃음을 터뜨렸다. "우리가 주최한 파티였어……. 우리가 연 파티였다고. 알겠어? 우리가 파티를 연 거야. 우린 몰랐지만 우리가 연 거였어."

"Maintenant, monsieur, il ne faut pas exciter madame(잠깐만요, 선생님, 부인이 흥분하지 않도록)……." 의사가 말했다.

"후작 부부가 일찍 집에 돌아갔을 때 이상하다는 생각이 들었지만, 난 끝까지 의심하지 않았어. 그런데 알고 보니 그들은 손님이었던 거야. 치키가 그 모든 사람을 초대했지. 파티가 끝난 후 음식 공급업자들과 연주자들이 나에게로 와서 청구서를 어디로 보내야 하느냐고 물어보는 거야. 그리고 그 빌어먹을 치키란 놈은 뻔뻔스럽게도 내가 처음부터 다 알고 있는 줄 알았다고 발뺌하더군. 그가 약속한 것은 자기 매제가 여는 파티와 같은 종류의 파티를 열 것이고, 거기에 자기 누이가 참석하도록 주선하겠다는 것뿐이었다는 거야. 그놈 말로는 아마 내가 술에 취했거나, 또는 프랑스어를 이해하지 못했을 수도 있다더군. 마치 우리가 영어 이외의 다른 말로 얘기를 나눈 적이 있는 것처럼 말이야."

"지불하지 마!" 니콜이 말했다. "그런 일은 생각할 수도 없어."

"나도 그렇게 말했어. 그런데, 그러면 그들이 우릴 고소할 거래. 배 주인과 나머지 일당들이 말이야. 그들이 요구하는 액수가 1만 2천 달러나 돼."

그녀는 갑자기 힘이 빠졌다. "아, 그만해!" 그녀가 버럭 소리 질렀다. "신경 쓰고 싶지 않아! 보석을 다 잃어버렸고, 난 지금 아파. 아프단 말이야!"

4

이것은 해외여행 이야기이며, 따라서 지리적 요소가 가볍게 취급되어서는 안 된다. 켈리 부부가 북아프리카, 이탈리아, 리비에라, 파리에서—그리고 이들 지역 사이에 있는 몇몇 곳에서—지낸 후 결국 스위스로 가게 된 것은 놀라운 일이 아니었다. 스위스는 무언가 시작되는 경우는 극히 드물고, 대개는 많은 것들이 끝나는 나라이다.

그동안 켈리 부부가 찾아가 머물렀던 다른 지역의 경우 그들에게 선택의 여지가 있었지만, 두 사람이 스위스로 가게 된 것은 그럴 수밖에 없었기 때문이다. 결혼한 지 4년이 조금 지난 어느 봄날에 그들은 유럽 중앙부에 위치한 호수에 도착했다. 깎아지른 듯한 산을 배경으로 목가적인 언덕이 있는 잔잔하고 평온한 곳이었다. 호수는 그림엽서에 나오는 물빛처럼 푸르렀지만, 수면 아래의 물은 유럽 구석구석의 모든 불행이 이런저런 행로를 거쳐 마침내 거기로 모여든 것처럼 약간 불길해 보였다. 회복해야 할 고달픔이 있고 죽어야 할 죽음이 있는 곳이었다. 그곳에는 학교도 있었다. 양지바른 호숫가에서는 젊은이들이 물을 튀기며 놀고 있었다. 그곳에는 또 보니바르의 지하 감옥*이 있고, 칼뱅의 거리가 있었다. 밤이 되면 바이런과 셸리의 유령이 여전히 어슴푸레한 물가를 떠돌아다녔다. 그러나 넬슨과 니콜이 찾아온 제네바 호수는 요양원과 요양 호텔이 늘어선 을씨년스러운 곳이었다.

그들을 줄곧 따라다니던 불행한 운명 속에서도 두 사람의 마음속에 언제나 존재했던 서로에 대한 깊은 연민 때문인 양 두

---

* 스위스의 성직자 프랑수아 보니바르가 1530년부터 6년 동안 쇠사슬에 묶여 있었던 지하 감옥.

사람은 동시에 건강이 나빠졌다. 두 번의 수술 후에 호텔 발코니에 누워 지내며 니콜은 서서히 회복되고 있었다. 그 사이에 넬슨은 2마일 떨어진 병원에서 황달과 목숨을 걸고 싸웠다. 스물아홉 살의 젊음이 지닌 예비력으로 간신히 고비를 넘기고 회복하는 중이었지만, 앞으로 몇 달 동안은 요양하며 조심스럽게 지내야 했다. 두 사람은 유럽 땅에서 즐거움을 찾아 나선 수많은 사람 가운데 왜 하필 자신들에게 이 불행이 찾아들었는지 의아해하면서 종종 생각에 잠기곤 했다.

"너무 많은 사람들이 우리 인생에 끼어들었어." 넬슨이 말했다. "우리가 그들에게 저항할 수 있었던 적은 한 번도 없었어. 끼어든 사람이 아무도 없던 첫해에 우린 정말 행복했었잖아."

니콜도 동의했다. "우리가 계속 단둘이 있을 수 있었다면—진실로 단둘이 있을 수 있었다면—우린 뭔가 우리 자신을 위한 삶을 살 수 있었을 거야. 이젠 그렇게 해보자. 그럴 거지, 넬슨?"

그러나 그들 둘 다 말만 그렇게 했을 뿐, 다른 사람들과 어울리고 싶은 마음이 간절한 나날이었다. 호텔을 가득 채운 온갖 국적의 살찐 사람, 피폐해진 사람, 불구가 된 사람, 파산한 사람들을 눈여겨보면서 흥미로운 사람이 누구일지 찾아보는 날들이 있었다. 그들에게는 새로운 생활이었다. 매일 두 명의 의사가 방문하고, 파리에서 우편물과 신문이 오고, 비탈진 마을로 가는 짧은 산책이 있는 생활이었다. 가끔 케이블카를 타고 내려가 호숫가의 생기 없는 휴양지를 가보기도 했다. 휴양지에는 휴양 시설과 풀이 무성한 해변과 테니스 클럽 등이 있고, 관광버스도 자주 눈에 띄었다. 그들은 타우흐니츠판* 책들을 읽었고, 에드거 윌리스**의 노란색 표지 책들을 읽었다. 두 사람은 매일 일정한 시간에 담당자가 아기를 목욕시키는 모습을 지켜보았다. 일주일에 세 번, 저녁을 먹은 후에 라운지에서 피곤을 물리치고 참을성 있게 연주하는 오케스트라 공연이 있었다. 그런 생활이 전부였다.

가끔 호수 건너편의 포도밭으로 뒤덮인 언덕에서 쾅 하는 굉음이 들려왔다. 그것은 다가오는 폭풍우로부터 포도밭을 지키려고 우박을 품은 구름에 대포를 쏘는 소리였다. 폭풍우는 빠르게 찾아왔다. 비는 처음에는 하늘에서 내리고, 그다음에는 급류가 되어 다시 산에서 쏟아져 내려와 도로와 석조 배수로를 요란하게 쓸고 내려갔다. 그럴 때의 하늘은 컴컴하고 무서웠으며, 사나운 번개가 필라멘트처럼 번쩍이고 세상을 쪼갤 듯한 천둥이 내리쳤다. 너덜너덜하게 찢긴 구름들은 바람이 호텔을 지나가기도 전에 달아났다. 산과 호수는 완전히 자취를 감추었고, 호텔은 소란과 혼돈과 어둠 속에서 홀로 몸을 웅크리고 있었다.

그런 폭풍우의 나날이었다. 문이 아주 조금 열렸을 뿐인데, 그

---

* 세계 문고본의 효시가 된 독일 출판사의 문고 시리즈.
** 1875-1932. 영국의 소설가이자 극작가.

틈으로 비바람이 회오리치듯 홀 안으로 들어왔다. 그때 켈리 부부는 몇 달 만에 처음으로 아는 사람을 보았다. 폭풍을 피하느라 신경이 날카로워진 사람들과 함께 아래층에 앉아 있다가 새로 들어온 두 사람을 알아본 것이었다. 알제에서 처음 보았고 그 이후 몇 차례 우연히 스치듯이 만났던, 부부임이 틀림없다고 생각한 남자와 여자였다. 말로 표현하지는 않았지만 똑같은 생각이 넬슨과 니콜의 뇌리를 번쩍 스쳤다. 이런 황량한 곳에서 마침내 그들을 알아야 한다는 게 운명인 것만 같았다. 그렇게 눈여겨보고 있던 켈리 부부는 다른 몇몇 커플도 자기들과 똑같이 주저하는 태도로 그 사람들을 관찰하고 있다는 것을 알았다. 그렇지만 뭔가가 켈리 부부를 나서지 못하게 막았다. 불과 얼마 전까지만 해도 그들은 너무 많은 사람들이 자신들의 인생에 끼어들었다고 불평하지 않았던가?

이윽고 폭풍우가 잦아들어 조용히 내리는 비로 변했을 때, 니콜은 자기가 유리로 된 베란다에 있는 그 여자와 가까운 거리에 있다는 것을 알게 되었다. 니콜은 책을 읽는 척하면서 여자의 얼굴을 자세히 살펴보았다. 캐묻고 따지기 좋아하는 얼굴이라는 것을 즉시 알아차렸다. 계산적인 사람일 듯싶은 얼굴이었다. 눈은 분명 지적으로 생겼지만 그 눈에는 평온함이 깃들지 않았고, 마치 사람의 값어치를 평가하는 것처럼 상대를 단번에 휙 훑어보곤 하는 눈이었다. '끔찍이도 자기중심적인 사람이야.' 니콜은 약간의 혐오감을 느끼며 생각했다. 나머지 부분에 대해 언급하자면 뺨은 핏기 없이 창백하고, 눈 밑에는 건강이 좋지 않음을 암시하는 볼록하게 튀어나온 조그만 자루가 생겨나 있었다. 이런 점들이 어딘가 무기력해 보이는 팔다리와 결합하여 건강하지 못하다는 인상을 풍겼다. 여자는 비싼 옷을 입었지만, 마치 이 호텔에서 지내는 사람들을 대수롭지 않게 여기는 것처럼 어딘지 단정치 못한 모습이었다.

전반적으로 판단컨대, 자기는 이 여자가 마음에 들지 않는다고 니콜은 결론을 내렸다. 여자에게 말을 걸지 않은 게 참 다행이라는 생각이 들었다. 하지만 과거에 여자가 우연히 자기를 스치고 지나갔을 때는 이런 점들을 깨닫지 못했다는 것이 새삼 놀라웠다. 저녁을 먹으면서 자신이 받은 인상을 넬슨에게 말했더니 그녀의 의견에 동의했다.

"나도 술집에서 우연히 그 남자를 만났어. 우리 둘 다 미네랄워터밖에 마시지 않았다는 걸 알아차렸지. 그래서 말을 걸어보려고 했는데, 거울에 비친 남자의 얼굴을 자세히 보고 그러지말아야겠다고 마음을 고쳐먹었어. 너무 나약하고 방종해 보이는 얼굴이야. 야비해 보일 만큼……. 술이 대여섯 잔쯤 들어가야 눈이 똑바로 떠지고 입이 정상적으로 다물어질 것 같은, 그런 얼굴이었어."

저녁을 먹고 나자 비가 그쳤고, 야외의 밤 분위기는 썩 괜찮왔다. 퀠리 부부는 신선한 공기를 마시고 싶은 충동이 일어서 어두운 정원 쪽으로 천천히 거닐었다. 도중에 그들은 조금 전에 화제 삼아 얘기했던 그 부부를 지나가게 되었는데, 두 사람이 갑자기 발길을 돌려 옆길로 빠지는 것이었다.

"우리가 저 사람들을 알고 싶어 하지 않는 것처럼 저들도 우리를 알고 싶어 하지 않는 것 같아." 니콜은 그렇게 말하고 나서 소리 내어 웃었다.

두 사람은 들장미 덤불과 이름 모를 꽃들이 비에 젖어 향긋한 냄새를 풍기는 화단 사이를 설렁설렁 걸었다. 호텔 테라스는 천 피트나 되는 높이를 이루며 호수로 이어졌다. 호텔 아래로 빛의 목걸이처럼 펼쳐져 있는 것이 몽트뢰와 브베이고, 흐릿한 펜던트 같은 것이 로잔이었다. 호수 너머에서 희미하게 반짝이는 것은 에비앙과 프랑스였다. 아래쪽 어디에선가 — 휴양 시설 쪽인 듯했다 — 풍성한 음량의 댄스 음악 소리가 들려왔다. 미국 음악인 것 같았다. 그들은 이제 미국 음악을 몇 달 늦게 듣게 되었다. 그래서인지 그 음악 소리는 아주 멀리서 벌어지는 일의 먼 메아리에 지나지 않는 것처럼 여겨졌다.

덩 뒤 미디* 너머, 물러가는 폭풍우의 후방을 이룬 검은 구름층 위로 달이 떠올라 호수를 밝은 빛으로 물들였다. 들려오는

• 스위스와 프랑스 국경 근처에 있는 산.

음악과 먼 곳의 불빛들이 희망의 표식 같기도 하고, 아이들이 거리를 두고 뭔가를 바라볼 때의 매혹적인 거리 같기도 했다. 넬슨과 니콜은 각자의 마음속에서 삶이 바로 이와 같았던 시절을 돌이켜보았다. 니콜의 팔이 조용히 넬슨의 팔 안쪽을 파고들더니 그를 가까이 끌어당겼다.

"우린 이 모든 걸 되찾을 수 있어." 그녀가 속삭였다. "우리 함께 노력할 수 있는 거지, 넬슨?"

두 개의 검은 형체가 근처의 그늘 속으로 들어와, 거기 서서 호수를 내려다보는 것을 보고 니콜은 말을 멈추었다.

넬슨이 니콜의 몸에 팔을 두르고 그녀를 더 가까이 끌어당겼다.

"우린 뭐가 문제인지 이해하지 못했을 뿐이야." 그녀가 말했다. "우리는 왜 평온함과 사랑과 건강을 차례로 잃어버렸을까? 그 이유를 알 수 있다면, 누가 우리에게 이유를 말해준다면, 우린 분명 노력할 수 있을 거야. 나는 정말 열심히 할 거야."

마지막 구름들이 베른 알프스 산맥 위로 떠올라 있었다. 갑자기 서쪽 하늘이 최후의 힘을 그러모아 창백하고 하얀 번개를 번쩍 내리쳤다. 넬슨과 니콜은 고개를 돌려 쳐다보았고, 동시에 다른 한 쌍의 커플도 돌아보았다. 순간, 밤이 낮처럼 환해졌다. 이어 사방이 다시 어두워지고, 낮게 으르렁대는 마지막 천둥소리가 들렸다. 그리고 니콜의 입에서 겁에 질린 날카로운 비명 소리가 터져 나왔다. 니콜은 넬슨에게 몸을 던졌다. 그녀는 어둠 속에서도 넬슨의 얼굴이 자신의 얼굴처럼 창백하고 뻣뻣이 굳어 있는 것을 보았다.

"봤어?" 그녀가 소리 죽여 외쳤다. "저들을 봤어?"

"봤어."

"저들이 우리야! 저 사람들이 우리라고! 알겠어?"

두 사람은 몸을 떨면서 서로를 껴안았다. 구름이 컴컴한 산 덩어리와 하나로 어우러졌다. 잠시 후 주위를 둘러본 넬슨과 니콜은 그 괴괴한 달빛 아래 있는 사람은 그들 둘뿐이라는 것을 깨달았다.

사람이 저지르는 잘못

———

Two Wrongs

사람이 저지르는 잘못

1930년 1월 18일에 발행된 잡지《새터데이 이브닝 포스트》에 실렸다.

원제 'Two Wrongs'은 사람이 저지른 잘못에 잘못이 더해지면 절대 좋은 결과로 이어질 수 없다는 뜻이다. 이 작품은 부부 사이의 위기를 그리는데, 이는 실제로 피츠제럴드 부부 사이에 일어난 일이다. 스콧의 바람기와 젤다의 부정. 일종의 '낙원 추방'이라고도 할 만한 이 사건은 스콧의 폭음을 부르고 젤다의 정신을 한없이 망가뜨린다.

어쩔 수 없이 이 무렵부터 피츠제럴드가 쓰는 소설은 돌이킬 수 없는 절망을, 그리고 깊이 상처 입은 마음에서 배어나는 독특한 아름다움을 담게 된다. 이는 장편소설《밤은 부드러워라》로 멋진 열매를 맺는다.

1

"이 구두 좀 봐." 빌이 말했다. "28달러짜리야."

브랑쿠시 씨가 구두를 보았다. "멋지군."

"맞춤 구두야."

"자네가 대단한 멋쟁이라는 건 익히 알고 있어. 그렇지만 구두를 보여주려고 날 여기로 데려온 건 아니겠지?"

"난 '대단한 멋쟁이'가 아니야. 대체 누가 그런 말을 해?" 빌이 따지듯이 물었다. "쇼 비즈니스에 종사하는 대부분의 사람들보다 내가 더 많은 교육을 받았다는 것 때문에 그렇게 보인 것이겠지."

"거기다 알다시피 자넨 젊고 잘생긴 친구잖아." 브랑쿠시가 건조하게 말했다.

"그렇긴 하지……. 어쨌거나 자네에 비해선. 여자들은 처음에 내가 배우인 줄 알아. 내가 뭐 하는 사람인지 알 때까지는…….

담배 있나? 게다가 난 남자답게 보이잖아. 타임스스퀘어에 알짱거리는 예쁘장한 대다수 사내들보다 한결 더 남자답다고."

"잘생겼지. 신사지. 구두도 멋지지. 운도 따르지."

"어? 운이 따른 건 아니야." 빌이 반박했다. "그건 능력 문제라고. 요 3년 동안 아홉 편을 써서 그중 네 편이 대박을 쳤어. 완전히 실패한 것은 한 편뿐이고. 여기에 무슨 운이 작용했다는 거야?"

약간 따분해진 브랑쿠시는 가만히 바라보기만 했다. 브랑쿠시가 본 것은—그가 멍한 눈으로 딴생각을 한 게 아니라면—사무실 공기를 적극성과 자신감으로 가득 채우는 싱그러운 얼굴의 아일랜드계 청년이었을 것이다. 빌이 곧 자신의 목소리가 내는 소리를 듣고 쑥스러움을 느끼며 그의 또 다른 면으로—우월감을 조용히 감추는 세심한 성격의 남자로, 시어터 길드*의 지식인을 본보기로 삼는 예술의 후원자로—물러나리라는 것을 브랑쿠시는 알고 있었다. 빌 맥체스니는 그 두 성격 사이의 어느 한 지점에 정착하지 못하고 오락가락했는데, 서른 살 이전에 두 가지 면이 완벽하게 어우러지는 경우는 아주 드물다.

"에임스나 홉킨스나 해리스를 보라고. 이들 가운데 아무나 선택해서 따져보란 말이야." 빌이 열심히 얘기했다. "이 사람들이

• 예술성이 높은 뉴욕의 극단.

나보다 나은 게 뭐가 있어? 왜 그래? 한잔할 테야?" 빌은 브랑쿠시의 시선이 맞은편 벽에 있는 캐비닛 쪽으로 향하는 것을 보았다.

"오전에는 술을 마시지 않아. 난 누가 저렇게 계속 문을 노크하고 있을까, 생각하고 있었을 뿐이야. 자네가 저걸 좀 멈춰줘. 너무 신경이 쓰여. 난 저런 소리를 들으면 돌아버릴 것 같단 말이야."

빌이 재빨리 가서 문을 홱 열었다.

"아무도 없는데." 그렇게 말하더니…… 곧이어 다시 말했다. "이봐요! 무슨 용건이죠?"

"아, 죄송합니다." 여자의 목소리가 들려왔다. "정말 죄송합니다. 제가 너무 흥분해서 손에 연필을 들고 있다는 것도 몰랐어요."

"용건이 뭐죠?"

"선생님을 뵈러 왔어요. 그런데 안내하는 사람이 선생님이 바쁘다고 하더군요. 저는 극작가 앨런 로저스 씨가 써준 추천장을 가지고 왔어요. 그걸 직접 선생님께 전해드리고 싶었습니다."

"난 바빠요." 빌이 말했다. "나 대신 카도나 씨를 만나봐요."

"만났어요. 그런데 그분은 저를 심드렁하게 대하시더군요. 그리고 로저스 씨가 말하길……."

호기심이 생긴 브랑쿠시는 가만히 있지 못하고 천천히 다가가서 여자를 흘끗 쳐다보았다. 아직 어려 보이는 아름다운 빨간 머리 아가씨였다. 수다스러운 말씨에서 느껴지는 것보다 더 많은 개성이 얼굴에 담겨 있었다. 그녀가 사우스캐롤라이나 주 딜레이니 출신이라 그렇다는 사실을 브랑쿠시는 미처 생각하지 못했다.

"저는 어떻게 해야 하나요?" 그녀가 자신의 미래를 빌의 손에 조용히 내려놓으며 물었다. "저는 로저스 씨 앞으로 보내는 추천장을 가지고 그분을 찾아갔는데, 그분은 선생님 앞으로 보내는 이 추천장을 제게 써주셨어요."

"그래서 나에게 뭘 바라는 거지? 결혼이라도 할까?" 빌이 버럭 소리 질렀다.

"선생님의 연극에서 역할을 맡고 싶어요."

"그럼 거기 앉아서 기다려. 난 바빠……. 코핼런 양은 어디 있지?" 그는 벨을 눌렀다. 그런 다음 짜증스러운 표정으로 그녀를 한 번 더 쳐다보고 사무실 문을 닫았다. 그렇지만 이 일로 브랑쿠시와의 대화가 중단된 사이 또 다른 면이 고개를 들었고, 그래서 그는 연극의 예술적 미래에 대한 견해를 라인하르트*와 밀접하게 공유하고 있는 듯한 어조로 브랑쿠시와 이야기를 다시 시작했다.

12시 30분이 다가오자 그는 다른 것은 다 잊고 자신이 세계

---

* 당시 저명한 연출가이자 배우였던 막스 라인하르트.

Two Wrongs

에서 가장 위대한 연출가가 될 것이라는 생각과, 점심 약속이 잡힌 솔 링컨과 점심을 먹으면서 그 이야기를 할 생각에만 깊이 빠져 있었다. 사무실에서 나온 그는 기대하는 표정으로 코핼런 양을 바라보았다.

"링컨 씨는 점심 약속에 나올 수 없게 되었답니다." 그녀가 말했다. "방금 전에 전화가 왔어요."

"방금 전에 전화가 왔단 말이지." 빌은 충격을 받은 듯 그 말을 되풀이했다. "알았어. 그를 목요일 밤 초대 명단에서 빼도록 해."

코핼런 양이 앞에 놓인 종이에 줄을 하나 그었다.

"맥체스니 선생님, 저를 잊으신 건 아니죠?"

그는 빨간 머리 아가씨에게 눈길을 돌렸다.

"잊지 않았어." 그는 무성의하게 대답한 다음 코핼런 양에게 말했다. "이렇게 하는 게 좋겠어. 어쨌든 목요일 밤 행사에 대해 그에게 알려는 줘. 오든 말든."

그는 점심을 혼자 먹고 싶지 않았다. 요즘 그는 혼자서는 아무것도 하고 싶지 않았다. 왜냐하면 유명하고 힘 있는 사람에게는 타인과의 접촉이 너무나 즐겁고 재미있기 때문이다.

"2분만이라도 선생님과 얘기할 시간을 주신다면……." 그녀가 입을 열었다.

"지금은 안 되겠는데." 그는 문득, 살면서 지금까지 보아온 사람 중에서 그녀가 가장 아름다운 여자라는 것을 깨달았다.

그는 그녀를 뚫어지게 바라보았다.

"로저스 씨가 제게 말하길⋯⋯."

"나랑 함께 나가서 간단히 점심 식사를 하자고." 그는 그렇게 말하고 나서 굉장히 서두르는 태도로 코헬런 양에게 재빨리 몇 가지 모순적인 지시를 내린 다음, 그녀를 위해 문을 열고 잠시 기다려주었다.

그들은 42번가*에 들어섰다. 그는 남들이 들이쉬기 전에 얼른 숨을 깊이 들이쉬었다. 그곳에는 고작 몇 사람이 들이쉴 정도의 공기밖에 없는 것 같았다. 지금은 11월이고, 시즌이 막 시작되었을 때의 뜨거운 열기는 사그라들었지만, 동쪽으로 눈을 돌리면 그의 연극 중 한 편을 홍보하는 전광판을 볼 수 있고, 서쪽으로 눈을 돌리면 또 다른 홍보 전광판을 볼 수 있었다. 모퉁이를 도니 그가 브랑쿠시와 함께 작업한 연극—그가 누군가와 공동으로 연출한 마지막 작품이다—의 광고판이 눈에 들어왔다.

두 사람은 베드퍼드 식당으로 갔다. 그가 들어서자 매니저와 웨이터들이 떠들썩하게 반겼다.

"엄청 멋진 식당이네요." 인상적인 식당과 직원들의 행동에 감명받은 그녀가 말했다.

---

* 브로드웨이 42번가. 뉴욕 극장가를 대표하는 거리.

"이곳은 서툰 배우들의 낙원이지." 그는 몇몇 사람들을 향해 고개를 끄덕였다. "안녕, 지미, 빌…… 안녕, 잭…… 저 사람이 잭 뎀시야…… 난 이 식당엔 자주 오지 않아. 주로 하버드 클럽에서 식사를 하지."

"아, 하버드 다니셨어요? 저는 선생님이……."

"그래." 그는 잠시 머뭇거렸다. 하버드 대학에 대해서는 두 가지 방식의 이야기가 있는데, 그는 갑자기 진실한 쪽을 말하기로 마음먹었다. "그래. 거기서 녀석들은 나를 시골뜨기 취급했지. 하지만 지금은 전혀 그렇지 않아. 약 일주일 전에 난 롱아일랜드의 구버니어헤이츠라는 곳에 갔었어. 상류층의 대단한 사람들이 사는 곳이지. 대학 시절에는 나에 대해서 전혀 관심을 기울이지 않던 부유한 동창 두어 명이 나에게 '안녕 빌, 이 친구야' 하면서 말을 걸어오더군."

그는 머무적거리다가 그 이야기는 거기서 끝내기로 결정했다.

"넌 뭘 원하는 거니? ……일자리?" 그가 물었다. 불현듯 그녀의 스타킹에 구멍이 나 있던 것이 떠올랐다. 스타킹에 난 구멍은 언제나 그의 마음을 움직이고 누그러뜨렸다.

"예. 일자리를 구하지 못하면 고향으로 돌아가야 해요." 그녀가 말했다. "저는 무용수가 되고 싶어요. 러시아 발레를 추는. 그렇지만 수업료가 너무 비싸서 일자리를 꼭 구해야 해요. 어쨌든 그래야 무대에 서는 경험도 해볼 수 있을 테고요."

"직업 무용수가 되고 싶은 건가?"

"아, 아닙니다. 더 진지한 걸 하고 싶어요."

"음, 파블로바*가 직업 무용수지?"

"아닙니다. 아니에요." 그녀는 이 모욕적인 말에 깜짝 놀랐지만, 잠시 후 말을 계속했다. "저는 고향에서 캠벨 양과 함께 공부했습니다. 조지아 베리먼 캠벨이라고, 선생님도 아실지 모르겠네요. 캠벨은 네드 웨이번의 가르침을 받았는데, 정말 대단한 친구예요. 그녀는……."

"그래?" 그가 건성으로 말했다. "그렇지만 이 업계는 힘든 곳이야. 캐스팅 에이전시엔 뭐든 할 수 있다는 사람들이 바글바글하지. 내가 기회를 줄 때까지 마냥 기다려야 하고. 몇 살이지?"

"열여덟요."

"난 스물여섯. 4년 전에 돈 한 푼 없이 이곳에 왔어."

"어머!"

"난 지금 일을 그만둬도 여생을 편안하게 살 수 있어."

"어머!"

"내년엔 1년간 휴가를 낼 거야. 결혼할 거거든……. 아이린 리커라고 들어봤나?"

"그럼요! 가장 좋아하는 배우예요."

---

* 안나 파블로바(1881-1931), 가장 위대한 발레리나로 칭송받는 러시아의 발레리나.

"우린 약혼했어."

"어머!"

얼마 후 타임스스퀘어로 나왔을 때 그가 지나가는 말처럼 물었다. "이제 뭘 할 거야?"

"뭘 하긴요. 일자리를 구해야죠."

"지금 당장 뭘 할 거냐고."

"음, 당장 할 일은 딱히 없어요."

"46번가에 있는 내 아파트로 가서 커피라도 한잔하지 않을래?"

두 사람의 눈이 마주쳤고, 에미 핑커드는 자기 자신을 지킬 수 있다는 확신이 있었다.

그곳은 넓고 밝은 원룸형 아파트로, 3미터쯤 되는 소파 침대가 놓여 있었다. 그녀가 커피를, 그가 하이볼을 한 잔 마신 후 그가 그녀의 어깨에 팔을 둘렀다.

"제가 왜 선생님과 키스해야 하죠?" 그녀가 따지듯이 물었다. "전 선생님을 잘 알지 못해요. 게다가 선생님은 약혼했고요."

"아, 그거! 내 약혼녀는 신경 쓰지 않아."

"설마, 그럴 리가요!"

"넌 참 착하구나."

"적어도 바보는 아니죠."

"좋아. 계속 착한 아이로 지내렴."

그녀는 자리에서 일어섰지만 잠시 머뭇거렸다. 무척 풋풋하고 냉정했으며, 불쾌해하는 기색은 전혀 없었다.

"그 말씀은 저한테 일자리를 주지 않겠다는 뜻인가요?" 그녀가 밝은 어조로 물었다.

그는 이미 다른 생각―인터뷰와 리허설에 관한 생각―을 하고 있었지만, 그 말을 듣고 다시 그녀를 바라보았다. 여전히 스타킹에 구멍이 난 것이 눈에 띄었다. 그는 전화를 걸었다.

"조, 나예요, 풋내기……. 당신이 날 그렇게 부른다는 거, 내가 모를 줄 알았죠? ……괜찮아요……. 저기, 파티 장면에 나올 여자 세 명 구했나요? 그럼 내 얘기 잘 들어요. 남부 여자 역 하나는 비워둬요. 오늘 거기로 보낼 테니까."

그는 자기가 아주 좋은 녀석이라는 것을 의식하면서 의기양양하게 그녀를 쳐다보았다.

"어머, 뭐라고 감사의 말씀을 드려야 할지 모르겠네요. 로저스 씨께도 감사하고요." 그녀가 덧붙인 이름에 그는 기분이 상했다. "안녕히 계세요, 맥체스니 씨."

빌은 대답하고 싶지 않았다.

2

리허설을 할 때면 그는 시도 때도 없이 들러서 사람들이 무슨 생각을 하는지 다 알고 있다는 듯한 표정으로 서서 지켜보곤 했다. 그러나 사실은 자신의 행운에 몽롱히 취해서 많은 것을 보지 못했고, 그 자신도 신경 쓰지 않았다. 브랑쿠시가 그를 '인기 많은 사교계의 나비'라고 불렀을 때 그는 이렇게 대꾸했다. "그게 뭐가 어때서? 난 하버드 출신이잖아. 그 사람들이 그랜드 스트리트의 사과 노점에서 나를 발견했을 것 같아? 난 자네하고는 다르다고." 그는 성공했을 뿐만 아니라 잘생기고 성격도 좋아서 새 친구들 사이에서 인기가 높았다.

아이린 리커와의 약혼은 그의 인생에서 가장 만족스럽지 못한 일이었다. 그들은 서로에게 싫증이 났지만 차마 관계를 끝내지 못했다. 그것은 흔히 마을에서 가장 부유한 두 젊은이가 가장 부유하다는 그 사실에 서로 이끌리는 것과 비슷했다. 나란히 승리의 물결에 몸을 실은 빌 맥체스니와 아이린 리커는 그 성공에 대해 서로가 서로의 진가를 인정하고 칭찬해주는 것 없이는 앞으로 나아갈 수 없었다. 그럼에도 두 사람은 더 자주 더 격렬하게 싸웠고, 서서히 파국을 향해 나아가고 있었다. 파국은 아이린의 상대역을 맡은 키 크고 잘생긴 배우 프랭크 르웰런으로 구체화되었다. 상황을 대번에 간파한 빌은 종종 그 일을 신랄하게 비꼬았다. 리허설 둘째 주부터 긴장된 분위기가 감돌았다.

한편 에미 펑커드는 크래커와 우유를 살 돈을 충분히 번 데다 그녀를 불러내 저녁을 사줄 친구도 생겨서 퍽 행복했다. 그녀의 친구인 딜레이니 출신의 이스턴 휴즈는 컬럼비아 대학에서 치과 의사가 되려고 공부하고 있었다. 그는 때때로 함께 치의학 공부를 하는 다른 외로운 청년들을 데리고 왔다. 에미는 택시 안에서 몇 차례 가벼운 키스를 해주는 대가로—그걸 대가라고 부를 수 있을지 모르겠지만—배가 고플 때 저녁을 얻어먹었다. 어느 날 오후 그녀는 분장실 문 앞에서 빌 맥체스니에게 이스턴을 소개했고, 이후 빌은 자신의 질투 섞인 농담을 그들 관계의 기초로 삼았다.

"저 치대생 친구가 또 날 속이려 들었어. 충고 하나 해두지. 저 친구가 너한테 웃음가스를 사용하는 일은 절대 없도록 해야 해."

두 사람이 얼굴을 마주치는 일은 드물었지만, 그런 일이 생길 때마다 둘은 서로를 물끄러미 바라보았다. 빌은 그녀를 볼 때면 마치 처음 보는 사람처럼 빤히 보다가, 불현듯 그녀가 놀려먹을 대상임을 생각해내곤 했다. 그녀는 빌을 볼 때 많은 것을 보았다. 바깥 날씨가 화창한 날, 많은 사람들이 빠른 걸음으로 거리를 걷고, 멋들어진 새 리무진이 연석 옆에 멈춰 서서 멋들어진 새 옷을 입은 두 사람을 기다리고, 두 사람이 차에 올라타 어던가로 향하고, 그곳은 멀리 떨어져 있을 뿐 뉴욕과 꼭 닮았으며 더 재미있는 곳이고……. 그녀는 몇 번이나 그때 빌에게 키스했더라면 좋았을 텐데, 하고 생각했지만, 그와 마찬가지로 그에게 키스하지 않은 게 참 다행이라는 생각도 거듭거듭 들었다. 한 주 한 주 지나갈수록 빌은 다른 모든 사람과 마찬가지로 연극을 개선해나가는 고된 작업에 매달리느라 특유의 낭만적인 요소를 점차 잃어갔기 때문이다.

연극은 애틀랜틱시티에서 막을 올렸다. 누구나 알아볼 정도로 갑자기 빌의 기분이 나빠졌다. 그는 감독에게 툴툴거렸고, 배우들에게는 빈정거렸다. 아이린 리커가 프랭크 르웰런과 함께 다른 기차로 왔기 때문이라는 소문이 돌았다. 의상 리허설이 있던 밤, 객석의 희미한 조명 아래 작가 옆에 앉은 그는 사악한 인물처럼 보였다. 그러나 2막이 끝날 때까지는 아무 말도 하지 않았는데, 이어서 프랭크 르웰런과 아이린 리커, 단둘만 무대에 섰을 때 그가 갑자기 소리쳤다.

"그 부분 다시 해. 그 헛소리는 집어치우고!"

르웰런이 무대 앞쪽 풋라이트 쪽으로 다가갔다.

"그게 무슨 말이죠? 헛소리는 집어치우라니?" 그가 물었다. "대본에 나온 그대로잖아요."

"내 말뜻 알 텐데. 연극에만 집중하라는 말이야."

"무슨 말인지 모르겠어요."

빌이 일어섰다. "그 빌어먹을 속삭임을 말하는 거야."

"속삭임 같은 건 없었어요. 난 그저 물어보는……."

"됐어. 그냥 다시 시작하자고."

르웰런이 솟구치는 분노를 억누르며 몸을 돌려 다시 연기를 하려고 했을 때 빌이 모두의 귀에 들릴 정도의 목소리로 덧붙였다. "아무리 얼치기 배우라도 자기 역할은 제대로 해야지."

르웰런이 몸을 홱 돌렸다. "그런 말은 참지 않을 겁니다, 맥체스니 씨."

"왜 못 참지? 자넨 얼치기 배우 아니던가? 언제부터 얼치기 배우인 것을 부끄러워했지? 어쨌든 난 이 연극을 무대에 올릴 거니까 자넨 자네 역할에만 충실해줬으면 좋겠어." 빌은 일어나 통로를 걸어 내려갔다. "만약 그렇게 하지 못한다면 난 자네를 다른 사람과 똑같이 취급할 거야."

"말을 좀 가려서 하면 좋겠습니다만……."

"그렇게 못 하겠다면?"

르웰런이 오케스트라석으로 뛰어내렸다.

"난 당신의 지시 따위는 받지 않을 거야!" 그가 소리쳤다.

아이린 리커가 무대에서 그들을 향해 소리쳤다. "맙소사, 두 사람 다 미쳤어?" 그때 르웰런이 빌에게 주먹을 휘둘러 짧고 강력하게 한 방 먹였다. 빌은 좌석 줄 너머로 나가떨어졌고, 떨어지면서 의자 하나를 부수고 거기 처박혔다. 순간적으로 큰 혼란

Two Wrongs

이 일었지만 사람들이 곧 르웰런을 붙들었고, 이어 낯빛이 하얗게 질린 작가가 빌을 일으켜 세웠다. 무대 감독은 이렇게 외쳤다. "저 자식을 죽여버릴까요, 단장님? 저 돼지같이 살찐 낯짝을 박살내버릴까요?" 르웰런은 숨을 헐떡거렸고, 아이린 리커는 겁에 질려 있었다.

"자리로 돌아가!" 빌이 손수건을 얼굴에 대고 휘청이는 몸을 작가의 팔에 의지한 채 외쳤다.

"다들 자리로 돌아가! 그 장면 다시 시작해. 잡담하지 말고! 돌아가, 르웰런!"

모두가 거의 반사적으로 무대로 돌아가고 있을 때 아이린이 르웰런의 팔을 잡아끌며 재빨리 뭔가 말했다. 누가 객석 조명을 환하게 켰다가 황급히 다시 어둡게 했다. 에미는 자신의 장면을 연기하러 나오면서 빌이 피가 흐르는 얼굴을 손수건으로 거의 다 가린 채 앉아 있는 모습을 힐끗 보았다. 그녀는 르웰런이 싫었으며, 극단이 해체되어 뉴욕으로 돌아가게 될까 봐 두려웠다. 그러나 빌은 공연을 구하기 위해 자신의 어리석은 행동을 수습했다. 르웰런이 이 이상으로 주도권을 쥐고 그만두겠다고 하면 연극계에서 자신의 입지가 손상될 것이기 때문이었다. 막이 끝나고 다음 막이 쉬는 시간 없이 바로 시작되었다. 리허설이 끝났을 때 빌은 어디론가 사라지고 없었다.

다음 날 밤, 공연이 진행되는 동안 그는 드나드는 모든 단원이 보이는 무대 옆쪽 의자에 앉아 있었다. 얼굴은 붓고 멍들었지만 그런 것은 신경 쓰지 않는 것처럼 보였다. 별다른 말도 하지 않고 잠자코 있었다. 그가 한 차례 앞쪽 자리를 빙 돌아서 나갔다. 다시 자리에 돌아왔을 때 뉴욕의 두 에이전시가 높은 가격으로 연극의 판권을 사려 한다는 소문이 새어 나왔다. 그는 '대박을 쳤다'. 그들 모두 대박을 친 것이다.

빌을 본 에미는 그들 모두 빌에게 많은 빚을 졌다는 생각에 감사의 마음이 밀려오는 것을 느꼈다. 그녀는 그에게 가서 고마움을 표했다.

"난 사람을 고르는 안목이 있어, 빨간 머리 아가씨." 그가 딱딱한, 재미없는 말투로 호응했다.

"날 뽑아줘서 고마워요."

그러고 나서 에미는 돌연 감상적인 기분이 되어 경솔한 말을 하게 되었다.

"얼굴을 심하게 다치셨네요!" 그녀가 외쳤다. "어젯밤, 일이 잘 못되지 않도록 수습하신 것은 정말 용기 있는 행동이었다고 생각해요."

그는 그녀를 잠시 물끄러미 바라보았다. 그런 다음 쓸쓸한 미소를 지어 보이려 했지만, 얼굴이 부은 탓에 잘되지 않았다.

"내가 훌륭하다고 생각하나, 젊은 아가씨?"

"네."

"내가 나가떨어져 의자에 처박혔을 때도 나를 훌륭하다고 생각했어?"

"단장님은 상황을 아주 빨리 통제하셨잖아요."

"정말 기특하군. 그 난장판 같은 어리석은 상황에서도 뭔가 훌륭한 점을 찾아내다니."

그녀는 행복감이 솟는 것을 느끼며 말했다. "어쨌든 단장님은 매우 훌륭하게 행동했어요." 그녀는 매우 싱그럽고 젊어 보였으므로 비참한 기분으로 힘든 하루를 보낸 빌은 자신의 부어오른 뺨을 그녀의 뺨에 대고 잠시 쉬고 싶다고 생각했다.

다음 날 아침 그는 얼굴의 멍과 마음속의 욕망, 둘 다를 지니고 뉴욕으로 돌아갔다. 멍은 차차 흐려졌지만 욕망은 그대로 남았다. 연극이 뉴욕에서 막을 올리고 에미의 미모 주위로 사람들이 몰려드는 것을 보자마자, 그녀는 그에게 이 연극을 의미하게 되었고, 성공을 의미하게 되었으며, 그가 극장을 찾을 때 가장 먼저 눈에 들어오는 사람이 되었다. 연극은 오랫동안 성공리에 상연된 후 장기 공연을 끝냈다. 바로 그 무렵 빌은 술을 지나치게 마셔댔고, 과음 후 반작용으로 나타나는 우울한 잿빛 나날들에 누군가를 필요로 했다. 두 사람은 6월 초에 코네티컷 주에서 갑자기 결혼했다.

3

미국 독립 기념일인 7월 4일을 기다리는 두 남자가 런던의 사보이 그릴에 앉아 있었다. 5월도 벌써 하순에 접어들었다.

"그 사람, 괜찮은 친구야?" 허벨이 물었다.

"아주 좋은 친구지." 브랑쿠시가 대답했다. "아주 좋고, 아주 잘생기고, 아주 인기 많은 친구야." 잠시 후 그가 덧붙였다. "난 그를 귀국시키고 싶어."

"내가 이해가 안 가는 게 그거야." 허벨이 말했다. "이곳의 쇼 비즈니스 업계는 미국과 비교하면 아무것도 아닌 수준이잖아. 그런데 무엇 때문에 여기 남아 있는 걸까?"

"많은 공작들, 많은 귀부인들과 어울려 다닌다네."

"그래?"

"지난주에 그를 만났을 땐 세 명의 귀부인과 함께 있더군. 아무개 부인, 모모 부인, 누구 부인."

"결혼한 유부남인 줄 알았는데."

"3년 전에 했지." 브랑쿠시가 말했다. "예쁜 아이도 한 명 있어. 앞으로 한 명 더 생길 거고."

그때 맥체스니가 들어오자 그는 말을 멈추었다. 어깨 부분을 도톰하게 부풀린 외투의 칼라 위로 드러난 대단히 미국적인 얼굴이 거리낌 없이 주위를 둘러보았다.

Two Wrongs

"안녕, 맥. 내 친구를 소개하지. 허벨이라고 해."

"잘 부탁합니다." 빌이 말했다. 그는 자리에 앉아서도 계속 바주위를 살펴보았다. 거기에 누가 있는지 살피는 것이었다. 몇 분후 허벨이 떠나자 빌이 이렇게 물었다.

"저이는 어떤 사람이야?"

"여기 온 지 한 달밖에 안 됐어. 아직 뭐라 부를 만한 직함 같은 건 없어. 자넨 이곳에 온 지 6개월이나 되었다는 걸 명심해."

빌이 히죽 웃었다.

"자넨 날 속물이라고 생각하지? 안 그래? 그렇지만 나는 적어도 가식적이지는 않아. 속물적인 게 좋아. 체질에도 맞는 거 같고. 될 수만 있다면 맥체스니 후작이 되고 싶어."

"모르지, 지금처럼 계속 술을 마시면 그렇게 될 수 있을지도." 브랑쿠시가 말했다.

"쓸데없는 소리! 내가 술을 마신다고 누가 그래? 지금 그런 말이 돌고 있나 보지? 이봐, 런던에 온 지 8개월도 안 돼서 나만큼 성공을 거둔 미국인 연출가가 연극사상 있었던가? 있었다면 말해봐. 그러면 내일 당장 자네와 함께 미국으로 돌아갈 테니. 어디 한번 말해보라고……."

"자네 옛 작품들을 다시 올린 거잖아. 뉴욕에서 자넨 두 번의 실패를 겪었어."

빌은 굳은 표정으로 자리에서 일어섰다.

"자네가 뭔데 그래?" 그가 다그치듯 물었다. "나한테 그런 말을 하려고 여기까지 온 거야?"

"너무 까칠하게 굴지 마, 빌. 나는 자네가 미국으로 돌아가길 바랄 뿐이야. 그렇게 하기 위해서라면 무슨 말이든 할 수 있다네. 1922년과 1923년에 했던 것처럼 세 시즌 연속으로 연극을 올린다면, 자넨 앞으로 평생토록 안정된 삶을 살 수 있어."

"뉴욕은 넌더리가 나." 빌이 우울하게 말했다. "한때는 왕처럼 떠받들던 사람들이 두 번만 실패하면 한물간 퇴물이라고 떠들고 다니는 곳이지."

브랑쿠시가 고개를 저었다.

"사람들이 그렇게 말한 건 그 때문이 아니었어. 자네가 가장 친한 친구 에이런스탈과 말다툼을 벌인 일 때문에 그랬던 거야."

"친구는 무슨 얼어 죽을 친구야?"

"어쨌든 사업상 가장 가까운 친구였잖아. 그런데……"

"그 얘기는 하고 싶지 않아." 그가 손목시계를 들여다보았다. "이봐, 에미의 기분이 너무 안 좋아서 오늘 밤은 자네와 함께 저녁을 먹을 수 없을 것 같아. 배를 타기 전에 내 사무실에 한번 들러줘."

5분 후, 브랑쿠시는 시가 판매대 옆에 서서 빌이 사보이 그릴로 다시 들어가 찻집으로 이어지는 계단을 내려가는 것을 보았다.

Two Wrongs

'대단한 책략가가 되었군.' 브랑쿠시는 생각했다. '예전에는 여자랑 데이트가 있으면 있다고 그냥 말했는데. 공작이나 귀부인들과 어울리다 보니 잔꾀가 한층 는 것 같아.'

브랑쿠시는 쉽게 상처받는 성격이 아니었음에도 얼마간 상처를 받은 것 같았다. 어쨌든 바로 그때 그 자리에서, 그는 맥체스니가 내리막길로 들어섰다는 결론을 내렸다. 브랑쿠시는 그 순간에 마음속에서 빌을 영원히 지워버렸는데, 이런 면모야말로 그의 전형적인 모습이었다.

겉으로 보면 빌이 내리막길로 들어섰다는 표식은 전혀 없었다. 그는 뉴스트랜드 극장에서 성공을 거두었고, 프린스오브웨일스 극장에서도 성공했다. 거의 2, 3년 전 뉴욕에서 공연했을 때만큼이나 많은 매출이 매주 쏟아져 들어왔다. 행동파인 빌이 활동의 본거지를 바꾼 것은 분명 타당해 보였다. 그리고 한 시간 후에 저녁을 먹으러 하이드파크에 있는 자기 집으로 돌아간 빌은 이십 대 후반의 남자에게서 기대할 수 있는 모든 활력을 지니고 있었다. 지쳐서 몸이 둔해진 에미는 위층 거실 소파에 누워 있었다. 빌은 그녀를 잠시 안아주었다.

"이제 막바지이니 조금만 참아." 그가 말했다. "당신, 아름다워."

"거짓말 마."

"사실이야. 당신은 언제나 아름다워. 그 이유는 나도 잘 모르겠어. 아마 인간성이 훌륭하기 때문일 거야. 그게 언제나 당신 얼굴에 배어 있어. 이런 모습일 때조차도 말이야."

에미는 기뻤다. 그녀는 손으로 그의 머리카락을 쓸어주었다.

"인간성은 세상에서 가장 중요한 것이지." 그가 선언하듯 말했다. "그리고 당신은 내가 아는 누구보다 인간성이 풍부한 사람이야."

"브랑쿠시 만났어?"

"만났지. 건방진 자식! 녀석을 데려와 함께 저녁 먹으려던 계획, 취소해버렸어."

"무슨 일이 있었는데?"

"아, 녀석이 오만하게 굴잖아. 에이런스탈과 말다툼을 벌인 일이 마치 내 잘못인 것처럼 말하잖아."

그녀는 입을 꽉 다문 채 잠시 망설이다가 조용히 이렇게 말했다. "당신이 술에 취해 있었기 때문에 에이런스탈과 그렇게 싸운 거잖아."

그가 가만히 앉아 있지 못하고 일어났다.

"또 시작할 생각이라면……."

"아니야, 빌. 그런데 당신 요즘 술을 너무 많이 마셔. 당신도 알잖아."

그는 그녀 말이 옳다는 것을 깨닫고 그 문제를 회피했다. 두 사람은 저녁 식사를 했다. 그는 와인 병의 그윽한 붉은빛을 바라보며 내일부터 아기가 태어난 후까지는 술을 끊겠다고 결심했다.

"나는 마음만 먹으면 언제든 술을 끊을 수 있어. 그렇지 않아? 내가 한 말은 꼭 실행하니 말이야. 당신도 내가 실수한 걸 본 적이 없을 거야."

"그래. 아직까지는."

두 사람은 함께 커피를 마셨다. 잠시 후 그가 일어섰다.

"일찍 들어와." 에미가 말했다.

"그래, 그럴게……. 그런데 왜 그래, 자기?"

"그냥 울고 있을 뿐이야. 신경 쓰지 마. 얼른 가. 바보처럼 거기 서 있지 말고."

"그렇지만 당연히 걱정되지. 당신이 우는 거 보고 싶지 않아."

"밤에 당신이 어딜 가는지 몰라서 그래. 당신이 누구랑 있는지 몰라서. 게다가 시빌 컴브링크 부인이 계속 전화해대고……. 그건 괜찮아. 그렇지만 밤중에 깨어나 눈을 뜨면 너무 외로워, 빌. 얼마 전까지만 해도 우린 늘 함께였잖아."

"우린 지금도 여전히 함께야……. 왜 그래, 에미?"

"알고 있어……. 약간 제정신이 아니라서 그래. 우린 서로를 실망시키는 일은 절대 하지 않을 거야. 그렇지? 우린 지금껏……."

"물론이지."

"일찍 돌아와. 가능한 한 빨리."

그는 프린스오브웨일스 극장을 잠시 들여다보았다. 그런 다음 바로 옆 호텔로 들어가 전화를 걸었다.

"부인과 통화하고 싶습니다. 저는 맥체스니라고 합니다."

시간이 다소 흐른 뒤에야 시빌 부인이 전화를 받았다.

"이거 참 놀랍군요. 몇 주 만에 이렇게 당신 목소리를 듣는 행운을 누리다니."

그녀의 목소리는 채찍처럼 날카롭고 냉장고처럼 차가웠다. 영국 숙녀들이 문학 작품에서 익히고 흉내 내면서 차츰차츰 친숙해진 말투였다. 그 말투는 빌을 매료시켰다. 그러나 그것도 잠시였다. 그는 냉정을 유지했다.

"시간이 없었습니다." 그가 간단히 답했다. "마음이 상한 건 아니죠?"

"난 '마음이 상했다'는 말을 거의 하지 않아요."

"혹시 그러지 않았을까, 걱정했습니다. 오늘 밤 파티 초청장도 보내주지 않으셨잖아요. 저는 우리가 그 일에 관해 충분히 이야기를 나눴고, 서로 합의에 이르렀다고 생각했는데……."

"당신이 엄청 얘기를 많이 했잖아요." 그녀가 말했다. "필요 이상으로 많이."

갑자기 그녀가 전화를 끊어버려서 빌은 깜짝 놀랐다.

'날 영국식으로 대하겠다는 심보로군.' 빌은 생각했다. '촌극을 하는 것 같아. '천 명의 백작의 딸'이라는 제목의 촌극을.'

Two Wrongs

그녀의 무시가 그를 자극하고, 그녀의 무관심이 그의 꺼져가던 관심을 되살렸다. 그가 에미에게 헌신하고 있다는 것은 누가 봐도 분명해 보였으므로 여자들은 대개 그의 변심을 용서하고 허락했다. 그리고 몇몇 부인들은 그를 떠올릴 때 불쾌하지 않은 한숨을 짓곤 했다. 그러나 이 전화 통화에서 그는 그 같은 한숨을 전혀 감지하지 못했다.

"이 잘못된 상황을 말끔히 해결하고 싶어." 그는 생각했다. 야회복을 입고 있다면 댄스파티에 참석하여 그녀와 그 일에 관해 얘기를 나눌 수 있을 것이다. 그렇지만 야회복으로 갈아입으려고 집으로 돌아가고 싶지는 않았다. 곰곰이 생각해보니 오늘 당장 오해를 푸는 것이 중요해 보였고, 지금 옷차림 그대로 파티에 가는 것도 나쁘지 않을 거라는 생각이 들었다. 미국인은 복장이 관례에 맞지 않아도 너그러이 용서받곤 하니까. 어쨌든 아직 시간이 있어서 그는 하이볼을 몇 잔 마시며 한 시간 동안 그 문제에 대해 생각해보았다.

한밤중이 되었을 때 그는 메이페어*에 있는 그녀의 저택 계단을 올라갔다. 코트 보관실 담당자가 못마땅한 표정으로 그의 트위드 코트를 살펴보았고, 하인은 초대 손님 명단에서 헛되이 그의 이름을 찾아보았다. 다행히도 같은 시간에 도착한 그의

---

* 하이드파크의 고급 주택가.

친구 험프리 던 경이 무슨 착오가 생긴 게 틀림없다고 하인을 설득해주었다.

실내에 들어선 빌은 곧장 안주인을 찾아 이리저리 둘러보았다.

그녀는 젊고 키가 매우 컸다. 반은 미국인이고 반은 영국인이었는데, 영국인 기질이 훨씬 더 강했다. 어떤 의미에서는 그녀가 빌 맥체스니를 발견한 것이라고 할 수 있었다. 그의 야성적인 매력을 인정하고 받아들인 것이다. 그래서 그녀로서는 방종한 생활을 시작한 이래 그가 자신을 멀리했다는 사실이 가장 굴욕적으로 느껴졌다.

그녀는 남편과 함께 손님을 맞이하는 줄의 맨 앞에 서 있었다. 빌은 부부가 함께 있는 모습을 그때 처음 보았다. 그는 공식적인 손님맞이 의식이 끝나가는 느슨해진 시점에 모습을 드러내는 게 좋겠다고 생각했다.

손님맞이가 끊임없이 계속되자 빌은 점점 더 불편해졌다. 많지는 않았지만 아는 사람을 몇 명 보았고, 자신의 복장이 얼마간 이목을 끌고 있다는 것도 의식하게 되었다. 시빌 부인이 그를 보았다는 것도 알아차렸는데, 그녀가 손을 흔들어주었다면 곤혹스러움이 한결 가셨을 테지만 그녀는 전혀 알은체를 하지 않았다. 여기 온 것이 후회되기 시작했다. 그렇지만 지금 돌아가는 것은 너무 우스꽝스러운 짓일 것 같아서 그는 뷔페 테이블로 가서 샴페인을 한 잔 마셨다.

뒤를 돌아보니 그녀는 마침내 혼자였다. 그녀가 있는 쪽으로 가려고 할 때 집사가 말을 걸었다.

"실례합니다만 선생님, 초대장은 가지고 계신지요?"

"나는 시빌 부인의 친구요." 빌이 짜증이 배어나는 어조로 말했다. 그가 몸을 돌려 걸음을 옮기자 집사가 따라왔다.

"죄송합니다만 선생님, 저와 함께 가서 이 상황을 바로잡아야 할 것 같습니다."

"그럴 필요 없어요. 지금 바로 시빌 부인에게 가서 얘기를 나누려던 참이니까."

"제가 받은 지시는 그렇지 않습니다, 선생님." 집사가 단호하게 말했다.

그런 다음, 무슨 일이 벌어지고 있는지 깨닫기도 전에 빌은 두 팔이 옆구리 쪽으로 지그시 눌린 채로 뷔페 테이블 뒤에 있는 작은 대기실로 끌려갔다.

그곳에서 그는 코안경을 쓴 남자와 대면했는데, 컴브링크 부부의 개인 비서라는 것을 알아차렸다.

비서가 집사를 향해 고개를 끄덕이며 말했다. "이분 맞습니다." 그 말이 떨어지자 집사는 빌을 놓아주었다.

"맥체스니 씨." 비서가 말했다. "선생님은 초대장 없이 무단으로 이곳에 들어오셨습니다. 이 집의 주인어른께서는 선생님이 즉시 이 집에서 떠나기를 바라십니다. 코트 보관증을 주시겠습니까?"

상황을 이해한 빌의 입에서 시빌 부인에게 적합하다고 생각되는 한마디 말이 튀어나왔다. 그러자 비서가 두 하인에게 신호를 보냈고, 빌은 격렬하게 발버둥질하며 식품 저장실로 끌려갔다. 바쁘게 일하던 일꾼들이 그 광경을 멀뚱멀뚱 바라보았다. 빌은 식품 저장실을 빠져나와 긴 복도를 지나서 문밖의 어둠 속으로 떠밀렸다. 문이 닫혔다. 잠시 후 다시 문이 열리더니 그의 코트가 펄럭이며 날아오고 지팡이가 덜그럭거리며 계단을 굴러 내려왔다.

어안이 벙벙해진 그가 자리를 뜨지 못하고 거기 서 있을 때 택시 한 대가 다가와 멈춰 섰다. 운전사가 외쳤다.

"기분이 안 좋으세요, 선생님?"

"뭐라고요?"

"한잔하고 싶으시다면 제가 좋은 곳을 알고 있습니다, 선생님. 밤늦게 가도 전혀 상관없는 곳이죠." 악몽을 향해 택시의 문이 열렸다. 영업 마감 시간을 어기는 카바레가 있었다. 그는 어딘가에서 태운 낯선 사람들과 어울렸고, 말다툼을 벌이기도 했다. 그는 수표를 현금으로 바꾸려 하다가 갑자기 자기가 연극 연출가 윌리엄 맥체스니라고 되풀이하여 주장했고, 그 사실을 아무에게도 납득시키지 못했다. 심지어 자기 자신도 그 사실이 믿기지 않았다. 즉시 시빌 부인을 만나 해명을 요구하고야 말겠다 싶다가

도 금세 마음이 바뀌어 지금은 무엇도 중요하지 않다는 생각이 들었다. 그는 택시를 탔고, 어느 순간 운전사가 집 앞에서 그를 흔들어 깨웠다.

집 안에 들어서자 전화벨이 울렸지만 그는 목석처럼 하녀를 지나쳤다. 계단에 발을 올렸을 때에야 비로소 하녀의 목소리가 귀에 들어왔다. "맥체스니 선생님, 또 병원에서 온 전화예요. 사모님이 거기 계신데, 매시간 전화가 와요."

그는 여전히 멍한 상태로 수화기를 귀에 가져갔다.

"여기는 미들런드 병원인데요, 부인 일로 전화드립니다. 부인께서 오늘 아침 9시에 아기를 사산하셨습니다."

"잠깐만요." 그의 목소리는 메마르고 갈라졌다. "그게 무슨 말이죠?"

잠시 후 그는 에미가 죽은 아이를 낳았고, 지금 자기를 찾고 있다는 것을 이해했다. 택시를 잡으려고 거리로 나가 걸음을 옮길 때 무릎이 후들거렸다.

병실은 어두웠다. 헝클어진 침대에 누워 있던 에미가 고개를 들어 그를 보았다.

"여보!" 그녀가 외쳤다. "당신이 죽은 줄 알았어! 여태 어디 있었어?"

그는 침대 옆에 털썩 무릎을 꿇었다. 그러나 에미는 고개를 돌려 외면했다.

"당신, 냄새가 지독하네." 그녀가 말했다. "속이 메슥거려."

그러나 그녀는 남편의 머리에 계속 손을 얹고 있었고, 그는 무릎 꿇은 자세 그대로 움직이지 않고 오랫동안 가만히 있었다.

"난 당신을 포기했어." 그녀가 중얼거렸다. "하지만 당신이 죽었을지 모른다고 생각하니 정말 무서웠어. 모든 사람이 죽잖아. 나도 죽고 싶었어."

바람에 커튼이 휘날렸다. 그가 커튼을 정리하러 일어나 창가로 갔을 때 그녀는 밝은 아침 햇빛을 받아 창백하고 끔찍해 보이는 남편의 모습을 보았다. 옷은 구겨지고 얼굴은 멍들었다. 이번에는 남편을 상처 입힌 사람이 아니라, 남편이 미웠다. 그녀는 남편이 자신의 가슴속에서 스르르 빠져나가는 것을 느꼈고, 빠져나가면서 남긴 공간을 느꼈으며, 어느 순간 전부 다 빠져나가서 사라져버린 것을 느꼈다. 그러자 그녀는 그를 용서할 수 있었고, 심지어 가엾다는 생각마저 들었다. 모든 일이 너무나 순식간에 일어났다.

그녀는 병원 현관 앞에서 넘어졌었다. 혼자서 택시에서 내리려다 그런 것이었다.

4

몸과 마음이 회복되었을 때 에미의 머릿속에는 춤을 배우고 싶다는 생각이 끊이지 않았다. 사우스캐롤라이나 주에 살 때 조지아 베리먼 캠벨이 심어준 오래된 꿈이 머릿속에 똬리를 틀더니 마냥 풋풋했던 청춘 시절과 뉴욕에서의 희망의 나날을 밝고 또렷하게 상기시켰다. 그녀에게 춤이란 것은 수백 년 전 이탈리아에서 발전해 금세기 초에 러시아에서 절정을 이룬 유연한 애티튜드*와 피루엣** 동작이 정교하게 조합된 것을 의미했다. 그녀는 자기가 신뢰할 수 있는 것에 자신을 사용하고 싶었다. 그녀에게 춤은 음악의 여성적인 해석으로 여겨졌고, 강한 손가락 대신 팔과 다리로 차이콥스키와 스트라빈스키를 표현하는 것으로 여겨졌다. 〈쇼피니아나〉***에서의 두 발은 〈반지〉****에서의 목소리만큼이나 감정을 잘 표현했다. 춤의 밑바닥은 곡예사와 훈련받은 물개 사이에 끼인 어떤 것이고, 춤의 정점은 파블로바와 예술이었다.

두 사람이 뉴욕으로 돌아와 아파트에 자리를 잡자 그녀는 열

* 발레에서 몸을 한 다리로 지탱하고 다른 한 다리는 무릎을 구부려 90도 각도로 뒤로 올리는 동작.
** 한 발로 서서 팽이처럼 빠르게 도는 동작.
*** 러시아의 안무가 미하엘 포킨이 1907년에 발표한 발레 작품.
**** 독일 작곡가 리하르트 바그너의 악극 〈니벨룽의 반지(Der Ring des Nibelungen)〉.

여섯 살 여자아이처럼 하고 싶던 일에 몰두했다. 하루에 네 시간씩 바를 이용한 운동을 비롯하여 애티튜드, 소테,* 아라베스크,** 피루엣 등을 연습했다. 그것이 그녀의 삶에서 가장 현실적인 부분이 되었다. 자신이 너무 나이가 많은 게 아닐까 하는 것이 유일한 걱정거였다. 스물여섯 살의 에미는 10년의 공백을 따라잡아야 했지만, 그녀는 훌륭한 몸매에 예쁜 얼굴까지 갖춘 타고난 무용수였다.

빌은 아내를 격려했다. 그녀가 준비만 되면 그녀를 중심으로 한 미국 최초의 본격적인 발레단을 만들 작정이었다. 빌은 춤에 그토록 몰두하는 아내가 부러울 때가 많았다. 미국으로 돌아온 후 그가 손대는 연극계 일들이 더 어려워졌기 때문이기도 했다. 자신감이 충만했던 초창기에 많은 적을 만들었기 때문이다. 그가 배우들을 가혹하게 대했던 탓에, 같이 일하기 어렵다거나 그가 술을 마신다는 이야기가 과장되게 떠돌아다녔다.

그는 돈을 저축하는 법이 없었고, 그래서 연극을 시작할 때마다 도움을 청해야 한다는 점도 힘들었다. 한편으로 그는 별난 방식으로 지적인 사람이어서, 그것을 증명하기 위해 용감하게도 몇 편의 비상업적 연극 제작을 시도하기도 했다. 그러나 그는 시어터 길드 같은 배경을 가지고 있지 않았으므로 모든 손실을 고

---

* 양발로 도약했다가 착지하는 동작.
** 한쪽 다리로 서서 다른 쪽 다리를 뒤로 직각으로 곧게 뻗는 자세.

Two Wrongs

스란히 떠안았다.

　더러는 성공도 거뒀다. 그러나 성공을 위해 전보다 더 열심히 일해야 했다. 적어도 그가 느끼기에는 그랬는데, 그동안의 난잡한 생활에 대한 대가를 치러야 했기 때문이다. 적절히 휴식을 취하고 끊임없이 피워대는 담배도 끊어보려 했지만, 경쟁이 너무나 치열해진 지금은 그러기가 쉽지 않았다. 완벽하다는 평판을 받는 신인들이 등장한 데다 그는 규칙적으로 일하는 것에 익숙하지 않았다. 블랙커피에 의존하여 마구 몰아치며 일하는 것을 좋아했다. 쇼 비즈니스에서는 이런 방식이 불가피해 보이긴 하지만, 서른이 넘은 남자에게는 기력을 앗아가는 버거운 일이 아닐 수 없었다. 그는 어떤 면에서는 에미의 양호한 건강과 활력에 기대게 되었다. 두 사람은 언제나 함께였다. 만약 그가, 아내가 자신을 필요로 하는 것보다 자신이 아내를 더 필요로 하게 되었다는 막연한 불만을 느꼈다 해도, 그에게는 언제나 다음 달, 다음 시즌에는 상황이 나아질 거라는 희망이 있었다.

　11월의 어느 날 저녁, 발레 학교에서 나와 집으로 돌아가는 에미는 작은 회색 가방을 경쾌하게 흔들었다. 그녀는 여전히 땀으로 축축한 머리에 모자를 더 깊이 눌러쓰고 즐거운 상상에 잠겼다. 에미는 최근 한 달 동안 사람들이 발레 스튜디오에 온다는 걸, 특히 자신을 지켜보기 위해 온다는 걸 눈치챘다. 그녀는 춤출 준비가 되어 있었다. 한때는 다른 일에―빌과의 관계에―엄청난 노력과 시간을 쏟아부었지만, 결과는 극도의 고통과 절망뿐이었다. 그러나 이 일에는 자기 자신 말고는 그녀를 좌절시킬 게 아무것도 없었다. 그럼에도 그녀는 "그래, 때가 왔어. 난 이제 행복해질 거야" 하고 생각하는 것이 다소 성급한 건 아닐까 하는 느낌이 들었다.

그녀는 걸음을 서둘렀다. 오늘 있었던 일에 대해 빌과 얘기를 나누어야 했기 때문이다.

남편이 거실에 있는 것을 보고 에미는 옷을 갈아입으면서 이리 좀 와달라고 큰 소리로 말했다. 그녀는 뒤를 돌아보지 않고 말을 시작했다.

"무슨 일이 있었는지 들어봐!" 욕조에 물을 받고 있었으므로 그녀는 목소리를 물소리보다 더 크게 냈다. "폴 마코바가 이번 시즌에 메트로폴리탄에서 나와 함께 춤추고 싶대. 확정된 건 아니라서 아직은 비밀이야. 아직은 나도 모르는 것으로 되어 있으니까."

"굉장한 소식이다!"

"딱 하나 고려할 점은, 내가 해외에서 데뷔하는 게 더 낫지 않을까 하는 점이야. 어쨌든 도닐로프 말로는 난 이제 무대에 설 준비가 되어 있다는 거야. 당신 생각은 어때?"

"난 모르겠어."

"별로 기쁘지 않은 목소리네."

"마음에 걸리는 문제가 있어서 그래. 내 얘기는 나중에 말할 테니 당신 얘기를 계속해봐."

"그게 다야. 만약 아직도 당신이 전에 말했던 것처럼 한 달 동안 독일에 가 있고 싶다면 도닐로프가 나를 위해 베를린에서 데뷔할 수 있게 준비해줄 거야. 그렇지만 난 여기서 폴 마코바와 함께 춤을 추는 것으로 데뷔하고 싶어. 상상해봐……." 그녀는 말을 멈췄다. 문득 자신은 한껏 들떠 있지만 남편은 딴 데 정신을 팔고 있다는 느낌이 들었기 때문이다. "당신 마음에 걸리는 문제가 뭔지 말해봐."

"오늘 오후에 컨스 박사에게 갔었어."

"컨스 선생님이 뭐래?" 그녀의 마음은 여전히 자신의 행복에 도취되어 있었다. 빌에게 간헐적으로 찾아드는 건강 염려증에 신경을 끈 지도 오래되었다.

"오늘 아침에 피를 토한 얘기를 했어. 그랬더니 그가 작년에 했던 말을 또 하더라고. 목의 혈관이 조금 찢어진 것 같다는 거야. 하지만 내가 계속 기침을 하고 또 걱정을 많이 하니까, 그렇다면 엑스레이를 찍어서 뭐가 문제인지 확실히 아는 게 더 안전하겠다고 하더군. 그래, 우린 뭐가 문제인지 확실히 알게 되었어. 내 왼쪽 폐는 사실상 없는 거나 다름없대."

"빌!"

"다행히도 다른 쪽 폐는 아무 이상이 없대."

그녀는 두려움에 휩싸인 채 다음 말을 기다렸다.

"나에겐 안 좋은 시기에 문제가 생겼어." 그가 동요하지 않고 말을 이었다. "그렇지만 이건 내가 맞서야 할 일이야. 컨스 박사는 내가 애디론댁 산지*나 덴버에서 겨울을 보내야 한다고 했어. 그중에서도 덴버가 좋겠대. 그러면 5, 6개월 안에 건강이 회복될 거라고 했어."

"물론 우린 그렇게……." 그녀가 갑자기 말을 멈추었다.

"당신이 나를 따라나서는 건 바라지 않아. 특히 당신에게 이런 큰 기회가 온 때에."

"당연히 나도 따라갈 거야." 그녀가 지체없이 말했다. "당신 건강이 무엇보다 우선이지. 우린 항상 어디든 함께 갔잖아."

"안 돼."

"안 되긴 뭐가 안 돼." 그녀가 강하고 단호한 목소리로 말했다. "우린 언제나 함께였어. 당신 없이 내가 이곳에 머물러 있을 순 없어. 언제 출발해야 해?"

"가능한 한 빨리. 난 브랑쿠시를 찾아가서 그가 리치먼드 작품을 맡아줄 수 있는지 알아봤어. 그런데 반응이 시큰둥하더군." 빌의 얼굴이 굳어졌다. "물론 지금으로선 다른 문제는 없는 것 같지만, 앞으로 이런저런 문제가 나올 거야. 빚진 게 좀 있으

• 뉴욕 북동부의 휴양지.

니……."

"아, 내가 돈을 벌었어야 했는데!" 에미가 슬프게 부르짖었다. "당신은 그토록 열심히 일했는데, 난 여기서 발레 수업을 받는 데만 일주일에 200달러를 쓰고 있었어. 내가 앞으로 몇 년 동안 일해도 벌 수 없는 돈을 써낸 거야."

"6개월만 지나면 전처럼 건강해질 거야. 의사가 그렇게 말했으니."

"물론이지. 우리 둘이 노력하면 당신 건강은 회복될 거야. 가능한 한 빨리 출발하는 게 좋겠어."

그녀가 한 팔로 그를 안고 뺨에 키스했다.

"난 기생충 같은 존재야." 그녀가 말했다. "내 남편의 건강이 안 좋다는 걸 진작 알았어야 했는데."

그는 무의식적으로 담배에 손을 뻗다가 이내 멈추었다.

"담배를 줄여야 한다는 걸 깜빡했네." 그는 갑자기 이 어려운 상황에 정면으로 맞서고자 했다. "아니야, 여보, 난 혼자 가기로 결심했어. 당신은 거기 가면 지루해서 죽을 것 같은 기분이 들 테고, 나는 나로 인해 당신이 춤출 수 없게 됐다고 자책하게 될 거야."

"그런 생각 하지 마. 중요한 건 당신 건강이 회복되는 거야."

그들은 다음 주 내내 그 문제에 대해 얘기를 나누었다. 두 사람은 수많은 이야기를 했지만 끝내 진실만은 얘기하지 않았다.

남편은 아내에게 함께 가달라는 얘기를 하지 않았고, 아내는 뉴욕에 남기를 간절히 바란다는 얘기를 입 밖에 내지 않은 것이다. 그녀는 이 문제를 조심스럽게 발레 선생인 도닐로프에게 상의했는데, 선생은 데뷔를 늦추는 건 치명적인 실수가 될 거라고 여긴다는 것을 알게 되었다. 발레 학교에서 다른 여자애들이 겨울 연습 계획을 세우는 것을 보면서 그녀는 이곳을 떠나느니 차라리 죽는 게 낫겠다고 생각했으며, 빌은 아내가 자신도 모르는 사이 내비치는 그 모든 불행의 표식을 알아보았다. 한동안 두 사람은 서로 절충하여 그녀가 주말마다 비행기로 오갈 수 있는 애디론댁 산지로 가자는 얘기를 나누었지만, 이제는 빌이 다소간 발열 증세까지 보이는 탓에 의사는 서부로 가야 한다고 강력하게 지시했다.

어느 음울한 일요일 밤, 빌은 특유의 거칠지만 너그러운 정의감을 발휘하여 모든 일을 매듭지었다. 처음에는 그녀로 하여금 그를 훌륭한 사람으로 여기게 했으며, 어려운 상황에 처했을 때는 그를 더 비참하게 만들었고, 크게 성공하여 자만에 빠져 있을 때도 언제나 그를 참고 봐줄 만한 사람으로 있게 해준 바로 그 정의감이었다.

"여보, 이 일은 내 문제야. 상황이 이 지경이 된 건 내가 자제심을 잃었기 때문이야. 우리 집에선 자제심이 죄다 당신한테 몰려 있는 것 같아. 이제 나를 구할 수 있는 사람은 나 자신밖에 없어. 당신은 지난 3년 동안 바라던 것을 정말 열심히 해왔으니 기회를 얻을 자격이 있어. 만약 이 기회를 놓친다면 당신은 평생 나를 원망하게 될 거야." 그가 소리 없이 활짝 웃었다. "난 그걸 견딜 수 없을 거야. 아이한테도 좋지 않을 테고."

결국 그녀는 자신을 부끄러워하면서도 그 말에 따르기로 했다. 비참한 기분이었지만 동시에 안도감도 들었다. 이제 그녀에게는 빌 없이 존재하는 그녀 자신의 작품 세계가 빌과 함께하는 세계보다 더 컸기 때문이다. 기뻐하고 안도할 수 있는 공간이 후회와 안타까움이 넘치는 다른 공간에 비해 한결 더 넓었기 때문이다.

이틀 후, 오후 5시 기차표를 구입하고 나서 두 사람은 희망적인 많은 이야기를 나누며 마지막 몇 시간을 함께 보냈다. 그녀는 여전히 빌 혼자 떠나는 것을 반대한다는 얘기를 꺼냈고, 그것은 얼마간 진심이었다. 그가 잠시라도 약한 마음을 보였다면, 그녀는 함께 갔을 것이다. 그러나 그가 받은 충격이 얼마간 영향을 미쳤는지 빌은 지난 몇 년 간 잠재되어 있던 강한 면을 보여주었다. 그는 혼자서 이 상황을 헤쳐나가는 게 좋을 거라고 우겼다.

"봄이 오면!" 그들은 그렇게 말했다.

얼마 후 어린 빌리와 함께 기차역에 선 빌이 말했다. "난 눈물을 짜는 그런 이별은 싫어. 여기서 작별하자. 출발하기 전에 기차에서 전화할 일도 있으니까."

그들은 에미가 병원에 입원했을 때를 제외하고는 6년 동안 하룻밤 이상 떨어져 지낸 적이 없었다. 영국에서 살았던 시절을 제외하면 두 사람은 서로를 성실하고 따뜻하게 대했다. 비록 결혼 초부터 그녀는 그의 이런 불안정한 허세에 깜짝깜짝 놀라고 종종 우울한 기분에 빠지긴 했지만. 그가 혼자 개찰구 안으로 들어간 후 에미는 남편에게 전화 걸 일이 있어서 다행이라는 생각이 들었고, 그래서 그가 전화하는 모습을 머리에 그려보려 했다.

그녀는 좋은 여자였다. 그동안 진심으로 그를 사랑했다. 33번가에 들어섰을 때 잠시 죽음의 거리에 서 있는 듯한 느낌이 들었다. 남편이 집세를 내는 아파트에는 이제 남편이 없을 것이고, 그녀는 이곳에 남아 바야흐로 자신을 행복하게 해줄 일을 시작하려 하고 있었다.

그녀는 몇 블록 지난 후에 걸음을 멈추고 생각했다. '오, 이건 끔찍해. 내가 하는 이 행위 말이야! 난 최악의 인간처럼 그이를 팽개치고 있잖아. 그이를 저버리고 지금 눈동자와 머리칼이 나와 같은 색깔이라는 이유로 좋아하는 폴 마코바와 발레 선생 도닐로프와 함께 저녁을 먹으려 하고 있어. 빌은 기차에 혼자 있는데 말이지.'

그녀는 마치 역으로 돌아갈 것처럼 갑자기 어린 빌리의 몸을 뒤로 휙 돌렸다. 에미 없이 기차에 앉아 있는, 얼굴이 몹시 창백하고 피곤해 보이는 그의 모습이 눈에 선했다.

'그이를 저버릴 순 없어.' 에미는 속으로 울부짖었다. 감정의 물결이 넘실거리며 그녀를 쓸고 지나갔다. 그러나 감정은 감정일 뿐이었다. 그도 그녀를 저버리지 않았던가? 런던에서 자기가 하고 싶은 대로 하지 않았던가?

'아, 가엾은 빌!'

마음을 정하지 못하고 서 있을 때, 마지막으로 거짓 없이 솔직한 순간이 찾아왔다. 자신이 금세 이 일을 잊어버리고 오늘의 행동에 대한 변명을 찾게 되리라는 것을 깨달은 것이었다. 그녀는 런던에서의 일들을 열심히 떠올리면서 양심의 가책을 떨쳐 냈다. 그러나 기차 안에 혼자 있는 빌의 모습을 떠올리면 그런 생각을 하고 있다는 게 너무 잔인하게 느껴졌다. 지금이라도 발길을 돌려 역으로 돌아가서 그에게 함께 가겠다고 말할 수 있었지만, 그녀는 여전히 그 자리에 멈춰 서 있었다. 그녀 안의 강한 생명력이 그녀 자신을 위해 힘껏 싸우고 있었다. 그녀가 서 있는 보도는 좁았는데, 마침 그때 극장에서 쏟아져 나온 인파가 보도로 밀려들었고, 그녀와 어린 빌리는 군중의 물결에 휩쓸렸다.

기차에서 빌은 마지막 순간까지 전화를 걸면서 자신의 객실로 돌아가는 것을 미뤘다. 아내가 거기 없으리라는 것을 거의 확신하고 있었기 때문이다. 그는 기차가 출발한 후에야 객실로 돌아갔고, 당연히 거기 있는 거라곤 선반에 올려둔 그의 가방들과 자리에 놓인 몇 권의 잡지뿐이었다.

그때 빌은 자신이 에미를 잃어버렸음을 깨달았다. 그는 환상을 모두 지우고, 있는 그대로의 실상—폴 마코바라는 사내, 그와 가까이 지내게 될 몇 달, 외로움—을 보았다. 이후의 상황은 절대 예전 같지 않을 것이다. 그는 틈틈이 《버라이어티》와 《지츠》 잡지를 읽으면서 그 문제에 대해 오랫동안 생각했는데, 매번 그 생각으로 돌아갈 때마다 왠지 에미가 이미 죽어버린 듯한 느낌이 들었다.

"그녀는 멋진 여자였어. 최고의 여자였지. 그녀에겐 인간성이라는 게 있었어." 그는 자신이 이 모든 것을 초래했으며, 거기에는 어떤 보상의 법칙이 작용하고 있다는 것을 뼈에 사무치게 깨달았다. 그는 또, 이렇게 혼자 떠남으로써 자신이 다시 그녀만큼이나 좋은 사람이 되었다는 것을 알았다. 마침내 모든 것이 균형을 찾고 동등해진 것이다.

그는 모든 것을 넘어선, 자신의 슬픔조차 넘어선 어떤 느낌에 빠져들었다. 자신보다 더 큰 무언가의 손에 내맡겨진 듯한, 편안하다고까지 할 수 있을 감각을 느꼈다. 동시에 조금 피곤하고 자신감이 없어졌는데—피곤함과 자신감 상실은 평소의 그로서는 한순간도 참을 수 없는 두 가지였다—확실한 마무리를 위해 서부로 가고 있는 지금으로선 그런 현상도 그리 나빠 보이지 않았다. 그는 마지막 순간에는 에미가 올 거라고 확신했다. 그녀가 무얼 하고 있든, 얼마나 좋은 계약을 맺었든.

크레이지 선데이

———

Crazy Sunday

크레이지 선데이

1932년 10월에 발행된《아메리칸 머큐리》에 실렸다.

현재는 피츠제럴드의 걸작 단편으로 꼽히고 있으나 당시는 열 곳 이상의 매체에서 거절당한 끝에《아메리칸 머큐리》라는 그다지 유명하지 않은 지면에 겨우 실렸다. 이처럼 과정이 험난했던 까닭은 피츠제럴드가 글의 수정이나 생략을 단호히 거부했기 때문이다.

이 작품에는 피츠제럴드가 1930년대 초 할리우드에서 일할 때 경험한 몇 가지 사건이 소재로 쓰였다. 피츠제럴드는 배우 노마 시어러와 그 남편이자 영화계의 거물인 어빙 솔버그가 주최한 파티에서 실제로 주인공과 같은 실수를 저지른 것으로 알려져 있다. 억누르지 못하는 자기과시 욕구야말로 이 사람의 개인적인 약점이었다.

1

　일요일이었다. 그냥 하루라기보다는, 두 날 사이에 낀 틈새 같은 날이었다. 촬영 세트와 시퀀스, 부착된 마이크를 이리저리 움직이는 크레인 아래에서의 오랜 기다림, 자동차로 카운티를 가로질러 하루에 수백 마일을 달리는 일, 회의실에서 머리가 비상한 경쟁자들과 벌이는 힘겨운 입씨름, 끊임없는 타협, 각자의 삶을 위해 분투하는 다양한 개성들과의 충돌과 긴장……. 이런 것들이 그들 뒤에 놓여 있었다. 그러나 오늘은 전날 오후 단조롭고 게슴츠레했던 그 눈에 광채가 돌며 저마다의 삶이 다시 시작되는 일요일이다. 시간이 흐르면서 사람들은 장난감 가게의 요정 인형처럼 천천히 깨어났다. 길모퉁이에서 열띤 대화를 나누는 이들도 있고, 복도에서 껴안고 애무하다가 사라지는 연인들도 있었다. "서둘러, 아직 늦지 않았어. 제발 축복받은 마흔 시간의 여가가 끝나기 전에 서두르란 말이야" 하는 분위기가 감돌았다.

조얼 콜스는 영화 각본을 쓰는 사람이었다. 아직 할리우드에 의해 망가지지 않은 스물여덟 살의 시나리오 작가였다. 6개월 전에 이곳에 온 이후로 근사한 일들을 맡았고, 일련의 장면과 시퀀스를 열성을 다해 써서 냈다. 그는 겸손을 담아 자신을 글품 파는 사람이라고 소개했지만, 실제로는 그렇게 생각하지 않았다. 그의 어머니는 성공한 배우였고, 조얼은 런던과 뉴욕을 오가며 현실적인 것과 비현실적인 것을 구분하기 위해 노력하면서, 적어도 앞날의 현실을 예상하려 애쓰며 어린 시절을 보냈다. 그는 연갈색 눈이 서글서글한 잘생긴 남자였다. 그 눈은 1913년에 어머니가 브로드웨이 관객을 바라보던 그 눈이었다.

초대장을 받았을 때 그는 일이 잘 풀리고 있다는 확신이 들었다. 그는 보통 일요일에는 외출하지 않고, 취하지 않은 맑은 정신으로 집으로 가져온 일을 했다. 최근에 회사는 아주 중요한 여배우를 점찍어두고 유진 오닐의 희곡을 맡겼다. 그가 지금까지 해온 모든 일이 마일스 캘먼의 마음에 든 것이다. 마일스 캘먼은 돈을 대는 제작자에게만 책임을 다할 뿐, 다른 누구의 지시도 받지 않는 유일한 할리우드 감독이었다. 조얼이 하는 모든 일이 척척 풀리고 있었다. ("캘먼 감독의 비서입니다. 일요일 4시부터 6시까지 열리는 다과회에 오시겠습니까? 감독님이 사시는 베벌리힐스 주소는…….")

조얼은 우쭐해졌다. 상류 계급 사람들이 모이는 파티일 것이다. 이 초대는 그를 장래가 촉망되는 젊은이로 예우하는 행위였다. 매리언 데이비스*와 어울려 다니는 무리, 거들먹거리는 사람들, 돈 많은 부자들이 모일 테고, 어쩌면 디트리히**와 가르보***와 후작 부인 같은, 다른 데서는 좀처럼 볼 수 없는 사람들도 만날 수 있을지 모른다.

"술은 조금도 마시지 않을 거야." 그는 다짐했다. 캘먼은 노골적으로 술꾼을 싫어했고, 영화 산업이 그런 사람들 없이 굴러가지 못한다는 것을 유감스러워했다.

조얼은 작가들이 술을 너무 많이 마신다는 데 동의했다. 자신도 그런 사람 중 하나지만, 오늘 오후에는 그러지 않을 작정이었다. 조얼은 칵테일을 권유받았을 때 마일스가 가까이 있어서 "저는 됐습니다" 하고 짧고 담백하게 사양하는 그의 목소리를 들었으면 좋겠다고 생각했다.

마일스 캘먼의 집은 짙은 정서를 자아내는 집이었다. 마치 저 멀리 고요한 전망 속에 청중이 숨어 있는 것처럼, 무언가 귀를 기울이고 있는 듯한 분위기였다. 하지만 오늘 오후는 사람들이 초대를 받아 왔다기보다는 명령을 받고 참석한 것처럼 붐볐다. 조얼은 많은 손님들 중에 스튜디오에서 온 작가는 자기 말고 두

---

* 1897-1961. 미디어의 왕 랜돌프 허스트의 애인으로 알려진 배우.
** 마를레네 디트리히(1901-1992). 독일 출신 미국 배우 겸 가수.
*** 그레타 가르보(1905-1990). 스웨덴 출신의 전설적인 미국 배우.

사람밖에 없다는 것을 알고 뿌듯해했다. 한 사람은 귀족 작위를 받은 영국인이고, 또 한 사람은 다소 놀랍게도 캘먼으로 하여금 술꾼에 대해 짜증스러운 말을 내뱉게 했던 냇 키오였다.

스텔라 캘먼(물론 스텔라 워커다)은 조얼과 이야기를 나누고 나서도 다른 손님들에게로 옮겨가지 않았다. 스텔라는 머무적거렸다. 그녀는 누가 봐도 인정할 만큼 아름다운 표정으로 그를 바라보았고, 조얼은 재빨리 어머니에게서 물려받은 연극적인 재간을 시의적절하게 발휘했다.

"아니, 열여섯 살쯤으로밖에 안 보이는데요! 당신이 타고 노는 장난감 자동차는 어디 있나요?"

스텔라는 눈에 띄게 좋아했다. 그녀는 머무적거렸다. 조얼은 무언가 더 말해야 한다고 느꼈다. 뭔가 자신 있고 쉬운 말을. 둘이 처음 만난 것은 그녀가 뉴욕에서 몇 푼 안 되는 돈을 벌려고 버겁게 살아가고 있을 때였다. 그 순간 쟁반이 미끄러지듯 다가왔고, 스텔라가 거기 놓인 칵테일 잔을 그의 손에 쥐여주었다.

"다들 두려워하고 있어요. 그렇지 않나요?" 그가 칵테일 잔을 멍하니 바라보며 말했다. "다들 다른 사람이 실수를 저지르지 않는지 지켜보거나, 자기에게 명예가 되어줄 사람들과 함께 있는지 확인하려 하죠. 물론 당신의 집에서는 그러지 않지만." 그는 급히 자신의 말을 덮었다. "내 말은, 할리우드에서는 일반적으로 그렇다는 거예요."

스텔라도 동의했다. 그녀는 조얼이 주요 인사라도 되는 듯 몇몇 사람을 소개해주었다. 조얼은 마일스가 이 방의 반대편에 있다는 사실에 안도하며 칵테일을 마셨다.

"그래, 아이를 낳으셨다고요?" 그가 말했다. "그렇다면 지금이 위태로운 때입니다. 아름다운 여자는 첫아이를 출산한 후엔 자신의 매력에 대해 확인받고 싶어지기 때문에 상처받기 쉽거든요. 자신이 아무것도 잃지 않았다는 걸 스스로 이해하기 위해선 새로운 남자의 전폭적인 헌신이 있어야 하죠."

"난 누구의 전폭적인 헌신도 받아본 적 없는걸요." 스텔라가 약간 분한 어조로 말했다.

"사람들이 당신 남편을 두려워하기 때문이에요."

"그렇게 생각해요?" 그녀는 그 말을 듣고 이마를 찌푸렸다. 그때 누가 끼어들어 대화가 중단되었는데, 조얼이 바라던 순간이었다.

그녀가 보여준 관심이 그에게 자신감을 불어넣었다. 그는 굳이 안전한 그룹에 낄 필요가 없었다. 주위에서 언뜻언뜻 보이던 아는 사람들의 날개 밑에 슬쩍 들어가 몸을 피할 필요도 없었다. 그는 창가로 걸어가서 뉘엿뉘엿 떨어지는 석양 아래 색을 잃은 태평양을 바라보았다. 멋진 곳이었다. 미국의 리비에라라 부를 만한 곳이었다. 이곳을 즐길 만한 여유가 있다면 말이지만. 이 방에는 잘생기고 잘 차려입은 남자들, 예쁜 여자들, 그리고…… 음, 아무튼 예쁜 여자들이 많았다. 모든 걸 다 가질 수는 없잖은가.

그는 싱그러운 사내아이 같은 스텔라의 얼굴을 바라보았다. 한쪽 눈 위의 피곤해 보이는 눈꺼풀은 언제나 약간 처져 있었다. 그녀는 손님들 사이를 돌아다니고 있었는데, 조얼은 그녀가 유명한 사람이 아니라 그저 한 여자인 것처럼 함께 앉아 오래도록 얘기를 나누고 싶었다. 그는 자기한테 보여주었던 것만큼 많은 관심을 다른 사람에게도 보이는지 보려고 그녀의 뒤를 좇았다. 조얼은 칵테일을 한 잔 더 마셨다. 자신감이 필요해서가 아니라 스텔라가 그에게 너무 과한 자신감을 주었기 때문이었다. 그는 감독의 어머니 옆에 앉았다.

"캘먼 부인, 아드님은 전설이 되었습니다. 운명적으로 예언된 영웅, 뭐 그런 존재 말입니다. 저는 개인적으로 아드님의 생각에 반대하는 편입니다만, 저 같은 사람은 소수랍니다. 아드님에 대해서 어떻게 생각하시나요? 감탄하고 계신가요? 아드님이 이렇게까지 성공한 것이 놀랍죠?"

"아니요, 놀랍지 않아요." 부인이 차분히 말했다. "우린 항상 마일스에게 많은 기대를 품었답니다."

"아, 그러셨군요. 그런 경우는 드물던데요." 조얼이 말했다. "저는 항상 모든 어머니는 나폴레옹의 어머니 같은 줄 알았어요. 제 어머니는 제가 쇼 비즈니스 일을 하는 걸 원치 않으셨어요. 웨스트포인트*에 들어가 안정된 생활을 하길 원하셨지요."

"우린 언제나 마일스를 완전히 믿었어요."

조얼은 성격이 좋고 술고래이며 높은 보수를 받는 냇 키오와 함께 다이닝룸의 붙박이 바 옆에 서 있었다.

"……1년 동안 10만 달러를 벌었는데, 노름으로 4만 달러를 날려먹었지. 그래서 지금은 매니저를 고용했어."

"에이전트 말이군요." 조얼이 말했다.

"아니, 에이전트는 따로 있네. 매니저라니까. 내가 번 돈을 몽땅 아내한테 넘기면 그 친구와 아내가 상의해서 나에게 돈을 준다네. 난 내 돈을 받기 위해 1년에 5천 달러를 그 친구에게 주고 있는 거야."

"에이전트잖아요."

"아니라니까. 매니저란 말일세. 나만 그러는 게 아니야. 다른 많은 무분별한 사람들도 매니저를 두고 있어."

"그런데 선생님이 무분별하다면, 왜 선생님은 매니저를 고용할 만큼 분별 있는 행동을 하는 거예요?"

"난 노름에 관해서만 무분별하니까. 이보게……."

한 가수가 노래를 했다. 조얼과 냇은 노래를 들으려고 다른 사

---

* 미국 육군사관학교.

람들과 함께 앞쪽으로 걸음을 옮겼다.

2

노랫소리가 나직이 조얼의 귀에 들려왔다. 그는 그곳에 모인 모든 사람들에 대해 흐뭇하고 친근한 감정을 느꼈다. 용감하고 근면한 그들은 무지와 방종이라는 면에서 그들을 능가하는 부르주아보다 더 훌륭한 사람들이며, 지난 10년 동안 오락과 여흥만을 추구해온 나라에서 가장 높은 자리에 올랐다. 그는 그들을 좋아했다. 그들을 사랑했다. 그들에 대한 좋은 감정이 거대한 파도처럼 조얼의 마음속으로 밀려들었다.

가수의 노래가 끝나고 손님들이 안주인에게 작별 인사를 하고 있을 때, 조얼에게 한 가지 생각이 떠올랐다. 이 사람들에게 자신이 창작한 '보강하기'라는 토막극을 보여주자는 생각이었다. 그것은 그가 이런 파티장 같은 데서 보일 수 있는 유일한 재주였고, 여러 파티에서 시도하여 좋은 반응을 얻었으므로 스텔라 워커도 즐거워할 것 같았다. 이런 예감에 사로잡히자 자기를 드러내고 싶은 현시욕의 진홍빛 피톨이 마구 뛰었다. 그는 그녀를 찾아갔다.

"물론이죠." 그녀가 외쳤다. "제발 해주세요! 뭐 필요한 거 있으세요?"

"내가 불러주는 걸 받아 적는 비서 역할이 필요합니다."

"그건 내가 할게요."

이 말이 퍼지자 이미 현관에서 코트를 입고 나가려던 손님들도 걸음을 돌렸고, 조얼은 수많은 낯선 눈동자를 마주하게 되었다. 방금 전에 공연한 사람이 유명한 라디오 방송국의 연예인이었다는 것을 깨달은 조얼의 마음속에 어렴풋이 불길한 예감이 스쳤다. 그때 누군가가 "쉿!" 하는 소리를 냈고, 이제 그는 인디언처럼 반원을 이루고 둘러선, 불온해 보이는 사람들의 한가운데에 스텔라와 단둘이 남겨졌다. 스텔라가 기대에 찬 미소를 지으며 그를 올려다보았다. 그는 시작했다.

그의 익살극은 독립 제작자인 데이브 실버스타인의 문화적 한계에 바탕한 것이었다. 극 속에서 실버스타인은 구입한 판권의 각색에 대해 대략적으로 설명하는 편지를 받아쓰게 하고 있었다.

"……이혼과 젊은 제너레이터*와 외인부대 이야기야." 실버스타인의 억양을 흉내 내는 자신의 목소리가 귀에 들려왔다. "그렇지만 우린 이걸 더 보강해야 해. 알겠나?"

불현듯 의구심의 날카로운 고통이 엄습했다. 부드러운 조명

• 제너레이션(세대)을 제너레이터(발전기)라고 잘못 말하는 실버스타인을 풍자한 것.

아래 조얼을 둘러싼 얼굴들이 호기심 어린 표정으로 집중해서 바라보았지만, 어디에서도 미소 한 점 찾아볼 수 없었다. 바로 앞에서는 은막의 '위대한 연인'*이 감자 싹처럼 날카로운 눈으로 그를 노려보고 있었다. 오직 스텔라 워커만이 환한 미소를 잃지 않은 채 그를 올려다볼 뿐이었다.

"만약 남자 주인공을 멘주** 타입으로 만들면, 우린 호놀룰루 분위기가 곁들여진 마이클 알렌*** 같은 사람을 얻게 되는 거라고."

아직 앞쪽에서는 아무 동요가 없었지만 뒤쪽에서 부스럭거리는 소리가 들리며 현관문이 있는 왼쪽을 향해 움직이는 모습이 눈에 띄었다.

"……그때 여자 주인공이 남자 주인공에게서 섹스아필****을 느낀다고 말하고, 그러면 남자 주인공은 극도의 피로감을 느끼며 '아, 그렇게 계속 당신 자신을 파괴하라고'라고 말하는데……."

언제부터인가 냇 키오가 킬킬거리며 웃는 소리가 들렸고, 군데군데 용기를 북돋우는 몇몇 얼굴들도 보였다. 그러나 마침내 토막극을 마쳤을 때 그는 영화계의 주요 인사들 앞에서 자기 자

---

* 미국 배우 존 길버트를 말함.
** 미국 배우 아돌프 멘주를 말함.
*** 영국의 소설가, 시나리오 작가. 풍자적 로맨스 작품으로 유명함.
*** 섹스어필을 섹스아필로 어색하게 발음하는 실버스타인을 풍자함.

Crazy Sunday

신을 바보로 만들어버렸다는 끔찍한 사실을 깨달았다. 자신의 장래를 쥐고 있는 영화계 인사들 앞에서 말이다.

혼란스러운 침묵은 사람들이 문으로 몰려가며 깨졌지만, 그 와중에도 조얼은 잠시 멍하니 서 있었다. 그는 사람들의 수군거림 밑바닥에 흐르는 조롱을 감지했다. 그때—이 모든 일은 10초 사이에 일어났다—눈이 바늘구멍처럼 딱딱하고 공허해 보이는 그 '위대한 연인'이 자신이 느낀 손님들의 기분을 담아 "우—우!" 하고 야유하기 시작했다. 그것은 아마추어를 향한 프로의 분노였고, 낯선 사람에 대한 공동체의 분노였으며, 한 집단의 비난과 퇴짜였다.

오직 스텔라 워커만이 여전히 가까이에 서서 조얼에게 고맙다고 말했다. 마치 조얼이 비할 데 없는 성공을 거둔 양, 아무도 이 익살극을 좋아하지 않았다는 사실을 전혀 느끼지 못한 양 그에게 고마움을 표한 것이다. 냇 키오의 도움을 받아 코트를 입을 때 거대한 파도 같은 자기혐오가 조얼의 마음속에 밀려왔고, 조얼은 더는 열등감을 느끼지 않을 때까지 절대로 열등감을 드러내지 않는다는 자신의 규칙에 필사적으로 매달렸다.

"완전히 망쳐버렸네요." 그가 스텔라에게 조용히 말했다. "하지만 신경 쓰지 마세요. 감상할 줄 아는 사람들에겐 괜찮은 작품이니까요. 도와줘서 고맙습니다."

그녀의 얼굴에서 미소가 떠나지 않았다. 그는 약간 취기를 느끼며 고개 숙여 인사했고, 냇이 그를 이끌고 문을 향해 걸음을 옮겼다.

아침 식사가 오는 바람에 잠이 깬 그는 다시금 세상이 망가지고 폐허가 된 기분을 느꼈다. 어제까지만 해도 그는 영화 산업에 맞서는 하나의 불꽃이었지만, 오늘은 개인적인 경멸과 집단적인 조롱, 그리고 그런 감정을 드러내는 얼굴들과 맞서야 하는 대단히 불리한 상황에 빠지고 말았다는 생각이 들었다. 엎친 데 덮친 격으로 그는 이제 마일스 캘먼에게 위엄을 완전히 상실한 술주정뱅이가 되었고, 따라서 캘먼은 마지못해 자신을 고용한 것을 후회할 터였다. 그는 스텔라 워커에게도 집안의 품위를 지켜야 하는 순교자적 고통을 안겨주었다. 그녀가 어떻게 생각할지 짐작조차 할 수 없었다. 조얼은 위액이 분비되지 않는 듯한 느낌에 포치드 에그를 다시 전화기 탁자에 올려놓았다. 그러고 나서 편지를 썼다.

친애하는 마일스 감독님,

제가 얼마나 극심한 자기혐오를 느끼고 있는지 짐작하실 겁니다. 그 일은 저 자신을 과시하려는 행동의 소산이었음을 고백합니다. 그것도 날이 환한 오후 6시에 말입니다! 정말 창피하군요! 사모님께도 사과드립니다.

존경을 담아

조얼 콜스 올림

조얼은 사무실에서 나와 범죄자처럼 살금살금 담배 가게로 걸어갔다. 행동거지가 너무 수상쩍어 보여서 스튜디오의 경찰이 그에게 출입증을 보여달라고까지 했다. 그는 밖에서 점심을 먹을 작정이었는데, 그때 냇 키오가 당당하고 유쾌한 태도로 뒤따라왔다.

"자네, 영원히 은퇴라도 할 생각이야? 그 양복쟁이 녀석이 야유한 게 무슨 대수라고?"

냇이 말을 이으며 조얼을 이끌고 스튜디오 식당으로 들어갔다. "내 얘기를 좀 들어봐. 그로면 극장에서 녀석의 특별 시사회가 있던 날 밤, 녀석이 관객에게 허리 굽혀 인사를 하고 있을 때 조 스콰이어스가 엉덩이를 걷어차버렸지. 그랬더니 그 어설픈 배우 녀석은 조에게 나중에 연락하겠다고 말했어. 그런데 다음 날 8시에 조가 전화를 걸었더니 그가 이렇게 말했다는 거야. '난 자네가 나한테 할 말이 있는 줄 알았는데' 그러고는 전화를 끊었다지 뭔가?"

이 황당한 이야기에 조얼의 기분이 나아졌다. 그리고 옆 테이블의 슬프고도 사랑스러운 삼쌍둥이와 심술궂은 난쟁이들과 서커스 영화에 나오는 거만한 거인을 가만히 보고 있노라니 우울함 속에서도 어떤 위안이 찾아들었다. 하지만 그들 너머에 앉아 있는 예쁜 여자들의 노란색으로 치장한 얼굴과 마스카라로 한결 또렷해진 우수에 찬 눈과 무척이나 화려한 무도회 드레스를 바라보다가 문득 그들이 캘먼의 집에 왔던 무리라는 것을 알아차리고는 움찔했다.

"다시는 안 갈 거예요." 그가 큰 소리로 말했다. "그것이 내가 할리우드에서 마지막으로 참석한 사교 모임이 될 겁니다!"

다음 날 아침, 전보 한 장이 사무실에서 그를 기다리고 있었다.

당신은 우리 파티에 가장 어울리는 사람 중 하나였어요. 오는 일요일에 열리는 내 여동생 준의 저녁 뷔페 모임에 당신이 참석해주길 바랍니다.

스텔라 워커 캘먼

한동안 온몸의 피가 혈관 속을 뜨겁고 빠르게 흘렀다. 믿어지지가 않아서 그는 전보를 다시 읽어보았다.

"아, 지금껏 살아오면서 이처럼 달콤한 말은 처음이야!"

3

또다시 미친 일요일. 11시가 되어서야 깨어난 조얼은 신문을 읽으며 지난주에 일어난 일들을 따라잡았다. 그는 방에서 송어, 아보카도 샐러드, 캘리포니아 와인 한 잔으로 점심을 먹었다. 다과회에 갈 옷차림으로는 잔 격자무늬 슈트와 파란색 셔츠, 황갈색 넥타이를 골랐다. 눈 밑에는 피곤해서 생긴 다크서클이 자리 잡고 있었다. 중고차를 몰고 리비에라 아파트를 향해 달렸다. 스텔라의 여동생에게 자신을 소개하고 있을 때 마일스와 스텔라가 승마복 차림으로 도착했다. 그들은 거의 오후 내내, 베벌리힐스 뒤편 비포장길을 달려오는 동안 격하게 다투었다.

키가 크고 신경질적이며 통렬한 유머를 곧잘 구사하는 마일스 캘먼은 조얼이 여태 보아온 중 가장 불행한 눈을 가진 사람이었다. 그는 기묘한 모양의 머리끝에서 흑인의 발처럼 생긴 발끝까지 철저히 예술가였다. 그는 튼튼한 두 발로 굳건히 서 있었다. 때때로 실험적인 졸작을 만드는 사치를 부리느라 값비싼 대가를 치르기도 했지만, 그가 싸구려 영화를 만든 적은 한 번도 없었다. 함께 어울리기에 참 좋으면서도 오래 함께 있으면 건강한 사람이 아니라는 것을 깨닫지 않을 수 없는, 캘먼은 그런 사람이었다.

그들이 집 안에 들어선 순간부터 조얼의 하루는 그들의 하루와 분리하기 어려운 처지에 놓이게 되었다. 캘먼이 주위 사람들에게 다가가 합류하자 스텔라가 나직이 혀를 차면서 걸음을 돌려 그 자리를 떠났다. 마일스 캘먼은 우연히 자기 옆에 있게 된 남자에게 말했다.

"이바 괴벨에 대한 얘기가 나오지 않게 해주게. 그녀 일로 집에서 호된 대가를 치르고 있으니까." 이어 마일스는 조얼에게 고개를 돌렸다. "어제 사무실에서 자네를 보지 못해 미안하네. 정신분석가에게 가서 오후 시간을 보냈거든."

"정신분석 치료를 받고 계십니까?"

"몇 달 됐어. 처음엔 폐소공포증 때문에 갔는데, 지금은 내 인생 전체를 정리하고자 하는 마음으로 가고 있다네. 이 사람들 말로는 1년 이상 걸린다더군."

"감독님 인생엔 문제될 게 전혀 없어요." 조얼이 그를 안심시켰다.

"오, 그래? 그렇지만 스텔라는 그렇게 생각하지 않는 것 같은데. 아무나 붙잡고 물어보게. 다들 자네한테 그런 얘기를 해줄 거야." 그가 씁쓸한 어조로 말했다.

여자 하나가 마일스의 의자 팔걸이에 걸터앉았다. 조얼은 스텔라가 있는 곳으로 걸어갔다. 스텔라는 참담한 표정으로 난롯가에 서 있었다.

"전보 고마웠어요." 그가 말했다. "정말 기뻤어요. 나로서는 당신처럼 아름다우면서 당신처럼 마음씨가 고운 사람은 상상도 할 수 없거든요."

스텔라는 여느 때보다 조금 더 예뻐 보였다. 어쩌면 조얼의 눈에 서린 아낌없는 찬탄의 빛이 마음을 털어놓도록 그녀를 자극했는지도 몰랐다. 그녀는 명백히 폭발할 지경에 놓여 있었으므로 조얼에게 속내를 털어놓기까지 오랜 시간이 걸리지 않았다.

"……마일스가 그 짓을 2년 동안이나 해왔는데도 난 까맣게 모르고 있었어요. 게다가 그 애는 나의 가장 친한 친구 중 한 명이었다고요. 늘 집 안에서 지내는 애였고요. 마침내 사람들이 나에게 찾아와 말하기 시작하자 마일스도 인정하지 않을 수 없었지요."

스텔라는 조얼의 의자 팔걸이에 거칠게 걸터앉았다. 그녀의 승마 바지는 의자와 같은 색깔이었다. 조얼은 그녀의 머리카락 가운데 어떤 것은 붉은빛이 도는 금색이고 어떤 것은 옅은 금색이어서 그녀의 머리가 염색되지 않았음을 알았다. 게다가 그녀는 화장도 하지 않았다. 그녀는 그만큼 예뻤다.

남편의 외도를 알게 된 충격에 여전히 부들부들 떨고 있던 스텔라는 새로운 여자 한 명이 마일스 주변을 맴도는 것을 보고 참을 수가 없었다. 그녀는 조얼을 데리고 침실로 가서 각각 커다란 침대의 양 끝에 앉아 이야기를 계속했다. 사람들이 화장실에 가다가 방 안을 힐끗하며 재치 있는 농담을 던지곤 했지만, 자신의 이야기를 쏟아내는 스텔라는 신경 쓰지 않았다. 얼마쯤 후에 마일스가 문 안으로 고개를 들이밀고 말했다. "나 자신도 이해하지 못하고, 정신분석 전문의도 이해하려면 온전히 1년은 걸릴 거라고 한 것을 30분 안에 조얼에게 설명한들 무슨 소용이 있겠어."

스텔라는 마일스가 거기 없는 것처럼 이야기를 계속했다. 그녀는 마일스를 사랑한다고 말했다. 아주 어려운 상황에서도 언제나 정숙한 행실을 지켜왔다고 했다.

"그 정신분석가가 마일스에게 '마더 콤플렉스'가 있다고 했대요. 첫 번째 결혼에서 자신의 마더 콤플렉스를 아내에게 전이한 거예요……. 섹스는 내게서 얻고요. 하지만 우리가 결혼하자 같은 일이 반복되었답니다. 콤플렉스를 내게 전이하며 리비도(성적 충동)는 내가 아닌 그 여자에게 전부 쏟아부은 거죠."

조얼은 엉뚱한 얘기가 아니라는 것을 알았지만, 그럼에도 엉뚱한 얘기처럼 들렸다. 조얼은 이바 괴벨을 알았다. 그녀는 모성적인 사람으로, 스텔라보다 나이가 많고 아마 스텔라보다 현명한 여자일 것이다. 스텔라는 수많은 이들로부터 사랑받는 여자이긴 하지만.

이제 마일스가 조얼에게, 스텔라가 할 말이 너무 많으니 함께 자기 집에 가자고 재촉했다. 그래서 그들은 차를 몰고 베벌리힐스에 있는 저택으로 갔다. 천장이 높은 집 안에 들어가자 상황이 더욱더 엄숙하고 비극적으로 느껴졌다. 창밖은 어두웠지만 아주 맑아서 으스스하리만큼 밝은 밤이었다. 온통 발그레한 금 빛에 싸인 스텔라는 분노를 터뜨리고 울면서 방 안을 서성거렸 다. 조얼은 여자 배우의 슬픔을 그다지 신뢰하지 않았다. 그들의 마음은 뭔가 다른 것에 몰두해 있다. 그들은 작가와 감독이 생 생하게 창조한 발그레한 금빛의 아름다운 인물들이다. 몇 시간 뒤 촬영이 끝나면 그들은 둘러앉아 나직이 얘기를 나누며 이런 저런 소문에 킬킬거린다. 수많은 모험의 끝이 그저 그 배우들에 게 흘러들 뿐이다.

조얼은 때때로 이야기를 듣는 척하면서 그녀의 매끈한 다리 에 어울리는 매끈한 승마 바지와 목둘레가 약간 높은 이탈리아 국기 색깔 스웨터, 짧은 갈색 새미 가죽 코트를 보며 그녀가 옷 을 정말 잘 차려입었다고 생각했다. 그녀가 영국 귀부인을 흉내 낸 것인지, 영국 귀부인이 그녀를 흉내 낸 것인지, 그로서는 판 단할 수 없었다. 스텔라는 가장 실질적인 현실과 가장 뻔뻔스러 운 흉내 사이의 어딘가를 맴돌았다.

"마일스는 나에 대한 질투가 너무 심해서 내가 하는 모든 것 에 대해 캐물어요." 그녀가 비웃는 어조로 소리 높여 말했다. "뉴욕에 있었을 때, 한번은 에디 베이커와 함께 극장에 갔었다 고 편지에 썼죠. 그랬더니 마일스는 질투를 참지 못하고 하루에 열 번이나 내게 전화를 걸더군요."

"그때 난 마음을 진정시킬 수 없었어." 마일스가 심하게 코를 킁킁거렸는데, 그것은 그가 스트레스를 받을 때 나타나는 버릇이었다. "정신분석 전문의가 일주일 동안 아무런 결과도 얻지 못했었거든."

스텔라는 절망적으로 고개를 저었다. "당신은 내가 3주 동안 그저 호텔에 처박혀 있기만을 기대했던 거야?"

"난 아무것도 기대하지 않아. 내게 질투심이 있다는 거 인정해. 안 그러려고 애쓰고 있어. 그걸 고치려고 브리지베인 박사와 함께 열심히 노력했는데, 아무 효과가 없었던 거야. 오늘 오후에도 당신이 조얼의 의자 팔걸이에 앉았을 때 난 조얼에게 질투를 느꼈단 말이야."

"정말 그랬어?" 그녀가 벌떡 일어났다. "정말 질투를 느꼈단 말이지? 당신 의자 팔걸이에는 아무도 없었나? 그리고 당신은 두 시간 동안 내게 말 한마디 제대로 건네봤어?"

"당신은 침실에서 조얼에게 당신 문제를 얘기하고 있었잖아."

"그 여자가(스텔라는 이바 괴벨의 이름을 언급하지 않으면 이바의 존재가 쪼그라들 거라고 믿는 것 같았다) 여기를 드나들었다는 것을 생각하면……."

"알았어…… 알았다고." 마일스가 피곤한 목소리로 말했다. "모두 인정했잖아. 이 일에 대해선 나도 당신만큼 마음이 안 좋아." 마일스는 조얼에게로 고개를 돌려 영화 이야기를 하기 시작했고, 그러는 동안 스텔라는 두 손을 승마 바지 주머니에 찔러넣은 채 맞은편 벽을 따라 불안하게 서성거렸다.

"그 사람들이 마일스를 너무 함부로 대했어요." 여태껏 그들이 스텔라의 개인적인 문제에 대해 티격태격 말을 주고받지 않았던 것처럼 그녀가 갑자기 끼어들었다. "여보, 벨처 영감이 당신 영화를 고치려 했던 얘기를 조얼에게 해줘."

스텔라가 마일스를 대신하여 두 눈에 분노의 빛을 번뜩이며 마일스를 보호하려는 자세로 내려다보며 서 있을 때, 조얼은 자신이 그녀를 사랑하고 있음을 깨달았다. 흥분으로 숨이 막힐 것 같은 느낌에 그는 얼른 자리에서 일어나 인사를 하고 떠났다.

월요일이 되자 일요일에 있었던 사변적인 입씨름과 소문과 추문들과는 대조적으로 한 주의 일상적인 리듬이 다시 찾아들었다. 대본 수정에 대한 세세한 검토가 끝없이 이어졌다. "허접한 디졸브* 대신 사운드트랙에 그녀의 목소리를 남겨놓고 벨의 앵글에서 택시를 미디엄숏으로 자르는 거야. 또는 단순히 카메라를 뒤로 당겨서 기차역의 풍경을 담은 채 잠시 그대로 두었다가, 카메라를 돌려 일렬로 늘어선 택시들을 찍을 수도 있어." 월요일 오후가 되자 조얼은 세상에 즐거움을 주는 것이 직업인 사람들은 스스로 즐길 특권이 있다는 사실을 다시금 까맣게 잊어버렸

• 앞의 장면이 사라지며 새 장면이 페이드인되는 영화 기법.

다. 조얼은 저녁에 마일스의 집으로 전화를 걸었다. 그는 마일스를 찾았지만, 전화를 받은 사람은 스텔라였다.

"상황이 좀 나아졌어요?"

"특별히 나아진 건 없어요. 오는 토요일 저녁에 뭘 할 거예요?"

"아무 계획도 없어요."

"페리 부부가 만찬을 베푼 뒤 함께 연극을 보러 가는 파티를 연대요. 그런데 그때 마일스는 이곳에 없을 거예요. 그이는 노트르담 대학과 캘리포니아 대학의 경기를 보러 비행기를 타고 사우스벤드*로 가거든요. 그이 대신 당신이 나와 함께 파티에 갔으면 해요."

한참 뒤에 조얼이 말했다. "그래요……. 갈게요. 만약 그때 회의가 있으면 만찬엔 참석할 수 없지만 극장에는 갈 수 있어요."

"그럼 참석한다고 말해둘게요."

조얼은 사무실 안을 이리저리 거닐었다. 캘먼 부부의 긴장 관계를 고려할 때, 마일스가 이러는 걸 기꺼워할까? 아니면 그녀가 마일스 모르게 이 일을 하려는 걸까? 그렇지만 그건 불가능할 것이다. 마일스가 이 일을 언급하지 않는다 해도 조얼이 마일스에게 언급하게 될 테니. 조얼은 한 시간이 더 지나서야 다시 일손을 붙들 수 있었다.

---

* 미국 인디애나 주 북부에 있는 도시.

수요일에는 행성과 성운 같은 담배 연기가 자욱이 끼어 있는 회의실에서 네 시간 동안이나 언쟁을 벌였다. 남자 세 명, 여자 한 명이 번갈아 양탄자 위를 오가면서 의견을 제시하거나 비난했다. 그들은 때로는 날카롭게, 때로는 설득조로, 때로는 자신 있게, 때로는 절망적으로 얘기했다. 회의가 끝났을 때 조얼은 머뭇거리며 마일스에게 말을 건넸다.

마일스는 지쳐 있었다. 피로가 누적되서가 아니라 삶 자체에 지쳐 있었다. 눈꺼풀은 처지고, 입 주위의 푸르스름한 그늘 위로 수염이 눈에 띄게 돋아 있었다.

"비행기를 타고 노트르담 대학 경기를 보러 가신다고 들었습니다만."

마일스는 조얼의 얼굴 너머를 바라보며 고개를 저었다.

"안 가기로 했네."

"왜요?"

"자네 때문에." 마일스는 여전히 조얼을 쳐다보지 않았다.

"아니, 그게 무슨 말입니까, 마일스?"

"자네 때문에 안 가기로 했다니까." 그는 갑자기 자기 자신을 비웃듯 헛헛하게 웃었다. "악에 받친 스텔라가 무슨 짓을 할지 모르거든……. 스텔라가 자네를 페리 부부의 파티에 함께 가자고 초대했잖아? 그렇지? 그러니 내가 그 경기를 즐길 수 있겠어?"

촬영 현장에서는 민첩하고 자신만만하게 움직이는 훌륭한 본능이 그의 사생활에서는 너무 허약하고 무기력하게 뒤죽박죽되었다.

　"잠깐만요, 마일스." 조얼이 얼굴을 찌푸리며 말했다. "저는 스텔라에게 그 어떤 수작도 건 일이 없어요. 감독님이 정말 저 때문에 진지하게 그 여행을 취소하려고 한다면 저는 부인과 함께 페리 부부의 파티에 가지 않겠습니다. 부인을 만나지도 않겠어요. 저를 전적으로 믿으셔도 됩니다."

　마일스가 이제 조심스럽게 조얼을 바라보았다.

　"그럴 수도 있겠지." 마일스가 어깨를 으쓱했다. "그렇지만 자네 아니라도 다른 누군가가 있을 거야. 어쨌든 난 경기를 즐기지 못할 거라고."

　"감독님은 스텔라를 그다지 신뢰하지 않는 것 같군요. 부인은 감독님에게 언제나 진실했다고 하던데요."

　"아마 그랬을 거야." 몇 분 사이에 마일스의 입 주위 근육이 조금 더 처졌다. "하지만 그런 일까지 일어난 마당에 내가 그녀에게 뭘 부탁할 수 있겠어? 내가 어떻게 그녀에게 정숙한 처신을 기대할 수……." 그가 갑자기 말을 중단했다. 그런 다음 더 굳어진 얼굴로 말을 이었다. "옳든 그르든, 그리고 내가 무슨 짓을 했든 자네한테 이거 한 가지는 말해두지. 만약 그녀에게 무슨 일이 생긴다면, 난 이혼할 거야. 자존심에 상처를 입고 살 수는 없으니까……. 자존심은 내 최후의 보루일 테니까."

그의 어조에 짜증이 났지만 조얼은 이렇게 말했다.

"부인께서 이바 괴벨 문제로 아직 화가 안 풀렸나요?"

"그럼." 마일스가 비관적으로 코를 킁킁거렸다. "아직 그 일을 해결하지 못했는데."

"저는 다 끝난 일인 줄 알았어요."

"다시는 이바를 만나지 않으려고 노력하고 있어. 그렇지만 알다시피 사람 일이란 게 그렇게 탁 끝내기가 쉽지 않잖아. 지난밤에 택시 안에서 키스했던 어떤 아가씨도 아니고 말이야! 정신분석 전문의 말로는……."

"저도 알아요." 조얼이 그의 말을 막았다. "스텔라가 얘기해줬어요." 기분이 우울해졌다. "어쨌든 저는 감독님이 경기를 보러 간다 해도 스텔라를 만나지 않을 겁니다. 그리고 스텔라는 그 누구와도 자신의 양심에 거리끼는 일은 하지 않을 거라고 확신합니다."

"그럴지도 모르지." 마일스는 무기력하게 아까와 같은 말을 되풀이했다. "아무튼 나는 여기 남아서 그녀를 파티에 데리고 갈 거야. 있잖아," 그가 불쑥 말했다. "자네도 같이 갔으면 하네. 내가 마음 놓고 얘기할 수 있는, 나를 이해해주는 사람이 있었으면 해서. 그게 문제라네. 난 모든 면에서 스텔라에게 영향을 끼쳐왔어. 특히 인간관계에도 영향을 끼쳐서, 내가 좋아하는 남자들을 스텔라도 좋아하게 되어버려……. 정말 난감한 일이야."

"그렇겠네요." 조얼이 동의했다.

4

조얼은 만찬 자리에는 갈 수 없었다. 그는 실업자들 앞에서 실크해트를 쓰고 있다는 자의식을 느끼며 할리우드 극장 앞에서 다른 사람들이 도착하기를 기다렸다. 기다리는 동안 저녁의 거리를 오가는 다양한 사람들을 지켜보았다. 유명 영화배우를 어설프게 흉내 낸 사람들, 폴로 코트를 입은 장애인들, 전도자의 지팡이를 들고 마구 발을 구르는, 턱수염을 기른 데르비시,* 이 지역이 7대양을 향해 열려 있다는 것을 일깨우는 대학생 차림의 멋진 필리핀인 한 쌍, 남학생 사교 클럽 신고식으로 판명된, 젊은이들이 고함을 질러대는 기상천외한 카니발 행렬……. 두 대의 멋진 리무진이 통과할 수 있도록 행렬이 갈라지더니 리무진이 도로변에 멈추어 섰다.

천여 개의 연푸른색 조각으로 만든 얼음물 같은 드레스를 입고 목에 고드름 장식을 늘어뜨린 스텔라가 모습을 드러냈다. 조

---

* 이슬람교 신비주의 종파의 탁발 수도승.

얼은 앞으로 다가갔다.

"내 드레스, 마음에 들어요?"

"마일스는요?"

"그이는 결국 경기를 보러 갔어요. 어제 아침에 떠났어요. 적어도 내 생각엔……." 그녀가 말을 끊었다. "조금 전에 사우스벤드에서 온 전보를 받았는데, 그이는 돌아오기 위해 출발했다는군요. 참, 여기 이분들과는 아는 사이인가요?"

일행 여덟 명은 극장 안으로 들어갔다.

마일스는 결국 떠났다. 조얼은 그가 과연 돌아올지 궁금했다. 그러나 연극이 공연되는 동안 옅은 금색의 아름다운 머릿결 아래 스텔라의 옆얼굴을 훔쳐보면서 조얼은 마일스에 대해서는 더이상 생각하지 않았다. 한번은 그가 고개를 돌려 그녀를 보았는데, 그녀도 그를 마주보았다. 그녀는 미소 띤 얼굴로 그가 원하는 만큼 오래도록 그의 눈을 마주 바라보아주었다. 막과 막 사이의 휴식 시간에 그들은 로비에서 담배를 피웠는데, 그때 그녀가 나직이 속삭였다.

"저 사람들 모두 잭 존슨의 나이트클럽 개업식에 갈 거래요. 난 가고 싶지 않은데, 당신은 어때요?"

"꼭 가야 하는 건가요?"

"그렇지는 않아요." 그녀가 머무적거리며 말을 이었다. "난 당신과 얘기하고 싶어요. 우리 집으로 갈 수도 있고……. 확신할 수만 있다면······."

또다시 그녀가 머무적거렸고, 조얼이 물었다.

"무슨 확신을 말하는 거예요?"

"그러니까······ 어, 너무 황당한 생각이라는 걸 나도 알지만, 그렇지만 마일스가 경기를 보러 갔다는 걸 내가 어떻게 확신할 수 있겠어요?"

"감독님이 이바 괴벨과 함께 있다고 생각하세요?"

"아니에요, 그런 건 아니에요······. 하지만 그 사람이 이곳에서 내가 하는 모든 걸 지켜보고 있는 것 같은 기분이 들어요. 마일스가 종종 엉뚱한 일을 벌인다는 걸 당신도 알잖아요. 언젠가 한번은 수염을 길게 기른 사람과 차를 마시고 싶어졌고, 그래서 캐스팅 에이전시에 그런 사람을 구해달라고 해서 오후 내내 그 사람과 함께 차를 마셨다고요."

"그건 다른 문제죠. 사우스벤드에서 당신에게 전보를 보냈다면서요. 그건 경기장에 있다는 의미잖아요."

연극 관람을 마친 후 두 사람은 도로변에서 나머지 사람들에게 작별 인사를 했고, 즐거운 표정의 답례를 받았다. 두 사람은 스텔라 주위에 모여든 군중을 헤치고 금빛으로 장식된 화려한 거리를 빠른 걸음으로 빠져나갔다.

"그이는 전보를 거짓으로 꾸며낼 수 있어요." 스텔라가 말했다. "아주 쉽게."

그것은 사실이었다. 어쩌면 그녀가 불안해하는 것도 충분히 일리가 있다는 생각이 들자 조얼은 점점 더 화가 났다. 만약 마일스가 그들을 향해 카메라를 들이대고 있다면 조얼은 마일스에 대해 아무런 의무감도 느끼지 않을 것이다. 그가 큰 소리로 말했다.

"말도 안 되는 소리예요."

상점 진열장에는 이미 크리스마스트리가 놓여 있었다. 큰길 위에 떠오른 보름달은 안방 구석진 자리에 놓인 커다란 전기스탠드처럼 장식적인 소품일 뿐이었다. 낮에는 유칼립투스처럼 활활 타오르는 베벌리힐스의 어두운 숲으로 들어서고 얼마 후, 조얼의 눈에 들어온 것은 자신의 얼굴 아래 반짝이는 그녀의 하얀 얼굴과 어깨선뿐이었다. 그녀가 갑자기 뒤로 물러서며 그를 쳐다보았다.

"당신 눈은 당신 어머니의 눈을 닮았군요." 그녀가 말했다. "예전에는 당신 어머니의 사진을 잔뜩 모아 붙인 스크랩북을 가지고 있었죠."

"당신의 눈은 당신 자신의 눈이에요. 다른 누구의 눈과도 닮지 않았어요." 그가 대꾸했다.

두 사람이 집 안으로 들어갈 때 조얼은 마치 마일스가 관목 숲에 숨어 있을지 모른다고 의심하듯 자기도 모르게 그쪽 땅을 살펴보았다. 전보 한 통이 거실 탁자 위에서 기다리고 있었다.

그녀가 소리 내어 읽었다.

시카고.

내일 밤 귀가. 당신을 생각하며. 사랑해.

마일스

"거봐요." 그녀가 전보를 다시 탁자에 거칠게 내려놓으며 말했다. "그이는 쉽게 거짓을 꾸며낼 수 있다고요." 그녀는 집사에게 술과 샌드위치를 갖다달라고 말한 뒤 위층으로 뛰어 올라갔고, 그러는 동안 조얼은 아무도 없는 응접실로 걸어 들어갔다. 응접실 안을 어슬렁거리던 그는 2주 전 일요일에 면목을 잃고 굴욕스럽게 서 있던 피아노 쪽으로 걸음을 옮겼다.

"우린 훌륭하게 해낼 수 있어." 그가 소리 내어 말했다. "이혼과 젊은 제너레이터와 외인부대 이야기야."

문득 또 다른 전보가 뇌리를 스쳤다.

'당신은 우리 파티에 가장 어울리는 사람 중 하나였어요……'

한 가지 생각이 머리에 떠올랐다. 설령 스텔라의 전보가 순전히 의례적인 것이었다 해도 마일스가 그녀로 하여금 그런 전보를 보내도록 유도했을 거라는 생각이었다. 왜냐하면 파티에 그를 초대한 사람은 마일스였기 때문이다. 마일스는 아마 이렇게 말했을 것이다.

"그 친구한테 전보 한 통 보내지 그래. 그 친구, 좀 안됐잖아……. 꼴값을 떨었다고 자책하고 있을 텐데."

이 생각은 "난 모든 면에서 스텔라에게 영향을 끼쳐왔어. 특히 인간관계에도 영향을 끼쳐서, 내가 좋아하는 모든 남자를 스텔라도 좋아하게 되어버려"라는 마일스의 말과도 맞아떨어졌다. 여자는 곧잘 동정심에 이끌려 그런 일을 한다. 책임감을 느끼고서 그렇게 하는 것은 남자뿐이다.

스텔라가 응접실로 돌아왔을 때 그는 그녀의 두 손을 잡았다.

"당신이 마일스를 상대로 벌이고 있는 화풀이 게임에서 내가 일종의 졸(卒)로 이용당하고 있는 듯한 이상한 기분이 들어요." 그가 말했다.

"일단 한잔해요."

"이상한 것은, 그런데도 내가 당신을 사랑하고 있다는 겁니다."

전화벨이 울렸고, 그녀는 그의 손을 뿌리치고 가서 전화를 받았다.

"마일스가 보낸 전보가 또 왔대요." 그녀가 말했다. "그걸 하늘에서 썼다는군요. 아무튼 전보에는 그이가 캔자스시티의 비행기에서 그걸 썼다고 적혀 있대요."

"내게 안부 전해달라고 했을 것 같아요."

"아니에요. 나를 사랑한다고만 했어요. 나도 그건 믿어요. 그이는 아주 약한 사람이거든요."

"내 옆으로 와서 앉아요." 조얼이 재촉했다.

아직 이른 밤이었다. 그로부터 30분이 지난 뒤, 여전히 자정이 되려면 몇 분 더 남은 때에 조얼은 차갑게 식은 난롯가로 걸어가서 퉁명스럽게 말했다.

"나에게 아무런 호기심도 없다는 말이죠?"

"전혀 그런 뜻이 아니에요. 난 당신에게 깊이 빠져 있고, 그건 당신도 알잖아요. 중요한 것은 내가 정말로 마일스를 사랑하는 것 같다는 거예요."

"그건 확실해요."

"오늘 밤엔 모든 게 다 불안하고 불편하네요."

조얼은 화가 나지 않았다. 오히려 깊이 얽히는 것을 피할 수 있다는 사실에 막연한 안도감마저 느꼈다. 그럼에도 조얼은 그녀의 육체의 따뜻함과 부드러움이 그녀가 걸친 파란색 옷의 차가움을 녹이는 것을 바라보며 자신은 언제나 그녀를 아쉬워하며 그리워하게 되리라는 것을 깨달았다.

"이제 가야 해요." 그가 말했다. "전화로 택시를 부를게요."

"무슨 소리예요. 기사가 대기하고 있는데."

조얼은 그녀가 아무렇지도 않게 자신을 떠나보내고자 하는 것을 보고 당혹감을 감추지 못했다. 그것을 알아차린 그녀가 그에게 가볍게 키스하며 말했다. "당신은 참 좋은 사람이에요, 조얼." 그때 갑자기 세 가지 일이 한꺼번에 일어났다. 그가 자신의 술을 단숨에 들이켰고, 집이 떠나갈 듯 크게 전화벨이 울렸고, 거실의 괘종시계가 트럼펫 소리를 내며 종을 친 것이다.

아홉…… 열…… 열하나…… 열둘…….

5

다시 일요일. 조얼은 지난 저녁, 자신이 한 주 동안 있었던 일을 여전히 수의처럼 몸에 두른 채로 극장에 갔었다는 것을 깨달았다. 그는 그날 하루가 끝나기 전에 서둘러 처리할 문제에 덤벼들듯 스텔라와 사랑을 나누었다. 그러나 이제 일요일이 되었다. 새로운 24시간이 사랑스럽고 느긋하게 눈앞에 펼쳐져 있었다. 매분 매초가 어르고 달래듯 에둘러 접근해야 할 무엇이었다. 매 순간이 셀 수 없이 많은 가능성의 씨앗을 담고 있었다. 불가능은 없었다. 모든 것이 새롭게 시작될 뿐이었다. 그는 술을 한 잔 더 따라 마셨다.

전화기 옆에 있던 스텔라가 날카로운 신음을 내며 힘없이 앞으로 쓰러졌다. 조얼이 그녀를 안아 들고 소파에 내려놓았다. 그런 다음 손수건에 소다수를 뿌려서 그것으로 그녀의 얼굴을 찰싹 때렸다. 전화 수화기에서 여전히 귀에 거슬리는 소리가 들려와서 그는 수화기를 귀에 댔다.

"……비행기가 캔자스시티의 이 지역에 추락했습니다. 마일스 캘먼의 시신은 확인되었고……."

그는 수화기를 내려놓았다.

"가만히 누워 있어요." 스텔라가 눈을 뜨자 그가 시간을 끌며 말했다.

"오, 무슨 일이 일어난 거예요?" 그녀가 작은 목소리로 말했다. "다시 전화해봐요. 오, 무슨 일이 일어난 거죠?"

"당신 주치의 이름이 어떻게 되죠? 당장 전화해야겠어요."

"마일스가 죽었다고 하던가요?"

"가만히 누워 있어요. 아직 깨어 있는 하인이 있나요?"

"나 좀 잡아줘요……. 무서워요."

그는 그녀의 몸에 한 팔을 둘렀다.

"주치의 이름을 알려줘요." 그가 엄숙한 목소리로 말했다. "착오가 생겼을 수 있지만 아무튼 누가 여기 있어야 해요."

"이름…… 오, 하느님 맙소사, 마일스가 죽은 거예요?"

조얼은 암모니아수를 찾으려고 위층으로 달려 올라가서 낯선 약장을 뒤졌다. 아래층으로 내려왔을 때 스텔라가 소리쳤다.

"그이는 죽지 않았어요. 죽지 않았다는 걸 알아요. 이건 그이가 꾸민 계략이에요. 그이가 날 괴롭히고 있는 거라고요. 난 그이가 살아 있다는 걸 알아요. 살아 있다는 걸 느낄 수 있어요."

"스텔라, 당신의 친한 친구를 몇 사람 불러야겠어요. 오늘 밤여기 혼자 둘 순 없어요."

"혼자는 안 돼요." 그녀가 소리쳤다. "하지만 다른 누구도 만날 수 없어요. 당신이 여기 있어줘요. 내겐 친구가 없어요." 그녀가 자리에서 일어났다. 눈물이 얼굴을 타고 흘러내렸다. "그래요, 마일스가 내 유일한 친구예요. 그이는 죽지 않았어요……. 죽었을 리 없어요. 당장 그리로 가서 확인해야겠어요. 기차표를 구해줘요. 당신도 나랑 같이 가야 해요."

"지금은 갈 수 없어요. 오늘 밤엔 할 수 있는 게 아무것도 없으니까요. 전화해서 이리로 오라고 할 수 있는 여자 친구의 이름을 알려줘요. 로이스? 존? 카렐? 누구 없어요?"

스텔라가 멍하니 그를 쳐다보았다.

"이바 괴벨이 내 가장 친한 친구였어요." 그녀가 말했다.

조얼은 이틀 전 사무실에서 본 마일스의 슬프고 절망적인 얼굴을 떠올렸다. 그의 죽음이 가져온 무서운 침묵 속에서 그에 관한 모든 것이 명확해졌다. 그는 미국 태생의 영화감독 중에서는 유일하게 흥미로운 성격과 예술가로서의 양심을 두루 갖춘 감독이었다. 영화 산업에 휘말린 그는 융통성을 발휘하지 못하고, 건강한 냉소주의를 갖지 못하고, 피난처를 찾지 못해 신경증에 시달렸다. 거기에는 오직 안쓰럽고 위태로운 도주밖에 없었다.

바깥쪽 문에서 소리가 났다. 갑자기 문이 열리더니 현관에서 발소리가 들렸다.

"마일스!" 스텔라가 비명처럼 소리를 질렀다. "당신이에요, 마일스? 그래, 마일스야!"

전보 배달원이 문간에 나타났다.

"초인종을 찾을 수 없었어요. 안에서 말소리가 들려서 들어왔습니다."

전보 내용은 전화로 들은 것과 똑같았다. 스텔라가 마치 그 소식이 새빨간 거짓말인 것처럼 전보를 읽고 또 읽는 동안 조얼은 전화를 걸었다. 아직 이른 새벽이라 누군가와 통화를 하기가 여간 힘든 게 아니었다. 마침내 친구 몇 사람을 찾아내는 데 성공한 그는 스텔라에게 독한 술을 한 잔 마시게 했다.

"조얼, 여기 있어줘요." 그녀가 반쯤 잠이 든 것처럼 나직이 말했다. "가지 말아요. 마일스는 당신을 좋아했어요. 마일스가 말하길……." 그녀가 격렬히 몸을 떨었다. "오, 하느님, 내가 얼마나 외로운지 당신은 모르죠." 그녀의 눈이 감겼다. "안아줘요. 마일스도 그런 정장이 있었는데." 그녀는 몸을 똑바로 일으켰다. "그이의 마음이 어땠을지 생각해봐요. 그이는 평소에도 거의 모든 것을 두려워했단 말예요."

그녀는 멍하니 고개를 저었다. 그러더니 갑자기 조얼의 얼굴을 붙잡고 자기 얼굴 가까이 끌어당겼다. "가면 안 돼요. 당신은 날 좋아하잖아요. 날 사랑하잖아요. 안 그래요? 아무한테도 전화하지 말아요. 전화는 내일 해도 충분해요. 오늘 밤은 나와 함께 여기 있어야 해요."

조얼은 처음에는 믿기지 않아서, 그다음에는 스텔라의 심리를 이해하고 충격을 받아서 그녀를 똑바로 보았다. 제 나름의 암중 모색을 한 스텔라는 마일스가 상상했던 상황을 유지함으로써 그가 계속 살아 있게 하려고 애쓰는 것이다. 마일스를 괴롭게 했던 그 가능성들이 여전히 존재하는 한 마일스의 정신은 죽지 않을 거라고 생각하는 것처럼. 그가 죽었다는 사실을 외면하는 데는 제정신이 아닌 고통스러운 노력이 필요했다.

조얼은 결연히 전화기가 있는 곳으로 가서 의사에게 전화를 걸었다.

"하지 마요. 오, 아무한테도 전화하지 마요!" 스텔라가 부르짖었다. "이리 와서 날 안아줘요."

"베일스 선생님 계십니까?"

"조얼!" 스텔라가 소리쳤다. "당신은 믿을 수 있는 사람이라고 생각했어요. 마일스도 당신을 좋아했고요. 그이는 당신을 질투했어요……. 조얼, 이리 와요."

그때…… 만약 자신이 마일스를 배신한다면 스텔라는 마일스를 계속 살아 있게 할 수 있을 거라는 생각이 들었다. 왜냐하면 마일스가 정말로 죽었다면 배신당할 수도 없기 때문이다.

"……아주 심한 충격을 받았습니다. 즉시 와주시겠어요? 그리고 간호사도 한 명 필요할 것 같습니다."

"조얼!"

얼마 후 초인종과 전화벨이 간헐적으로 울리기 시작했고, 자동차들이 집 앞에 멈춰 섰다.

"가면 안 돼요." 스텔라가 애원했다. "여기 있어줘요. 그럴 거죠?"

"그럴 수 없어요." 그가 대답했다. "그렇지만 당신이 날 필요로 한다면 돌아올게요."

그는 이제 삶이 마치 생명을 보호하는 나뭇잎처럼 죽음 주위에서 퍼덕거리며 웅성거리고 고동치는 현관 앞 계단에 서서 낮게 끅끅거리며 울기 시작했다.

'마일스는 손을 대는 모든 것에 뭔가 마법을 걸었어.' 조얼은 생각했다. '심지어 저 근본 없는 여자에게도 생명을 불어넣어서 일종의 걸작으로 만들었잖아.'

그러고 나서 생각했다.

'그는 이 끔찍한 황야에 큰 구멍을 남겼다. 이미 헤아릴 수 없이 큰 구멍을!'

그런 다음 어떤 쓸쓸한 기분으로 생각했다. '아, 그래, 난 돌아올 거야……. 돌아오고말고!'

바람 속의 가족

Family in the Wind

바람 속의 가족

1932년 6월 4일에 발행된 잡지 《새터데이 이브닝 포스트》에 실렸다. 토네이도가 휩쓸고 간 남부 시골 마을에 재능과 학식을 겸비했음에도 알코올의존증으로 인생을 망친 의사가 있다. 그 외과의의 모습은 《밤은 부드러워라》의 주인공 딕 다이버가 겪는 운명을 떠올리게 한다.

무엇보다 거대한 토네이도의 묘사가 가장 큰 볼거리다. 조지프 콘래드의 명작 《태풍》에 등장하는 폭풍우 묘사를 방불케 한다. 자연의 압도적인 폭력을 사실적으로 그리면서도, 그 시선은 매우 치밀하며 조금의 과장도 없다. 나는 고등학교 때 우연히 이 작품을 읽고 그 필력에 깊이 감탄했었다. 그런 의미에서 개인적으로도 좋아하는 작품이라, 이번 기회에 드디어 번역할 수 있어 기뻤다.

1

두 남자가 피처럼 붉은 태양을 향해 차를 타고 언덕을 올라갔다. 도로와 접한 목화밭은 메마르고 시들었으며, 솔숲에는 바람 한 점 불지 않았다.

"내가 맨정신일 땐……." 의사가 말했다. "그러니까 전혀 술을 마시지 않았을 땐, 내가 보는 세계는 네가 보는 세계와 같지 않아. 한쪽 눈은 시력이 좋고 다른 쪽 눈은 나빠서 나쁜 쪽의 시력을 보정하는 안경을 맞춰 쓴 친구가 하나 있거든? 그는 태양이 타원형으로 보이고 연석이 기우뚱해 보여서 줄곧 넘어지곤 했어. 그래서 결국 안경을 벗어던져야 했지. 흡사 그 친구 꼴이 돼버리는 거야. 나도 하루의 대부분을 완전히 마취된 상태로 지내는 셈이어서, 음, 그런 상태에서도 내가 할 수 있다는 걸 아는 일만 맡아서 하지."

"알아." 그의 동생 진이 불편한 어조로 동의했다. 의사는 그때 조금 취해 있었고, 진은 말을 꺼냈으나 말을 이어갈 틈을 잡지 못했다. 범상한 계층의 남부 사람들이 대체로 그러하듯, 진 또한 거칠지만 열정적인 땅에 붙어 살아가며 예의를 중시하게 되었다. 그는 잠깐이나마 침묵의 순간이 찾아올 때까지 화제를 바꿀 수 없었고, 포러스트는 입을 다물지 않았다.

"나는 매우 행복해." 포러스트가 말을 이었다. "그러면서 매우 비참해. 주정뱅이답게 낄낄거리거나 흐느껴 울곤 하지. 기력은 지속적으로 쇠하고, 그럴수록 삶은 더 빠르게 흘러가. 그래서 나 자신이 적게 존재할수록 삶은, 나를 빼버리면 더 재미있어지는 영화가 되어가는 거야. 나는 동료와 주위 사람들의 존경심으로부터 나 자신을 차단했지만, 그로 인해 정서적인 보상성 간경변을 자각하게 되었어. 그리고 나의 감수성, 나의 동정심은 이제 방향성을 갖지 않고 무엇이든 가까이 있는 대상을 향하기 때문에 나는 그 어느 때보다도 좋은 사람이 되었어. 내가 좋은 의사였을 때보다도 훨씬 더 좋은 사람이 되었단 말이야."

다음 모퉁이를 돌자 직선로가 나왔고, 진은 멀찍이 떨어진 곳에 위치한 자기 집을 볼 수 있었다. 약속해달라고 애원하던 아내의 얼굴이 머릿속에 떠올랐다. 그는 더 기다릴 수 없었다. "포러스트, 할 말이 있어……."

그러나 그 순간 의사는 솔숲 너머 작은 집 앞에서 갑자기 차를 멈추었다. 현관 계단에서 여덟 살배기 여자아이가 회색 고양

Family in the Wind

이와 놀고 있었다.

"이렇게 귀여운 아이는 처음 봤어." 의사는 진에게 그렇게 말한 다음, 심각한 목소리로 아이에게 말을 건넸다. "헬렌, 고양이에게 약을 좀 줄까?"

여자아이가 웃었다.

"어, 모르겠어요." 아이가 자신 없는 목소리로 말했다. 아이는 이제 고양이와 다른 놀이를 하고 있었다. 잠시 놀이가 중단되었을 뿐이라는 듯 의사에게는 별로 신경 쓰지 않았다.

"고양이가 오늘 아침 나에게 전화를 걸었단다." 의사가 말을 계속했다. "엄마가 자기를 소홀히 대한다면서, 자기한테 몽고메리 출신의 훌륭한 보모를 데려다줄 수 없냐고 물어보더라."

"고양이는 전화 같은 거 안 해요." 여자아이는 화가 난 얼굴로 고양이를 꼭 끌어안았다. 의사는 호주머니에서 5센트짜리 동전을 꺼내서 계단에 던졌다.

"우유를 좀 먹이렴." 그가 차의 기어를 넣으며 말했다. "안녕, 헬렌."

"잘 가요, 의사 선생님."

차가 출발하자 진이 다시 말을 이었다. "형, 차를 세워줘." 그가 말했다. "조금만 더 가서…… 그래, 여기서 차를 잠깐 세워줘."

의사는 차를 세웠고, 형제는 서로를 바라보았다. 몸이 튼튼하며 어딘지 모르게 금욕적인 인상을 풍긴다는 점에서 두 사람은 서로 닮았다. 그리고 둘 다 사십 대 중반이었다. 의사는 도시 생활에서 비롯된 물결 모양 주름이 이마에 자리 잡았고, 그의 안경은 술꾼 특유의 실핏줄이 드러난 우는 듯한 눈을 감추지 못해 동생의 주름살이나 눈과 달라 보였다. 진의 주름은 밭의 경계를 이루는 선과 지붕의 선과 헛간을 지탱하는 막대 같은 선들로 이루어진 주름이었고, 그의 눈은 옅은 파란색 아름다운 눈이었다. 하지만 두 사람의 가장 뚜렷한 차이점은 진 재니는 시골 사람인 반면, 닥터 포러스트 재니는 명백히 고등 교육을 받은 사람이라는 사실이었다.

"뭔데 그래?" 의사가 물었다.

"핑키가 집에 있다는 거 알지?" 진이 길을 바라보며 말했다.

"그렇다고 들었어." 의사가 무덤덤하게 대답했다.

"핑키가 버밍엄에서 싸움에 휘말렸는데, 누가 그 애 머리에 총을 쐈어." 진이 머뭇거리며 말했다. "우린 닥터 베러에게 부탁했어. 형이 핑키를 맡지 않을 거라고 생각해서…… 아마도 형은……."

"맡지 않을 거야." 닥터 재니가 건조하게 대답했다.

"그렇지만 포러스트, 문제가 있어." 진이 물러서지 않고 말했다. "형도 상황을 알잖아. 형이 자주 말했듯 닥터 베러는 아무것도 몰라. 젠장, 나 역시 그 사람을 실력 있는 의사로 생각한 적은 단 한 번도 없어. 그 사람 말로는 총알이…… 총알이 뇌를 누르고 있대. 그래서 자기로서는 출혈을 일으키지 않고 총알을 제거할 방법이 없다는 거야. 그리고 상태가 너무 안 좋아서 우리가 과연 버밍엄이나 몽고메리의 병원까지 아이를 이송할 수 있을지도 잘 모르겠대. 그 의사는 아무 도움이 안 됐어. 우리가 원하는 건……."

"안 돼." 형이 고개를 저으며 말했다. "안 돼."

"그냥 한번 봐주면 돼. 그러고 나서 우리한테 어떻게 해야 하는지 알려만 줘." 진이 사정했다. "걔는 의식이 없어, 포러스트. 걔는 형을 모를 거야. 형도 걔를 잘 모르잖아. 문제는 아이 엄마가 제정신이 아니라는 건데."

"모성 본능에 사로잡혀 행동할 뿐이겠지." 의사는 뒷주머니에서 물을 섞은 앨라배마 옥수수 위스키가 든 휴대용 술병을 꺼내어 마셨다. "걔는 태어나자마자 차라리 물에 빠져 죽는 게 나았을 아이라는 걸 너와 난 알고 있잖아."

진은 움찔했다. "그래, 못돼먹은 아이지." 그는 시인했다. "하지만 잘 모르겠어. 자리에 누워 있는 지금 모습을 보면……."

술기운이 돌자 의사는 뭔가 해야겠다는 본능을 느꼈다. 자신의 선입견을 깨려는 건 아니었다. 뭔가 시늉이라도 해야겠다는 마음이 든 것이다. 시들어 죽어가고 있지만 그래도 아직은 꿈틀거리는 자신의 의지를 내보이고 싶었다.

"좋아, 보러 갈게." 그가 말했다. "죽었어야 할 녀석이야. 걔를 돕기 위해 뭔가 할 생각은 전혀 없어. 만약 죽는다 해도 녀석이 메리 데커에게 한 짓에 대한 보상이 안 돼."

진 재니는 입을 꾹 다물었고, 잠시 후에 말을 꺼냈다. "형은 그렇게 확신해?"

"확신하냐고?" 의사가 언성을 높였다. "확신하고말고. 메리는 굶어 죽었어. 일주일 동안 커피 두어 잔 마신 것 말고는 아무것도 먹지 못했단 말이야. 그리고 그 아이의 신발을 봤다면 너도 메리가 수 킬로미터를 걸어왔다는 걸 알 수 있었을 거야."

"닥터 베러는……."

"그자가 뭘 알아? 메리가 버밍엄 고속도로에서 발견된 당일에 난 부검을 했어. 굶주렸다는 것 말고 그 아이에겐 아무 문제도 없었어. 그…… 그……." 감정이 북받친 의사의 목소리가 떨렸다. "핑키 그 녀석이 메리에게 싫증을 느끼고는 내쫓은 거라고. 메리는 걸어서 집으로 돌아오려고 했지. 그로부터 몇 주 후에 핑키가 의식 없이 자리보전하는 신세가 되었다 한들 나로선 그다지 안타깝지가 않아."

의사는 그렇게 말하며 거칠게 차의 기어를 넣고 클러치를 밟았고, 차는 튀어나가듯 달렸다. 차는 금세 진 재니의 집 앞에 다다랐다.

벽돌 토대 위에 세워진 정사각형 모양의 목조 가옥이었다. 잘 가꾸어진 잔디밭이 농장과 집을 구분해주었다. 집은 대체로 이 곳 벤딩 마을이나 주변 농촌 지역에서 흔히 볼 수 있는 건물들 보다 훌륭했지만, 건축 양식이나 검소한 실내장식에 있어서는 본질적으로 다르지 않았다. 앨라배마 주의 이 지역에서, 대농장 에 걸맞게 지어진 웅장한 저택들은 사라졌고, 위풍당당하던 기 둥들은 가난과 부식과 날씨에 굴복했다.

진의 아내 로즈가 현관의 흔들의자에서 일어났다.

"안녕하세요, 포러스트." 그녀는 의사와 눈을 마주치지 않으며 약간 긴장한 목소리로 인사했다. "오랜만에 뵙네요."

의사는 몇 초 동안 그녀의 눈을 바라보았다. "오랜만이네요, 로즈." 그가 말했다. "이디스 안녕, 유진도 안녕." 그는 엄마 옆에 서 있는 어린 남자아이와 여자아이에게도 인사했다. 그런 다음, 둥근 돌을 안고 집 모퉁이를 돌아오는 다부진 열아홉 살 청년에 게도 인사했다. "안녕, 부치!"

"여기 집 앞에 낮은 벽을 둘러쌓으려고 해. 그러면 더 깔끔해 보일 것 같아서." 진이 설명했다.

그들 모두의 마음속에는 아직 의사에 대한 존경심이 남아 있 었다. 더는 그를 유명한 친척이라고 자랑스레 언급("몽고메리 시 최고의 외과의사랍니다!")할 수 없어서 원망하는 마음도 있었지만, 그럼에도 그에게는 냉소주의와 술에 빠져 의사로서의 이력을 망 쳐버리기 전, 한때 더 큰 세상에서 차지했던 학식과 위상이 여전히 배어 있었다. 그는 2년 전에 고향인 벤딩으로 돌아와 이 지역에 있는 약국 지분의 절반을 샀다. 의사 면허는 아직 유지하고 있었지만, 진료는 불가피한 경우에만 했다.

"여보." 진이 말했다. "형이 핑키를 보겠대."

핑키 재니는 어두운 방 안 침대에 누워 있었다. 새로 돋은 수염 아래 하얀 입술이 밉상스럽게 일그러져 있었다. 의사가 머리에 감긴 붕대를 풀자 그의 숨소리는 낮은 신음으로 바뀌었지만, 배가 불룩 튀어나온 몸은 움직이지 않았다. 몇 분 후, 의사는 붕대를 새로 감아주고 진과 로즈와 함께 현관으로 나왔다.

"베러는 수술하지 않겠대?" 그가 물었다.

"안 하겠대."

"왜 버밍엄에서 수술을 하지 않았지?"

"모르겠어."

"흠." 의사는 모자를 썼다. "총알을 제거해야 해. 그것도 빨리. 총알이 경동맥초를 누르고 있어. 그건…… 어쨌든 맥박 상태를 보면 지금으로선 핑키를 몽고메리로 이송하는 게 불가능해."

"우린 어떻게 해야 돼?" 말하는 도중에 숨을 삼킨 탓에 진의 질문은 말꼬리를 흐린 것처럼 들렸다.

"베러에게 수술을 다시 요청해봐. 몽고메리에 있는 다른 의사에게라도. 수술로 아이의 목숨을 구할 가능성은 25퍼센트 정도야. 수술하지 않으면 가능성이 전무하고."

"몽고메리의 어떤 의사에게 부탁하는 게 좋을까?" 진이 물었다.

"웬만한 의사라면 이 정도의 수술은 할 수 있어. 배짱만 좀 있다면 베러도 할 수 있을 텐데."

갑자기 로즈 재니가 다가왔다. 그녀의 경직된 눈빛이 동물적인 모성애로 불타올랐다. 그녀는 의사의 외투 자락을 움켜잡았다.

"해주세요! 하실 수 있잖아요. 예전에는 누구보다 뛰어난 외과의였잖아요. 제발, 당신이 이 아이를 수술해주세요!"

그는 조금 뒤로 물러서서 외투 자락을 움켜쥔 손을 떼어낸 다음 두 손을 앞으로 내밀었다.

"내 손 떨리는 거 보이죠?" 그가 복잡하고도 씁쓸한 심경이 담긴 어조로 말했다. "가까이 보면 보일 거예요. 이런 손으로 집도할 순 없어요."

"형이라면 틀림없이 할 수 있어." 진이 우기듯이 말했다. "술 한잔하면 손이 떨리지 않을 거야."

의사는 고개를 저으면서 로즈를 바라보고 말했다. "못 해요. 알다시피 내 판단은 믿을 만한 게 못 돼요. 그리고 만약 뭔가 잘못되기라도 하면 다 내 잘못인 것처럼 보일 거예요." 의사는 지금 얼마간 연기를 하고 있었다. 그는 조심스럽게 말을 골랐다. "들리는 말로는, 내가 메리 데커가 굶어 죽었다고 말하자, 어떤 이들은 내가 술주정뱅이라며 그 소견에 의문을 제기했더군요."

"나는 그런 말 한 적 없어요." 로즈가 숨죽인 목소리로 거짓말을 했다.

"물론 안 했겠죠. 난 무척 조심스럽게 행동해야 한다는 걸 알려주려고 그 말을 언급한 것뿐이에요." 그는 현관 계단을 내려갔다. "다시 베러를 만나서 얘기해봐요. 그게 잘 안 되면 도시에서 의사를 부르고. 이게 내 조언이에요. 그럼 안녕."

그가 정문에 도착하기 전에 로즈가 눈물을 흘리며 따라왔다. 로즈의 눈은 분노로 희번덕거렸다.

"당신이 술주정뱅이라고 말한 건 나예요!" 그녀가 소리쳤다. "당신은 메리 데커가 굶주려 죽었다면서 그게 마치 핑키의 잘못인 것처럼 말했으니까. 종일토록 옥수수 술에 빠져 사는 주제에! 당신이 자기가 하는 말과 행동의 의미를 아는지 모르는지, 누가 알겠어요? 그런데 당신은 왜 그렇게까지 메리 데커를 아끼고 신경 썼던 거죠? 당신 나이의 절반도 안 되는 여자를? 그 애가 당신 약국에 들어가 당신과 얘기하는 걸 사람들이 다 봤어요……."

뒤따라온 진이 그녀의 팔을 붙잡았다. "이제 그만해, 로즈…… 잘 가, 포러스트."

포러스트는 차를 몰고 가다가 다음 길모퉁이에서 차를 멈추고는 술병을 꺼내 술을 마셨다.

휴경 중인 목화밭 너머로 메리 데커가 살던 집이 보였다. 6개월 전이었다면 차를 우회하여 그녀에게 들러서 왜 그날 공짜 청량음료를 마시러 약국에 오지 않았느냐고 묻거나, 그날 아침 영업 사원이 주고 간 화장품 샘플을 건네며 그녀를 기쁘게 해주었을지도 모른다. 그는 메리 데커에게 자신의 감정을 털어놓지 않았고, 그럴 생각을 한 적도 없었다. 그녀는 열일곱 살이고, 그는 마흔다섯 살이었다. 게다가 그에게는 더 이상 이렇다 할 미래도 없었다. 그러나 메리가 핑키 재니와 함께 버밍엄으로 떠난 후, 그는 자신의 외로운 인생에서 그녀를 향한 사랑이 얼마나 큰 의미를 가졌는지 깨닫게 되었다.

그의 생각은 동생 집에서 있었던 일로 돌아갔다.

"내가 만약 신사라면." 그는 생각했다. "그런 식으로 행동하지는 않았겠지. 게다가 그 양아치 같은 녀석의 피해자는 더 생길 거야. 왜냐하면, 만일 그 녀석이 죽는다면 로즈는 다름아닌 내가 그를 죽였다고 말할 테니까."

주차를 하는 동안 그는 기분이 별로 좋지 않았다. 자신이 다르게 행동할 수 있었을 텐데, 하는 아쉬움 때문은 아니었다. 그저 이 모든 일이 몹시 불쾌했다.

집에 도착한 지 채 10분도 되지 않았을 때 밖에서 차가 끼익하고 멈추는 소리가 들리더니 부치 재니가 안으로 들어왔다. 그는 입을 굳게 다문 채 눈을 가늘게 뜨고 있었다. 마치 적절한 대상을 향해 분출되기 전까지는 자신을 사로잡은 분노가 새어 나가는 것을 용납하지 않겠다는 듯한 모습이었다.

"안녕, 부치."

"포러스트 큰아버지, 드릴 말씀이 있어요. 우리 엄마에게 그런 식으로 말하지 마세요. 엄마에게 그런 식으로 말하면 내가 큰아버지를 죽여버릴 거예요!"

"부치, 입 다물고 거기 앉아라." 의사가 날카롭게 말했다.

"엄마는 핑키 형 때문에 이미 지칠 대로 지쳤어요. 그런데 큰아버지는 집에 와서 엄마에게 그런 식으로 말하다니요."

"부치, 모욕적인 언행을 한 건 네 엄마야. 난 모욕당했을 뿐이고."

"엄마는 자기가 무슨 말을 하는지 몰라요. 그러니 큰아버지가 이해해줘야 해요."

의사는 잠시 생각에 잠겼다. "부치, 넌 핑키를 어떻게 생각하니?"

부치는 불편한 기색으로 머뭇거렸다. "글쎄요, 형에 대해 그렇게까지 깊이 생각해본 적은 없어요." 그의 말투가 갑자기 시비조로 바뀌었다. "하지만 어쨌거나, 핑키는 내 형이라고요……."

"잠깐만, 부치. 핑키가 메리 데커에게 취했던 태도에 대해서는 어떻게 생각하니?"

몸을 부르르 떨며 억누르던 감정을 풀어버린 부치가 마침내 분노를 폭발시켰다.

"그건 아무 관계 없는 문제예요. 내가 말하고 싶은 건 우리 엄마를 온당하게 대하지 않는 사람에 대해서는 내가 응징하겠다는 거예요. 제대로 알려드려요, 큰아버지?"

"난 내 힘으로 공부했단다, 부치."

"그런 건 아무래도 상관없어요. 우린 닥터 베러에게 수술을 해달라고 부탁하거나, 아니면 도시에서 의사를 부르도록 노력할 겁니다. 하지만 그게 잘 안 되면 다시 큰아버지를 찾겠죠. 그리고 어쩔 수 없이, 큰아버지에게 총을 들이대는 한이 있더라도, 총알 제거 수술을 집도하게 할 겁니다." 부치는 약간 숨을 헐떡이며 고개를 주억거리더니 몸을 돌려 밖으로 나갔다. 그러고는 차를 몰고 떠났다.

의사는 혼잣말을 중얼거렸다. "왠지 이 칠튼 카운티에서는 더는 마음의 평화가 없을 것 같아." 그는 집안일을 하는 흑인 소년에게 저녁 식사를 차리라고 말했다. 그런 다음 담배를 말아서 피우며 뒤쪽 현관 계단으로 나갔다.

날씨가 변했다. 하늘은 흐려졌고, 풀은 스산하게 나부꼈다. 느닷없이 빗줄기가 한바탕 쏟아져 내리다가 뚝 그쳤다. 조금 전까지만 해도 날이 따뜻했는데, 갑자기 이마에서 느껴지는 습기가 차가워졌다. 그는 손수건을 꺼내 이마를 닦았다. 귀에서 윙윙거리는 소리가 들려서 침을 삼키고 고개를 저었다. 그는 자신의 몸이 안 좋은 게 틀림없다고 생각했다. 그 순간 윙윙거리는 소리가 갑자기 멀어지더니 너울대면서 팽창하는 소리로 변해갔다. 그 소리는 점점 더 커졌고, 심지어 점점 더 가까워지기까지 했다. 마치 가까이 접근하는 열차의 굉음 같았다.

2

부치 재니는 집까지 가는 길의 절반쯤에 이르렀을 때 그것을 보았다. 거대한 검은 구름이 다가오고 있었는데, 구름의 아래쪽 가장자리가 지면에 부딪치고 있었다. 그 광경을 멍하니 바라보는 동안에도 구름은 점점 넓게 퍼져서 마침내 남쪽 하늘 전체를 덮어버린 것 같았다. 먹구름 속에서 흐릿하게 번쩍거리는 불빛이 보였고, 점점 더 요란해지는 굉음이 들려왔다. 그는 지금 세찬 바람 속에 있었다. 물건의 잔해, 부러진 나뭇가지, 부서지거나 깨진 조각, 어둠이 짙어져서 식별할 수 없는 더 큰 물체들이 바람에 날려 차 곁을 지나갔다. 그는 본능적으로 차에서 내렸고, 이제는 바람에 맞서 서 있을 수도 없는 지경이어서 도로변에 높다랗게 쌓인 흙더미를 향해 달렸다. 아니, 달렸다기보다는 흙더미 쪽으로 내던져져서 거기에 꼼짝없이 처박힌 것 같았다. 그러고 나서 1분 동안, 어쩌면 2분 동안 그는 암흑 속 대혼란의 한가운데에 있게 되었다.

Family in the Wind

맨 먼저 소리가 있었고, 그는 소리의 일부가 되었다. 소리에 휩싸이고 소리에 사로잡혀 있었으므로 그의 존재를 소리와 분리할 수 없었다. 그것은 여러 가지 소리가 모인 것이 아니라 '소리' 그 자체였다. 거칠고 날카로운 소리를 빚어내는 거대한 활이 현을 켜서 만들어내는 우주의 화음이었다. 소리와 힘은 분리할 수 없는 것이었다. 힘뿐 아니라 소리도 그를 흙더미에 단단히 붙들어 맸다. 마치 십자가에 못 박힌 사람처럼 흙더미에 박혀 있는 느낌이었다. 이 일이 발생한 최초의 시점 어느 순간엔가 그는 얼굴이 옆으로 고정된 채로, 여러 물체가 속수무책으로 날아오르는 일련의 거대한 움직임 속에서 자신의 자동차가 약간 튀어오르며 반 바퀴쯤 빙글 돌더니 밭 위를 경중경중 뛰듯이 나아가 사라지는 모습을 보았다. 그러고 나서 폭격이 시작되었다. 길게 끌던 포탄 소리가 거대한 기관총 소리 같은 탁탁거리는 소리로 나뉘었다. 그는 반쯤 정신이 나간 상태에서 자신이 그 탁탁거리는 소리의 일부가 되었다고 느꼈고, 자신의 몸이 흙더미에서 붕 떠올라 공간을 가르고, 어지럽게 마구 휘날리며 살을 찢어대는 크고 작은 수많은 나뭇가지 사이를 가르며 날아오르는 것을 느꼈다. 그 후 얼마나 흘렀는지 알 수 없는 시간 동안 그는 의식을 잃었고, 아무것도 알지 못했다.

몸이 아파왔다. 그는 우듬지의 나뭇가지 사이에 누워 있었다. 공기에는 먼지와 비가 가득했고, 귀에 들리는 소리는 전혀 없었다. 그는 한참 후에야 지금 자신이 누워 있는 나무는 바람에 쓰러진 것이며, 자신도 모르게 솔잎 속에 자리 잡게 된 그가 있는 곳에서 땅까지의 거리가 1.5미터밖에 되지 않는다는 것을 알아차렸다.

"맙소사!" 그가 분개한 목소리로 외쳤다. "이게 무슨 일이야! 정말 엄청난 바람이었어! 세상에!"

아픔과 두려움으로 인해 예민해진 부치는 자기가 어떻게 나뭇가지 사이에 놓이게 되었는지 추측해보았다. 아마도 그는 나무뿌리 위에 서 있었는데, 이 커다란 소나무가 땅에서 뽑히면서 엄청난 뒤틀림이 발생하여 몸이 허공으로 내동댕이쳐졌으리라는 생각이 들었다. 몸을 더듬으며 여기저기 확인해본 그는 왼쪽 귓속에 마치 누군가가 귀 내부의 본을 뜨려 했던 것처럼 흙이 잔뜩 들어 있다는 것을 알았다. 옷은 너덜너덜해졌다. 외투는 등쪽 솔기가 뜯겨나갔다. 그는 제멋대로 떠돌아다니던 돌풍이 그의 옷을 벗기려 하면서 양쪽 겨드랑이 밑을 아프도록 날카롭게 파고들던 것을 느낄 수 있었다.

그는 땅으로 내려와 집을 향해 걷기 시작했다. 그러나 그가 지나가면서 보는 풍경은 새롭고도 낯선 풍경이었다. '그것'—그는 그것이 토네이도였다는 것을 아직 몰랐다—으로 인해 도로가 400미터쯤 유실되었다. 먼지가 서서히 가라앉으면서 눈에 들어온, 전에는 본 적 없는 풍경에 그는 당황했다. 그가 걷고 있는 곳

Family in the Wind

에서 벤딩 교회의 탑이 보인다는 게 비현실적으로 느껴졌다. 전에는 여기와 교회 사이에 숲이 있어서 교회 탑이 보이지 않았던 것이다.

그런데 여기는 어디지? 볼드윈네 집이 근처에 있어야 할 텐데……. 부치는 아무렇게나 방치된 목재 야적장처럼 보이는 곳에서 커다란 널빤지 더미에 발이 걸려 넘어지고 나서야 볼드윈네 집이 없어졌다는 것을 알아차렸다. 한층 격해진 마음으로 주위를 둘러보니 언덕 위에 있던 네크로니네 집도 없어졌고, 그 아래에 있던 펠처네 집도 없어졌다. 그곳에는 불빛 한 점 없고 소리도 나지 않았다. 들리는 소리라곤 쓰러진 나무에 내리는 빗소리뿐이었다.

갑자기 그는 달리기 시작했다. 멀리서 그의 집의 형체가 보이자 "다행이야!" 하는 안도의 말이 입에서 튀어나왔다. 그러나 집이 가까워지자 뭔가 손실되었다는 것을 깨닫게 되었다. 옥외 화장실이 없어졌고, 핑키의 방이 있던, 나중에 덧붙여 지은 건물 부분이 완전히 뜯겨나간 것이었다.

"엄마!" 그가 소리쳤다. "아빠!" 대답이 없었다. 개가 마당에서 뛰어나와 그의 손을 핥았다…….

……20분 후 닥터 재니가 벤딩에 있는 자신의 약국 앞에 차를 세웠을 때, 날은 완전히 어두워져 있었다. 전깃불은 들어오

지 않았지만 길거리에는 등을 든 사람들이 있었다. 잠시 후 사람들이 삼삼오오 그 주위로 모여들었다. 그는 서둘러 약국 문을 열었다.

"누가 저 위긴스 병원 문 좀 따줘요." 그가 길 건너편의 병원을 가리키며 말했다. "내 차에 중상자 여섯 명이 타고 있어요. 누구든 환자들을 병원 안으로 좀 옮겨주세요. 닥터 베러가 여기 있나요?"

"여기 있어요." 어둠 속에서 간절함이 깃든 몇몇 목소리가 들려왔고, 닥터 베리가 손에 진료 가방을 들고 사람들을 헤치며 걸어왔다. 두 의사는 서로를 싫어한다는 사실도 잊은 채 등불 앞에 마주 섰다.

"환자가 얼마나 더 나올지는 신만이 알겠죠." 닥터 재니가 말했다. "난 붕대와 소독약을 챙겨 갈게요. 골절 환자가 많을 겁니다……." 그가 목소리를 높였다. "누가 통 좀 갖다줘요!"

"난 일을 시작하고 있겠소." 닥터 베러가 말했다. "대여섯 명이 더 기어서 병원에 들어왔소."

"뭔가 조치를 취했나요?" 닥터 재니가 자기를 따라 약국 안으로 들어온 사람들에게 물었다. "버밍엄과 몽고메리에 전화해봤어요?"

"전화선은 끊겼지만 전보는 보낼 수 있었습니다."

"누가 웨탈라에 가서 닥터 코언을 데려와줄래요? 그리고 차

174   Family in the Wind

를 가진 사람들에게 월라드파이크로 간 다음 코르시카 쪽으로 가로질러 가서, 주변 도로들을 샅샅이 살펴보라고 말해줘요. 흑인 가게 옆 사거리 쪽에는 집이 한 채도 남아 있지 않더군요. 내 차로 다가오는 많은 사람들을 그냥 지나쳐 왔어요. 다들 다친 사람들이었지만, 그들을 태울 공간이 없어서." 그는 말을 하면서 붕대와 소독약과 약품들을 담요 속에 던졌다. "약품이 이것보다는 넉넉하게 있는 줄 알았는데! 그리고 잠깐만!" 그가 소리쳤다. "누가 차를 몰고 가서 울리네 가족이 사는 그 계곡 좀 봐줄래요? 들판을 가로질러 가야 해요. 도로가 유실되었으니⋯⋯. 그리고 거기 모자 쓴 사람. 에드 젱크스 맞지?"

"예, 선생님."

"내가 여기 모아놓은 물건들이 보이지? 이 가게에서 이렇게 생긴 것들을 다 모아서 길 건너편 병원으로 가져오렴. 알겠지?"

"예, 선생님."

의사가 거리로 나갔을 때 부상당한 사람들이 끊임없이 스멀스멀 거리로 나오고 있었다. 심하게 다친 아이를 안고 걸어오는 여자, 신음하는 흑인들로 가득 찬 사륜마차, 가쁜 숨을 내쉬며 정신없이 무시무시한 체험담을 얘기하는 사람들⋯⋯. 희미한 불빛이 있는 어슴푸레한 어둠 속 어디에나 혼란과 히스테리가 들끓었다. 진흙투성이의 기자 한 명이 버밍엄에서 사이드카를 타고 왔다. 사이드카의 바퀴는 길을 막고 있는 쓰러진 전선과 나뭇가지들을 타고 넘으며 달려왔다. 50킬로미터쯤 떨어진 쿠퍼 마을에서 달려온 경찰차의 사이렌 소리도 들렸다.

환자가 너무 적어서 최근 3개월 동안 휴업 중이던 병원 주위로 이미 많은 사람들이 몰려들었다. 의사는 어수선한 상황에서 서로 밀치는 창백한 얼굴의 사람들 사이를 헤집고 가장 가까운 병실로 들어가 자리를 잡았다. 낡은 철제 병상이 줄지어 놓인 것을 보니 새삼 감사한 마음이 들었다. 닥터 베러는 이미 복도 건너편에서 치료를 시작하고 있었다.

"등불을 대여섯 개 갖다줘." 그가 지시했다.

"베러 선생님이 요오드와 반창고가 필요하답니다."

"그래? 저쪽에 있어……. 이봐, 싱키, 문 옆에 지키고 서서 걸을 수 없는 환자 외에는 아무도 못 들어오게 해. 누가 잡화점으로 달려가서 남은 양초가 있는지 봐줘."

이제 바깥 거리는 온갖 소리로 가득했다. 여자들의 울부짖음, 고속도로를 치우려고 자발적으로 모인 사람들의 상반된 지시, 응급 상황에 대처하는 사람들의 짧고 날카롭고 긴장된 목소리……. 자정을 조금 앞두고 최초의 적십자 봉사단이 도착했다. 그러나 세 명의 의사와 얼마 후 인근 마을에서 이곳으로 달려와 합류한 다른 두 명의 의사는 오래전부터 시간 가는 줄 모르고 치료에 매달렸다. 10시 무렵부터 사망자들이 들어오기 시작했다. 사망자 수는 급속히 늘어났다. 스물, 스물다섯, 서른, 마

Family in the Wind

흔……. 이제 모든 욕망이 사라진 사망자들은 평범한 농부가 되어 뒤쪽 차고에 눕혀졌다. 그러는 동안 스무 명 남짓 수용할 수 있게 지어진 이 낡은 병원에 수백 명에 달하는 부상자들이 계속 밀려왔다. 폭풍은 다리, 쇄골, 갈비뼈, 허리 등의 골절을 일으키고, 등, 팔꿈치, 귀, 눈꺼풀, 코 등에 열상을 입혔다. 날아온 널빤지에 의한 상처도 있고, 이상한 곳에 이상한 파편이나 지저깨비가 박히기도 했다. 두피가 벗어진 남자가 있었는데, 그 사람은 회복되면 새 머리털이 자랄 것이다. 산 사람이든 죽은 사람이든 닥터 재니는 모든 이의 얼굴을 알았고, 이름도 대부분 알고 있었다.

"이제 걱정하지 마세요. 빌리는 괜찮아요. 내가 이걸 묶을 테니 가만히 계세요. 사람들이 계속 밀려오는데, 너무 어두워서 찾을 수가 없군……. 괜찮아요, 오키 부인. 별거 아니에요. 여기 이브가 그곳에 요오드를 바를 거예요……. 이제 이 사람을 보자고."

2시가 되었다. 웨탈라에서 온 나이 많은 의사는 지쳐서 물러났지만, 몽고메리에서 방금 도착한 새로운 의사들이 그 자리를 대신했다. 소독약 냄새로 무거워진 병실의 공기 위로 사람들이 쉴 새 없이 지껄이는 이야기가 떠돌고, 피로가 점점 쌓여가는 의사의 귀에 흐릿하게 도달했다.

"……계속 굴렀지요. 그냥 계속해서 굴러간 거예요. 덤불을 붙잡고 있었는데, 덤불도 나를 따라 함께 굴렀어요."

"제프! 제프 어딨니?"

"……그 돼지는 틀림없이 100미터쯤 날아갔을 거예요."

"이윽고 열차가 멈춰 섰어요. 승객들은 전부 밖으로 나와서 폴을 잡아당기는 것을 도왔죠."

"제프 어딨니?"

"그가 '지하실로 내려가자'고 말하더군. 그래서 내가 말했지. '우리 집엔 지하실이 없어.'"

"들것이 더 없다면 어디 가서 가벼운 문짝을 좀 찾아줘."

"……5초였다고? 세상에, 5분은 된 것 같았는데!"

어느 순간, 진과 로즈가 형제 중 가장 어린 두 아이를 데리고 있는 모습을 보았다는 이야기가 의사의 귀에 들어왔다. 그는 오는 길에 동생의 집을 지나쳤는데, 집이 서 있는 것을 보고 그냥 이곳으로 서둘러 달려왔다. 재니 가족은 운이 좋았다. 의사의 집 역시 토네이도의 영향권 밖에 있었다.

의사는 거리의 전등이 갑자기 켜져서 많은 사람들이 따뜻한 커피를 받기 위해 적십자 봉사단 앞에 서서 기다리고 있는 모습을 보았을 때에야 자신이 얼마나 피곤한지 깨달았다.

"선생님은 가서 쉬세요." 젊은 남자가 말했다. "병실 이쪽은 제가 맡을게요. 간호사도 두 명 데려왔으니."

"알았네, 알았어. 이쪽 줄은 내가 끝내지."

부상자들은 상처 부위의 응급처치가 끝나면 가능한 한 신속히 열차로 주변 도시로 이송되었고, 그들이 차지하고 있던 자리는 다른 환자로 채워졌다. 이제 그에게 남아 있는 병상은 두 개뿐이었는데, 그는 첫 번째 병상에 핑키 재니가 누워 있는 것을 보았다.

그는 청진기를 심장에 댔다. 심장이 약하게 뛰고 있었다. 거의 죽어가던, 이토록 쇠약한 핑키가 토네이도 속에서 살아남았다는 게 참으로 놀라웠다. 그가 어떻게 이곳에 오게 되었으며 누가 그를 발견하고 옮겼는가 하는 점 자체가 미스터리였다. 의사는 핑키의 몸을 살펴보았다. 작은 타박상과 열상이 있고 손가락 두 개가 부러졌으며 다른 사람들과 마찬가지로 귓속에 흙이 가득 찼으나, 다른 이상은 없었다. 의사는 잠시 망설였다. 그러나 눈을 감아도 메리 데커의 모습은 그를 피해 아스라이 멀어진 것 같았다. 인간의 감정과는 무관한, 순수하게 직업적인 어떤 것이 그의 마음속에서 꿈틀거리기 시작했고, 그는 그것을 막을 힘이 없었다. 그는 두 손을 내밀었다. 손이 가볍게 떨리고 있었다.

"제기랄!" 그가 중얼거렸다.

의사는 병실을 나와 복도 모퉁이를 돈 다음, 뒷주머니에서 오후에 마시고 조금 남은 물 탄 옥수수 위스키가 담긴 휴대용 술병을 꺼냈다. 그는 술병을 비웠다. 병실로 돌아온 그는 수술 도구 두 개를 소독한 후 상처가 총알과 유착되어 있는 핑키의 두개

골 아래쪽 네모난 부위에 국소 마취제를 발랐다. 이어 간호사를 불러 곁에 있게 한 다음, 한 손에 메스를 들고 조카의 병상 옆에 한쪽 무릎을 꿇고 앉았다.

3

이틀 후 의사는 슬픔에 잠긴 시골길을 천천히 운전하며 돌아보았다. 필사적으로 매달려야 했던 첫날 밤 이후 그는 응급 치료 업무에서 물러났다. 지금은 약사인 자신의 신분이 함께 협력하는 의사들을 난처하게 만들 수 있다고 생각한 것이었다. 그러나 적십자 주관 아래 외딴 지역으로 가서 피해 입은 사람을 도울 일손이 필요했고, 그는 그 일에 헌신했다.

토네이도라는 악마가 지나간 길을 따라가는 것은 어렵지 않았다. 악마는 7리그 신발*을 신고 불규칙한 경로로 나아갔다. 벌판을 가로지르고, 숲을 통과하고, 간혹 점잖게 도로를 따라서 나아가기도 했지만, 커브를 돌고 나서는 다시 제멋대로 전진했다. 악마는 때로는 목화밭을 지나간 듯한 흔적을 남겼는데, 남아 있는 흔적을 보면 목화꽃이 활짝 핀 밭이었던 것 같지만, 사실

---

* 옛날이야기에 나오는, 한 걸음에 7리그(약 33킬로미터)를 걸을 수 있다는 신발.

떨어진 솜들은 폭풍에 의해 들판에 널브러진 수백 개의 누비이 불과 매트리스에서 나온 것들이었다.

그는 바로 얼마 전까지 흑인 오두막이었던 통나무 더미에서 잠시 차를 세우고 기자 두 명과 수줍음 많은 흑인 아이 두 명이 주고받는 대화에 귀를 기울였다. 머리에 붕대를 감은 늙은 할머니가 잔해 사이에 앉아 고기 같은 것을 뜯으면서 흔들의자를 쉼 없이 앞뒤로 흔들고 있었다.

"그런데 너희는 바람에 휩쓸려 강 건너편으로 날아갔다고 했는데, 그 강은 어디에 있니?"

"저기요."

"어디?"

두 아이가 도움을 청하는 눈길로 그들의 할머니를 쳐다보았다.

"당신들 뒤, 바로 저기." 늙은 노파가 말했다.

신문기자들은 폭이 3미터쯤 되는, 진흙이 흐르는 개울을 어이없다는 듯이 바라보았다.

"저건 강이 아니잖아요."

"저건 메나다 강이야. 우리가 아주 어렸을 때부터 계속 그렇게 불렀지. 암, 그렇고말고. 저건 메나다 강이야. 이 두 아이가 저 강을 가로질러 날아가서는 강 건너편에 쿵, 떨어졌지. 그렇지만 상처 하나 입지 않았어. 내 머리 위로는 굴뚝이 떨어졌다네." 노파가 말을 마치며 자신의 머리를 쓰다듬었다.

"그게 전부였다고 말하는 겁니까?" 둘 중 더 젊은 기자가 분개한 어조로 물었다. "저게 두 아이가 바람에 휩쓸려 건너편으로 날아간 그 강이란 말이죠? 고작 이런 뉴스를 1억 2천만 명이 믿게 되었다니……."

"이제 그만해요, 기자 양반." 닥터 재니가 끼어들었다. "저 강은 이 지역에선 훌륭한 강이랍니다. 저 꼬마 친구들이 다 자랄 무렵엔 강이 한결 더 커져 있을 거고요."

그는 25센트짜리 동전을 노파에게 던져주고 차를 몰고 떠났다.

시골 교회 앞을 지나가다가 차를 세우고, 묘지의 미관을 해치는 새로 생긴 갈색 봉분을 세어보았다. 그는 이제 홀로코스트의 중심에 가까워지고 있었다. 그곳에는 세 사람이 죽은 하우든의 집이 있었는데, 지금 남아 있는 것은 심하게 손상된 굴뚝과, 쓰레기 더미와, 아이러니하게도 텃밭에 있던 모습 그대로 살아남은 허수아비 정도였다. 길 건너 무너진 집의 잔해 속에서 수탉 한 마리가 피아노 위를 거드럭거리며 걷고 있었다. 수탉은 소리 높여 울부짖으며 트렁크, 부츠, 통조림, 책, 달력, 양탄자, 의자, 창틀, 뒤틀린 라디오, 다리 없는 재봉틀과 같은 재산의 소유권을 주장했다. 침구들이 사방에 흩어져 있었다. 담요, 매트리스, 구부러진 스프링, 침구 속에서 나온 갈기갈기 찢긴 갖가지 충전재……. 그는 여태껏 인생의 얼마나 많은 부분이 침대에서 흘러가는지 깨닫지 못했다. 들판 여기저기서 소와 말들이—그중 많은 수의 소와 말의 몸에 소독약이 묻어 있었다—다시 풀을 뜯고 있었다. 군데군데 적십자 천막이 있었는데, 의사는 그중 하나의 천막 옆에서 회색 고양이를 품에 안고 앉아 있는 어린 헬렌 킬레인을 우연히 보았다. 지금은 흔한 풍경이 되어버린 목재 더미가 모든 것을 말해주고 있었다. 목재 더미는 마치 한 아이가 나무 쌓기 놀이를 하다가 갑자기 화를 내며 허물어뜨린 것처럼 보였다.

"안녕, 헬렌." 그가 아이에게 인사했다. 그의 마음이 무겁게 내려앉았다. "고양이는 토네이도가 마음에 들었대?"

"아니요."

"고양이는 어떻게 했지?"

"야옹야옹 울었어요."

"아, 그랬구나."

"얘는 도망가고 싶었는데, 내가 얘한테 꼭 매달렸어요. 그래서 얘가 나를 할퀴었어요. 볼래요?"

그는 적십자 천막을 흘깃했다. "널 돌봐주는 사람이 누구니?"

"적십자 아주머니와 웰스 부인." 아이가 대답했다. "아빠는 다쳤어요. 아빠는 나한테 뭐가 떨어지지 않도록 날 감쌌어요. 난 고양이를 감쌌고요. 아빠는 버밍엄에 있는 병원에 계셔요. 아빠가 돌아오면 틀림없이 우리 집을 다시 지을 거예요."

의사는 움찔했다. 아이의 아빠는 이제 집을 지을 수 없다는 것을 그는 알고 있었다. 아빠는 그날 아침 죽었다. 아이는 이제 혼자이고, 자신이 혼자라는 것을 아직 모르고 있었다. 아이 주변에 어둡고 비인간적이고 무심한 우주가 펼쳐져 있었다. "어딘가에 친척이 있니, 헬렌?" 그가 이렇게 물었을 때 사랑스럽고 조그마한 아이의 얼굴이 또랑또랑한 표정으로 그를 올려다보았다.

"몰라요."

"아무튼 너에겐 고양이가 있으니까……. 그렇지?"

"그렇지만 그냥 고양이일 뿐이잖아요." 아이는 침착하게 사실대로 말했지만, 고양이에 대한 자신의 사랑을 배신했다는 사실에 죄책감을 느끼며 고양이를 더 꼭 끌어안았다.

"고양이를 돌보는 건 꽤 힘든 일일 거야."

"아니에요." 아이가 다급히 말했다. "전혀 힘들지 않아요. 고양이는 거의 먹질 않거든요."

그는 주머니에 손을 넣었다가 갑자기 마음을 바꾸었다.

"헬렌, 널 만나러 다시 올게……. 오늘 중으로. 그동안 고양이 잘 돌봐주고 있으렴. 알았지?"

"네, 알았어요." 아이가 밝게 대답했다.

의사는 다시 차를 운전했다. 이번에는 큰 피해를 면한 집 앞에서 차를 멈췄다. 주인인 월트 컵스가 현관에서 산탄총을 손질하고 있었다.

Family in the Wind

"뭐 하는 건가, 월트? 또다시 토네이도가 오면 그걸로 쏴버리려고?"

"토네이도가 다시 오는 일은 없을 겁니다."

"그건 알 수 없어. 저 하늘을 좀 봐. 굉장히 어두워졌잖아."

월트가 웃으며 총을 찰싹 쳤다. "이런 것은 앞으로 100년 동안은 안 올 거예요. 이건 약탈자를 막기 위한 겁니다. 근처에 약탈자들이 많아요. 약탈자들이라고 다 흑인인 것도 아니랍니다. 마을에 가면 선생님이 이쪽에도 민병대를 좀 보내달라고 말해주면 좋겠어요."

"오늘 당장 얘기할게. 자넨 아무 일 없었어?"

"다행히 아무 일 없었어요. 집 안에 여섯 명이 있었죠. 바람에 암탉 한 마리가 날아갔는데, 아마 지금도 바람에 실려 여전히 어딘가로 가고 있을 겁니다."

의사는 마을을 향해 차를 몰았다. 알 수 없는 불안감이 의사의 가슴을 무겁게 짓누르고 있었다.

'날씨 탓이야.' 그는 생각했다. '이것은 지난 토요일에 대기에서 느꼈던 것과 같은 종류의 느낌이야.'

최근 한 달 동안 의사는 영원히 이곳을 떠나고 싶다는 충동을 느꼈다. 한때 이 시골은 그에게 평화를 약속하는 것처럼 보였다. 자신을 피곤하고 무기력한 정체감으로부터 일시적으로 끌어올려준 자극이 소진되었을 때 그는 쉬기 위해, 땅이 발하는 기운을 지켜보기 위해, 그리고 이웃들과 단순하고 즐거운 관계를 맺으며 살기 위해 이곳으로 돌아왔다. 평화라니! 그는 가족 간의 다툼은 절대 해소되지 않을 것이고, 예전 같은 상태로 돌아가는 일은 결코 없으리라는 것을 알고 있었다. 쓰라리고 격한 감정이 끝없이 계속될 것이다. 게다가 그는 평온한 시골이 죽음을 애도하는 땅으로 변해버린 과정을 목격했다. 여기에 평화는 없다. 그래, 떠나자!

도로에서 그는 마을을 향해 걸어가는 부치 재니를 따라잡았다.

"큰아버지를 만나러 가려고 했어요." 부치가 얼굴을 찌푸리며 말했다. "결국 핑키를 수술했지요?"

"차에 타렴……. 그래, 했다. 그걸 어떻게 알았니?"

"닥터 베러가 말해줬어요." 부치가 의사를 힐끗 보았다. 그 눈초리에 의심이 깃들어 있다는 것을 의사는 놓치지 않았다. "사람들이 핑키는 오늘을 넘기지 못할 거라고 생각하더군요."

"네 엄마가 안쓰럽구나."

부치가 기분 나쁘게 웃었다. "그러시겠죠."

"난 네 엄마가 안쓰럽다고 말했다." 의사가 날카롭게 말했다.

"알아들었다고요."

달리는 차 안에서 두 사람은 한동안 침묵에 빠졌다.

"네 차는 찾았니?"

"내 차를 찾은 걸까요?" 부치가 우울하게 웃었다. "뭔가 찾긴 찾았어요. 그런데 그걸 차라고 부를 수 있을지 모르겠네요. 그 거 아세요? 난 단돈 25센트에 토네이도 보험을 들 수도 있었어 요." 너무 분한 마음에 부치의 목소리가 떨렸다. "단돈 25센트 에 말이에요. 그렇지만 누가 토네이도 보험에 들 생각을 했겠어 요?"

날이 어두워지기 시작했다. 남쪽 먼 곳에서 천둥소리가 흐릿 하게 들려왔다.

"저기, 저는요." 부치가 눈을 가늘게 뜨고 흘겨보며 말했다. "큰아버지가 펑키 형을 수술했을 때 술을 마시지 않은 상태였기 를 바랄 뿐이에요."

"부치, 그거 아니?" 의사가 천천히 말했다. "내가 그 토네이도 를 이곳까지 데려오기 위해 상당히 더러운 술수를 썼다는 걸?"

그는 이 썰렁한 빈정거림이 통할 거라고 생각지 않았으며, 부 치의 말대꾸가 돌아올 것으로 예상했다. 그 순간 갑자기 부치의 얼굴이 의사의 눈에 확 들어왔다. 안색은 생선 살처럼 하얗고 입 은 떡 벌어져 있었으며 눈은 한 곳에 고정된 채 뚫어져라 쳐다 보고 있었다. 그의 목에서는 아이의 울음소리 같은 가냘픈 소리 가 새어 나왔다. 그가 자기 앞으로 한 손을 힘없이 들어 올렸고, 그제야 의사도 부치가 본 것을 보게 되었다.

1.5킬로미터쯤 떨어진 곳에서 거대한 탑 모양의 검은 구름이 하늘을 덮은 채 땅으로 내려와 소용돌이치면서 그들을 향해 다

가오고 있었다. 그것의 앞쪽에서는 이미 거센 바람이 요란한 소리를 내며 내달리고 있었다.

"놈이 돌아왔어!" 의사가 소리쳤다.

그들이 있는 곳에서 50미터 정도 앞에는 빌비 개울을 가로지르는 낡은 철교가 놓여 있었다. 그는 액셀러레이터를 힘껏 밟고 철교를 향해 차를 몰았다. 들판에는 같은 방향으로 달리는 사람들이 가득했다. 철교에 다다른 그는 차에서 뛰어내렸고, 이어 부치의 팔을 잡아당겼다.

"내려, 바보야! 빨리 내려!"

맥이 풀린 몸뚱이가 차에서 비실비실 나왔다. 잠시 후 그들은 대여섯 명의 사람들이 있는 곳으로 합류하여 다리와 물가 기슭 사이에 만들어진 삼각형의 공간 속에 몸을 웅크리고 숨었다.

"바람이 이리로 오고 있나요?"

"아니, 방향을 틀었어요!"

"우린 할아버지를 두고 올 수밖에 없었어요!"

"오, 살려주세요, 살려주세요! 주님, 지켜주세요! 도와주세요!"

"주님, 저를 지켜주세요!"

밖에서 급격한 돌풍이 일었다. 바람은 간혹 다리 아래로 가느다란 촉수를 뻗었는데, 그 촉수에는 야릇한 압력이 배어 있어서 의사는 소름이 끼쳤다. 그러고 나서 곧바로 더는 바람이 불지 않는 진공 상태 같은 상황이 찾아왔고, 갑자기 비가 후드득후드득 쏟아졌다. 의사는 다리 가장자리로 기어가 조심스럽게 고개를 처들었다.

"놈이 지나갔어." 그가 말했다. "우린 놈의 가장자리를 느꼈을 뿐이야. 토네이도의 중심부는 우리 오른쪽으로 지나갔어."

그는 그것을 똑똑히 볼 수 있었다. 잠깐 동안은 그 토네이도에 휩쓸린 관목과 작은 나무, 널빤지, 바스러진 흙 따위의 물체를 구분할 수도 있었다. 그는 조금 더 멀리 기어가서 회중시계를 꺼내 시간을 확인하려고 했으나, 굵은 빗줄기가 시야를 가려 알아보지 못했다.

흠뻑 젖은 몸으로 다시 기어서 다리 밑 공간으로 돌아갔다. 부치는 맨 안쪽 구석에 누워서 부들부들 몸을 떨고 있었다. 의사가 그의 몸을 흔들었다.

"토네이도가 너희 집이 있는 방향으로 갔어!" 의사가 소리쳤다. "정신 차려! 집에 누가 있지?"

"아무도 없어요." 부치가 신음하듯 말했다. "모두 펑키한테 가 있어요."

비는 이제 우박으로 변했다. 처음에는 작은 알갱이였지만 갈수록 점점 더 큰 알갱이가 되어서, 이윽고 철교에 떨어지는 우박 소리가 귀를 찢을 듯이 요란해졌다.

두려움에 떨며 다리 밑으로 피신했던 사람들은 천천히 회복되었다. 안도의 분위기 속에서 킥킥거리며 발작적으로 웃어대는 소리가 여기저기서 터져 나왔다. 긴장이 지속되어 어느 시점을 넘어서면 신경계는 품위 없이, 또는 까닭 없이 변화를 일으키게 된다. 의사조차도 그 킥킥거리는 웃음에 전염될 것 같은 기분이 들었다.

"이건 일반적인 재해보다 훨씬 고약해." 그가 건조하게 말했다. "정말이지 골치 아프겠어."

4

그해 봄, 앨라배마에서는 토네이도가 더 발생하지 않았다. 칠튼 카운티 주민들은 토네이도를 이교도의 신이라는 의인화된 힘으로 여겼기에, 많은 사람들은 첫 번째 토네이도가 돌아와 두 번째 토네이도가 되었다고 생각했다. 두 번째 토네이도는 진 재니의 집을 포함해 12채의 집을 파괴하고 약 30명의 사람들에게 부상을 입혔다. 그러나 이번에는—아마도 모든 주민이 나름대로 자신들을 지키는 방책을 세워두었기 때문에—사망자가 한 명도 없었다. 이 토네이도는 벤딩 마을의 중심가를 통과하며 전신주들을 쓰러뜨리고, 닥터 재니의 약국을 포함한 상점 세 곳의 전면부를 파괴하는 것으로 극적인 마지막 인사를 하고 사라졌다.

Family in the Wind

일주일이 지날 무렵, 사람들은 낡은 판자로 집들을 다시 세우기 시작했다. 초목이 무성한 앨라배마의 긴 여름이 끝나기 전에 모든 무덤 위의 풀들은 다시 푸르러질 것이다. 그러나 이곳 주민들이 이런저런 일들을 '토네이도 이전'에 일어난 일과 '토네이도 이후'에 일어난 일로 구분하여 생각하는 것을 그만두게 되기까지는 오랜 세월이 걸릴 것이다. 그리고 많은 가정에서 삶의 상황은 결코 토네이도 이전과 같지 않을 것이다.

닥터 재니는 지금이 이곳을 떠나기에 더없이 좋은 때라는 판단을 내렸다. 구조 활동과 토네이도의 습격으로 망가지고 횡댕그렇해진 약국을 매각하고, 그의 집을 동생 진에게 내주어 동생이 자신의 집을 재건할 때까지 살 수 있게 했다. 그는 기차를 타고 도시로 갔다. 왜냐하면 그의 차는 나무에 부딪쳐서 손상을 입었으므로 차를 몰고 역으로 가는 것 이상을 기대할 수 없었기 때문이다.

역으로 가는 길에 여러 번 길가에 차를 세우고 사람들에게 작별 인사를 했는데, 그중 한 사람이 월트 컵스였다.

"결국 자네도 피해를 입었군." 의사가 집터에 홀로 남겨진 을씨년스러운 옥외 변소를 바라보며 말했다.

"꽤 심각해요." 월트가 대답했다. "그러나 생각해보세요. 우리 가족 여섯 명이 집 안이나 집 주위에 있었는데, 한 사람도 다치지 않았어요. 이것만으로도 하느님께 감사드릴 뿐입니다."

"자넨 운이 좋았어, 월트." 의사도 동의했다. "그런데 혹시 적십자사가 그 어린 헬렌 킬레인을 몽고메리로 데려갔다거나 아니면 버밍엄으로 데려갔다는 얘기, 들어본 적 없나?"

"몽고메리로 데려갔어요. 아이가 고양이 발에 붕대를 감아줄 수 있는 사람을 찾으러 고양이를 안고 마을에 왔을 때 난 거기 있었어요. 아이는 틀림없이 그 비와 우박을 맞으며 몇 킬로미터나 걸어왔을 텐데도 개한테 중요한 건 오로지 고양이뿐이었지요. 참 안됐다는 생각이 들었지만, 그럼에도 아이가 너무 당돌하고 용감해서 웃지 않을 수 없었답니다."

의사는 잠시 침묵에 빠졌다. "혹시 이 근처에 남아 있는 아이의 친척이 있을까? 그에 관해서 아는 게 있나?"

"모르겠는데요." 월트가 대답했다. "아마 없을 거예요."

의사는 마지막으로 동생의 집터에 들렀다. 동생의 가족 모두―막내 아이까지―잔해 속에서 일을 하고 있었다. 부치는 이미 헛간을 세웠다. 아직 남아 있는, 쓸 만한 가재도구를 보관하기 위한 헛간이었다. 이것을 제외하고 가장 질서 있게 살아남은 것은 정원을 가지런한 형태로 둘러싸고 있었던 둥근 흰색 돌이었다.

의사는 주머니에서 지폐로 총 100달러를 꺼내 진에게 건넸다.

"언젠가 갚으면 돼. 그렇지만 무리하지는 말고." 그가 말했다. "약국을 판 돈의 일부야." 그는 고마워하는 동생의 말을 끊었다.

"내 책을 챙겨 오라고 사람을 보낼 때, 그 책들을 조심스럽게 포장해주기 바란다."

"새로 정착하는 곳에서 의사 일을 다시 할 생각이야, 포러스트?"

"한번 시도해볼지도 몰라."

형제는 잠시 손을 마주 잡았다. 가장 어린 두 아이가 작별 인사를 하기 위해 다가왔다. 낡은 파란색 드레스를 입은 로즈가 그 뒤에 서 있었다. 장남을 기리는 검은색 상복을 사 입을 돈이 없었던 것이다.

"잘 있어요, 로즈." 의사가 말했다.

"잘 가요." 그녀가 말했다. 그런 다음 힘없는 목소리로 덧붙였다. "행운을 빌어요, 포러스트."

순간 그는 뭔가 화해의 말을 하고 싶은 유혹에 빠졌지만, 그런 것은 소용없는 일이라는 것을 알고 있었다. 그가 맞서고 있는 것은 모성 본능이니까 말이다. 그것은 어린 헬렌으로 하여금 상처 입은 고양이를 안고 쏟아지는 비와 우박을 헤치며 걷게 만들었던 바로 그 힘이었다.

역에서 몽고메리행 편도 승차권을 구입했다. 와야 할 봄이 아직 오지 않은 하늘 아래 펼쳐진 마을이 왠지 생기 없어 보였다. 이윽고 열차가 들어왔을 때, 6개월 전만 해도 이 마을이 다른 어느 곳 못지않게 좋아 보였다는 것을 생각하니 기분이 이상했다.

이등칸의 백인 전용석에 타고 있는 승객은 그 혼자뿐이었다. 그는 뒷주머니에 손을 넣어 휴대용 술병을 꺼냈다. "어쨌든 마흔다섯 살의 남자가 다시 새 출발을 하려고 할 땐 얼마간 인위적인 용기가 필요한 법이지." 그는 헬렌을 생각하기 시작했다. "걔는 친척이 한 사람도 없어. 이젠 내 딸처럼 생각된단 말이야."

그는 술병을 톡톡 두드리다가 갑자기 놀란 듯한 표정으로 그것을 내려다보았다.

"이봐, 오랜 친구, 당분간은 너를 치워두어야 할 것 같아. 그토록 공들여 보살필 가치가 있는 고양이라면 B등급 우유가 많이 필요할 테니까."

그는 차분히 자리에 앉아 창밖을 내다보았다. 끔찍했던 한 주를 떠올리는 그의 머릿속에서 바람은 여전히 그의 주위를 떠나지 않았다. 전 세계의 바람—사이클론, 허리케인, 토네이도—이 외풍이 되어 객차의 통로를 통해 들어왔다. 회색 바람이나 검은색 바람이, 예상했던 바람이나 예상치 못한 바람이 불어왔다. 어떤 것은 하늘에서, 어떤 것은 지옥의 동굴에서 불어왔다.

그러나 그는 자신이 할 수 있는 최선의 노력을 기울여서 그런 바람들이 다시는 헬렌에게 가까이 다가갈 수 없게 할 작정이었다.

그는 잠시 졸았지만, 쉽사리 사라지지 않는 꿈 하나가 그를 깨웠다. "아빠는 날 감쌌어요. 난 고양이를 감쌌고요."

Family in the Wind

"좋아, 헬렌." 그가 소리 내어 말했다. 그는 종종 그렇게 혼잣말을 하곤 했다. "이 낡은 배도 한동안은 물에 떠 있을 수 있겠지……. 어떤 바람이 분다 해도."

어느 작가의 오후

Afternoon of an Author

어느 작가의 오후

1936년 8월에 발행된 《에스콰이어》에 실렸다.

이 작품을 쓸 당시 피츠제럴드는 딸 스코티와 함께 볼티모어 시내 아파트에서 살고 있었다. 신경쇠약에 걸린 젤다가 현지 병원에 입원했기 때문이다. 글은 생각처럼 써지지 않고 몸도 좋지 않은 데다 거액의 빚까지 지고 있었다. 상업적인 잡지는 그에게 예전처럼 세련되고 도시적인 연애 소설을 요구했지만, 곤경에 처한 당시의 그로서는 그런 태평한 소설을 쓸 맘이 들지 않아 그 간극 사이에서 고뇌했다.

이처럼 어두운 일상을 피츠제럴드는 '사소설' 형태로 담담하게 그린다. 형식은 어디까지나 픽션이나 그 안에 그려진 심경은 대부분 피츠제럴드 자신의 것이었으리라. 이때 그는 마흔이 채 되지 않았는데……

1

잠에서 깼을 때 그는 지난 몇 주 사이 어느 때보다 기분이 좋았다. 그것은 부정문으로 나타낼 수 있는 분명한 사실―그는 편찮은 느낌이 들지 않았다―이었다. 그는 어지럽지 않다는 것을 확신할 때까지 침실과 욕실을 나누는 문틀에 잠시 몸을 기댔다. 전혀 어지럽지 않았다. 침대 밑에 있는 슬리퍼를 꺼내려고 몸을 숙였을 때도 아무렇지 않았다.

화창한 4월 아침이다. 오랫동안 시계태엽을 감지 않아 몇 시인지 알지 못했지만, 방을 나와 부엌으로 들어갔을 때 딸이 이미 아침을 먹고 나갔으며 우편물이 배달된 것을 보고 오전 9시가 훌쩍 넘었다는 것을 알았다.

"오늘은 외출을 좀 해야겠어." 그가 하녀에게 말했다.

"잘 생각하셨네요. 정말 좋은 날씨예요." 그녀는 뉴올리언스 출신으로, 얼굴 생김새도 피부색도 아랍인 같았다.

"어제처럼 달걀 두 개에 토스트를 해줬으면 해. 오렌지주스와 홍차도."

그는 이 아파트에서 딸이 주로 생활하는 쪽을 잠시 서성거리다가 자기 앞으로 온 우편물을 읽었다. 반가운 내용이라곤 없는 짜증스러운 우편물, 대부분 청구서와 광고였다. 오클라호마 초등학생과 그의 커다란 사인첩에 관한 소식도 있었다. 샘 골드윈은 스페시위차가 출연하는 발레 영화를 찍을 수도 있고, 찍지 않을 수도 있다. 그걸 알려면 골드윈이 유럽에서 돌아올 때까지 기다리는 수밖에 없을 것이다. 그때쯤이면 골드윈은 대여섯 개의 새로운 아이디어를 가지고 있을 것이다. 파라마운트는 작가의 책에 나오는 시에 대해 사용 허가를 요청하고 있었는데, 그들은 그 시가 작가 자신이 쓴 것인지 인용한 것인지도 알지 못했다. 그들은 시의 한 구절을 영화 제목으로 사용하려는 것 같았다. 어쨌든 그 작품의 저작권은 이제 그의 것이 아니었다. 그는 오래전에 무성영화 판권을 팔았고, 유성영화 판권은 작년에 팔았다.

"난 정말이지 영화 쪽엔 운이 없어." 그는 속으로 중얼거렸다. "지금 하는 일에 전념해야지."

그는 아침을 먹으면서 창밖을 내다보았다. 길 건너에 있는 대학 캠퍼스에서는 학생들이 교실을 이동하고 있었다.

"20년 전에는 나도 저렇게 교실을 이동하며 수업을 들었는데." 그가 하녀에게 말했다. 하녀는 사교계에 데뷔하는 숙녀처럼 조신하게 웃었다.

"외출하실 거라면 수표를 남겨두시기 바랍니다." 그녀가 말했다.

"아, 지금 바로 외출하진 않을 거야. 두세 시간 일을 해야 하니까. 오후 늦게나 나갈 생각이네."

"차를 가지고 가실 건가요?"

"저런 고물 차는 운전하고 싶지 않아. 누가 50달러만 주면 팔아버리겠어. 난 이층 버스의 위쪽 자리에 앉아 갈 거야."

그는 아침을 먹고 15분 정도 누워 있었다. 그런 다음 서재에 들어가 일을 하기 시작했다.

잡지에 실을 단편소설이 문제였다. 소설의 중반부가 너무 빈약해서 불면 날아가버릴 것만 같았다. 플롯은 끝없는 계단을 오르는 것 같았고, 그에게는 효과적으로 독자의 허를 찌를 묘수가 없었다. 불과 이틀 전에 아주 용감하게 등장했던 인물들은 신문 연재물에도 적합하지 않을 정도가 되었다.

"그래, 확실히 바깥공기를 쐴 필요가 있겠어." 그는 생각했다. "차를 몰고 셰넌도어 계곡을 내려가거나, 배를 타고 노포크로 가면 좋을 텐데."

그러나 이 두 가지 생각 모두 현실적이지 못했다. 그러려면 시간과 에너지가 들 것이고, 그에게는 둘 중 무엇도 충분치 않았다. 얼마 없는 시간과 에너지는 일을 위해 아껴두어야 했다. 그는 좋은 구절에 빨간 색연필로 밑줄을 그은 원고를 훑어보고 나서 그것들을 파일에 집어넣었다. 그런 다음 나머지 부분을 천천히 찢어서 휴지통에 버렸다. 그는 방 안을 걸으며 담배를 피우면서 가끔 혼잣말을 했다.

"글쎄, 그건 말이지……."

"아니야, 그다음은…… 아마도……."

"그래 거기, 거기 말이야……."

잠시 후 그는 자리에 앉아 이렇게 생각했다.

'나는 그저 고리타분한 사람일 뿐이야. 이틀 동안 연필을 잡지 말았어야 했어.'

그가 노트 제목 칸에 쓴 '소설 아이디어'라는 글자를 바라보고 있을 때 하녀가 와서 비서의 전화가 와 있다고 말했다. 몸이 아프고 나서 고용한 파트타임 비서였다.

"아무것도 없어." 그가 말했다. "방금 전에 내가 쓴 것을 다 찢어버렸어. 아무 가치 없는 글이었으니까. 난 오늘 오후에 외출할 생각이네."

"좋은 생각입니다. 오늘은 날씨가 참 좋네요."

"내일 오후에 와주면 좋겠네. 우편물과 청구서가 많이 와 있으니까."

그는 면도를 했다. 그런 다음 조심하는 차원에서 옷을 입기 전에 5분 동안 휴식을 취했다. 외출할 생각을 하니 마음이 들떴다. 엘리베이터 운전원들이 그가 일어나 활동하는 것을 보니 기

Afternoon of an Author

쁘다고 말하는 것을 듣고 싶지 않아서 자신을 아는 사람이 없는 뒤쪽 엘리베이터를 타고 내려가기로 했다. 그는 상의와 하의의 색상이 다른, 가장 좋아하는 정장을 입었다. 지난 6년 동안 정장을 단 두 벌 샀지만, 둘 다 최고급이었다. 상의 하나만 해도 가격이 110달러나 되었다. 목적지를 정해두고 가야 했기에―목적지 없이 어딘가로 가는 것은 좋지 않다―그는 단골 이발사가 사용할 연고 샴푸 튜브를 호주머니에 넣고, 루미놀이 든 작은 약병도 챙겼다.

"완벽한 신경증 환자로군." 그가 거울에 비친 자신의 모습을 바라보며 말했다. "아이디어의 부산물이자 꿈의 찌꺼기인 인간이야."

2

그는 부엌으로 들어가서 리틀 아메리카*에라도 가는 것처럼 하녀에게 작별 인사를 했다. 그는 전쟁 중 순전히 허세로 기관차 한 대를 징발해, 무단이탈로 벌받는 일을 피하려고 정식으로 그 기관차를 몰고 뉴욕에서 워싱턴까지 간 일이 있다. 그렇게 호

---

* 미국의 남극 탐험 기지.

기로웠던 그는 지금 거리 모퉁이에 얌전히 서서 신호등이 바뀌기를 기다리고 있었다. 그러는 동안 젊은이들은 교통 신호를 요령껏 무시하고 빠른 걸음으로 그를 지나쳤다. 길모퉁이 버스 정류장은 나무들이 있어서 푸르고 시원했다. 그는 스톤월 잭슨*의 마지막 말을 떠올렸다. "저 강을 건너 나무 그늘 아래서 쉬자." 남북전쟁의 지도자들은 자기들이 얼마나 피곤한지 불현듯 깨달은 것처럼 보였다. 리 장군은 시들어서 다른 사람처럼 되었고, 그랜트 장군은 마지막에 필사적으로 회고록을 썼다.

버스는 그가 기대한 그대로였다. 위층에 앉은 승객은 그 말고는 다른 남자 한 명뿐이었다. 버스가 지나갈 때 모든 블록에서 녹색의 나뭇가지들이 버스 창문에 닿는 소리가 났다. 아마도 곧 가지치기가 될 텐데, 그러면 좀 아쉬울 것 같았다. 볼거리가 아주 많았다. 그는 한 줄로 죽 늘어선 주택의 색을 규정하려 했지만, 생각나는 것은 어머니의 옛 오페라 망토뿐이었다. 그 망토는 엷은 색조로 가득했지만 다른 한편으로는 아무 색조도 없는, 단순한 빛의 반사물일 뿐이었다. 어디선가 교회 종이 〈베니테 아도레무스〉**의 멜로디를 울리고 있었다. 크리스마스가 아직 8개월이나 남았기 때문에 그는 그 이유가 궁금했다. 그는 종소리를 좋아하지 않았지만, 주지사의 장례식에서 〈메릴랜드, 나의 메릴

---

* 남북전쟁 당시 남군 장군. 본명은 토머스 잭슨.
** 라틴어 성가.

랜드〉* 연주를 들었을 때는 매우 감동했다.

대학 풋볼 경기장에서는 사람들이 롤러를 밀어 잔디를 고르고 있었고, 그걸 본 그의 머릿속에 소설 제목이 하나 떠올랐다. '잔디 관리인' 혹은 '풀은 자란다'. 오랫동안 잔디밭에서 일하며 아들을 키워내 대학에 보낸 남자가 있다. 아들은 그가 키운 잔디 위에서 풋볼을 한다. 하지만 아들은 젊은 나이에 죽고, 그래서 남자는 공동묘지에서 일하며 아들의 발밑 대신 머리 위에 잔디를 입힌다. 이 작품은 곧잘 앤솔러지에 선정되는 종류의 작품은 될 수 있겠지만, 그동안의 작품과는 성격이 많이 다르다. 서로 반대되는 두 상황을 상당히 부풀려 보여주는 이야기로, 대중잡지 소설처럼 공식화되었으며 쓰기도 한결 쉬우리라. 하지만 사람들은 우울하며 마음을 파고들고 이해하기 쉽다는 이유로 그런 작품을 훌륭하다고 여길 것이다.

버스는 옅은 색조의 아테네 건축 양식 기차역을 지나갔다. 정문 앞에 있는 파란 셔츠 입은 짐꾼들이 기차역에 활기를 불어넣었다. 버스가 상업 지구에 들어서자 도로가 좁아졌다. 갑자기 밝은 옷을 입은 소녀들이 눈에 들어왔는데, 다들 무척 아름다웠다. 이처럼 아름다운 소녀들은 여태 못 본 것 같았다. 남자들도 있었지만, 모두 거울에 비친 그 자신의 모습처럼 약간 아둔해 보

---

* 남북전쟁 당시 북부 연방을 비난하고 링컨 대통령을 폭군으로 묘사한 노래.

였다. 꾸미지 않은 나이 든 여자들도 있고, 이제 보니 예쁘지 않고 호감이 가지 않는 소녀도 더러 있었다. 하지만 그들은 대체로 아름다웠으며, 여섯 살부터 서른 살까지의 복장은 형형색색으로 다채로웠다. 그들의 얼굴에는 계획도 갈등도 없었다. 그저 도발적인 동시에 평온한, 감미로운 미정 상태의 얼굴이었다. 문득 자신이 얼마나 인생을 사랑하는가 하는 생각이 들었다. 인생을 절대 포기하고 싶지 않았다. 그는 아직 외출할 상태가 아닌데 너무 일찍 외출을 강행한 게 아닐까, 하고 생각했다.

난간 하나하나를 조심스럽게 붙잡으며 버스에서 내린 그는 호텔 이발소를 향해 한 블록을 걸었다. 스포츠 용품점을 지나며 창문 안을 들여다보았지만, 포켓(볼집) 부분이 이미 거무스름해진 1루수용 야구 글러브를 제외하고는 관심 가는 물건이 없었다. 그 옆은 남성복 상점이었다. 거기서 그는 꽤 오래 멈춰 서서 짙은 색조의 셔츠와 체크무늬 셔츠를 바라보았다. 10년 전 여름 리비에라에서 그와 몇몇 친구들은 짙은 파란색 작업복 셔츠를 샀는데, 아마 그것이 이 스타일의 시작이었을 것이다. 체크무늬 셔츠는 멋있어 보이고 유니폼처럼 화려했다. 그는 스무 살로 돌아가 터너*의 석양이나 귀노 레니**의 새벽 같은 분위기가 나도록 멋지게 꾸민 비치 클럽에 가고 싶었다.

- 1775-1851. 영국 화가.
- 1575-1642. 이탈리아 화가.

Afternoon of an Author

이발소는 크고 환했으며 좋은 냄새가 났다. 단골 이발소에서 이발할 목적으로 시내에 온 것은 수개월 만이었는데, 작가는 자신의 단골 이발사가 관절염으로 몸져누었다는 것을 알게 되었다. 그렇지만 그는 다른 이발사에게 연고 샴푸 사용법을 설명하고 나서 신문을 거절하며 자리에 앉았다. 두피를 누르는 강한 손가락에 얼마간 행복한 기분과 감각적인 만족감을 느끼는 동안 지금껏 그가 자주 드나든 모든 이발소에 대한 즐거운 기억들이 마음속에서 서로 뒤섞인 채 흐르며 지나갔다.

그는 예전에 이발사에 대한 이야기를 쓴 적이 있다. 1929년 당시 그가 살던 도시의 단골 이발소 주인은 지역 사업가에게서 받은 정보를 바탕으로 30만 달러를 벌어서 곧 일을 그만두고 은퇴할 작정이었다. 작가는 주식 투자 같은 건 몰랐고, 모아놓은 돈으로 이곳을 떠나 유럽에 가서 몇 년 살 생각이었다. 그러던 중 그해 가을 이발소 주인이 모든 재산을 잃은 이야기를 듣고, 그 이야기에 자극받아 소설을 쓰기로 했다. 줄거리는 큰돈을 벌었다가 폭삭 망한 이발사 이야기에 바탕했지만, 세부 내용은 완전히 다르게 바꾸었다. 그럼에도 그 동네에서 주인공의 모델이 누구인지 밝혀지면서 얼마간 구설에 올랐다는 얘기를 들어야 했다.

샴푸가 끝났다. 그가 호텔 현관으로 나왔을 때 건너편 칵테일룸에서 오케스트라가 연주를 시작했고, 그는 잠시 문 앞에 서서 음악에 귀를 기울였다. 마지막으로 춤을 춘 지도 꽤 오래되었다.

아마 지난 5년 동안 춤을 춘 건 이틀 밤뿐이었을 것이다. 그럼에도 그가 낸 최근 책에 대한 서평을 보면, 그는 나이트클럽을 좋아하는 사람으로 언급되었다. 서평은 그를 '지칠 줄 모르는' 사람이라고도 했다. 마음속에서 울리는 그 말의 무언가가 순간적으로 그를 아프게 했고, 눈 안쪽에서 나약함의 눈물이 솟는 것을 느꼈다. 그는 고개를 돌려 외면했다. 그것은 그가 글을 쓰기 시작한 15년 전의 상황과도 비슷했다. 사람들은 그때 그가 '치명적인 재능'을 타고났다고 말했고, 그래서 그는 타고난 재능만 있는 작가가 되지 않기 위해 모든 문장에 노예처럼 땀과 노력을 쏟아부었다.

'다시 마음이 쓰라리기 시작하는군.' 그는 속으로 중얼거렸다. '이건 안 좋아. 좋지 않아. 집으로 돌아가야겠어.'

버스가 오려면 오래 기다려야 했지만 택시를 타고 싶지는 않았다. 그리고 이층 버스의 위쪽 자리에 앉아 거리 좌우로 녹음이 우거진 큰길을 지나갈 때 자신에게 무슨 일인가 일어나지 않을까 하는 기대감이 아직 남아 있었다. 마침내 버스가 왔을 때 그는 계단을 오르며 약간 어려움을 겪었지만, 창밖에 한 쌍의 남녀 고등학생이 처음으로 그의 눈에 들어와서 노력한 보람이 있다고 느꼈다. 그들은 라파예트 동상의 높은 받침대에 아무런 자의식 없이 앉아서 온전히 서로에게 집중하고 있었다. 두 젊은이의 고립된 모습이 그의 마음을 움직였고, 그는 작가라는 직업적인 측면에서 거기서 뭔가 얻을 수 있으리라는 것을 알았다. 자신의 삶이 점점 더 세상에서 멀어지고, 이미 충분히 캐 먹은 과거에서 뭔가를 새롭게 캐낼 필요성이 증가하는 것과는 대조적으로 말이다. 그의 삶은 새로운 식림(植林)을 필요로 했고, 그는 그것을 잘 알고 있었다. 자신의 삶의 토양이 그 숲의 성장을 다시 한번 지탱할 수 있기를 그는 바랐다. 그의 토양은 최고의 토양이었던 적이 한 번도 없다. 왜냐하면 그는 귀 기울이고 관찰하는 대신 과시하는 약점을 일찍부터 지니고 있었기 때문이다.

아파트 앞에 이르렀다. 그는 안으로 들어가기 전에 꼭대기 층에 있는 자신의 아파트 창문을 올려다본다.

'성공한 작가가 사는 곳인가.' 그는 속으로 중얼거렸다. '그는 저곳에서 어떤 놀라운 작품들을 쓱쓱 써내고 있는지 궁금하군. 그런 재능을 가지고 있다는 것은 분명 대단한 일이야. 그저 연필과 종이만 가지고 앉으면 되니까. 일하고 싶을 때 일하고…… 어디든 원하는 곳으로 가서 일할 수 있고.'

딸은 아직 돌아오지 않았고, 하녀가 부엌에서 나와 말했다.

"즐거운 시간 보내셨나요?"

"아주 좋았어." 그가 말했다. "롤러스케이트를 타고, 볼링을 치고, 맨 마운틴 딘*과 어울려 논 다음 증기탕에서 마무리했지. 전

---

* 1891~1953. 본명이 프랭크 리빗인 미국 프로 레슬링 선수.

보 온 거 없나?"

"없어요."

"우유 한 잔 가져다주겠어?"

잠시 후 그는 다이닝룸을 나와 서재로 들어갔다. 늦은 오후의 햇빛에 반짝이는 2천 권의 장서를 바라보다가 잠시 현기증이 일었다. 그는 적잖이 피곤했다. 우선 10분쯤 누워서 쉰 다음, 저녁을 먹기 전 두 시간 동안 하나의 착상을 발전시켜 나갈 수 있을지 확인해볼 작정이었다.

알코올에 빠져

An Alcoholic Case

알코올에 빠져

1937년 2월에 발행된 《에스콰이어》에 실렸다.

지금으로부터 40여 년 전에 이 작품을 '알코올 속에서'라는 제목으로 번역한 바 있는데, 너무 오래전의 일이라 이번에 다시 번역했다. 소설의 무대가 된 도시 이름은 밝혀져 있지 않은데 인종에 따라 버스 좌석이 다른 것으로 보아 남부임을 짐작할 수 있다. 아마도 그가 요양했던 사우스캐롤라이나 주 애슈빌이 아닐까 싶다. 그는 그곳 호텔에 머물며 어떻게든 알코올의존증에서 벗어나려 고군분투했다.

생생하고 어두운 내용의 이야기라 일반적인 상업 잡지라면 거절할 원고였지만, 피츠제럴드의 신봉자였던 《에스콰이어》의 편집장 아널드 깅리치가 나서서 원고를 게재해 작가의 말년을 정신적으로 그리고 경제적으로 도왔다.

1

"이거 놔요, 아아! 제발, 이제 그만. 술은 이제 그만 마셔요! 자, 그 병 나한테 줘요. 내가 잠들지 않고 깨어 있다가 당신에게 조금씩 주겠다고 했잖아요. 자, 어서. 이런 상태로 집에 돌아가면 어떻게 되겠어요? 어서 그 병 나한테 넘겨요. 반은 병에 남겨둘게요. 제발. 카터 의사 선생님도 말씀하셨잖아요. 내가 밤새 깨어 있다가 조금씩 드릴게요. 아니면 병에 정해진 양을 넣어두든지. 자, 이제 그만. 아까도 말했듯이 난 너무 피곤해서 밤새 당신과 싸울 수 없단 말이에요……. 좋아요, 마셔요. 죽도록 마시라고요."

"맥주 좀 마시겠어?" 그가 물었다.

"아뇨, 맥주 같은 건 필요 없어요. 아, 당신의 취한 모습을 또 봐야 한다니……. 하느님!"

"그렇다면 난 코카콜라를 마실래."

여자는 숨을 헐떡이며 침대에 앉았다.

"당신은 아무것도 믿지 않나요?" 그녀가 물었다.

"당신이 믿는 것은 뭐든 안 믿어. 어, 제발…… 술이 쏟아지잖아."

내가 여기 있는 것은 시간 낭비야, 이 사람을 도우려고 애쓰는 건 헛수고일 뿐이야, 하고 그녀는 생각했다. 두 사람은 다시 옥신각신했다. 그러나 이번에 다툰 후에는 그가 두 손으로 머리를 감싸쥔 채 침대에 걸터앉았다. 그러고 나서 다시 그녀를 향해 고개를 돌렸다.

"당신이 또 이 병을 가져가려 하면 병을 바닥에 던져버릴 거예요." 그녀가 재빨리 말했다. "정말이에요. 화장실 타일 바닥에."

"그러면 내가 깨진 유리 조각을 밟게 될지도 모르잖아. 당신이 밟을 수도 있고."

"그럼 이거 놔요. 아아, 약속했잖아요……."

갑자기 그녀가 술병을 어뢰처럼 떨어뜨렸다. 술병은 그녀의 손에서 미끄러져 떨어져서 검붉은 빛을 발하며 바닥을 굴렀다. '갤러해드 경, 루이빌 증류 진'이라고 쓰인 라벨이 언뜻 보였다. 그는 병목을 쥐고 들어, 열린 문을 통해 화장실 바닥에 던졌다.

술병은 산산조각 나서 화장실 바닥에 널브러지고, 한동안 정적이 흘렀다. 그녀는 《바람과 함께 사라지다》를 읽었다. 오래전

An Alcoholic Case

과거에 일어난, 무척이나 멋지고 아름다운 일에 관한 이야기였다. 그녀는 그가 화장실에 들어갔다가 유리 조각에 발을 다칠까 봐 걱정되기 시작했다. 그래서 때때로 고개를 들어 그가 화장실에 갈 기미를 보이는지 살펴보았다. 그녀는 몹시 졸렸다. 조금 전고개를 들어 살펴보았을 때 그는 울고 있었다. 그때 그의 모습은 그녀가 캘리포니아에서 간호했던 늙은 유대인 남자처럼 보였다. 그 유대인은 수시로 화장실을 들락거렸다. 지금 이 사람의 경우, 내내 힘들고 짜증스러웠지만 그녀는 다음과 같이 생각했다.

'내가 이 사람에게 호감을 느끼지 않았다면 이 일을 맡지 않았을 거야.'

갑자기 양심의 가책을 느낀 그녀는 자리에서 일어나 화장실 문 앞에 의자를 놓았다. 조금이라도 자고 싶었다. 왜냐하면 그가 예일 대학과 다트머스 대학의 풋볼 경기 내용이 실린 신문을 사 오라며 그날 아침 일찍 그녀를 깨웠기 때문이다. 그리고 그녀는 하루 종일 집에 들어가지 못했다. 그날 오후 그의 친척 한 명이 방문해 그녀는 그동안 바깥 복도에서 기다려야 했다. 복도에는 외풍이 불었지만 간호복 위에 걸칠 스웨터 한 장 없었다.

그녀는 그가 잘 수 있도록 나름대로 착실히 챙겨주었다. 책상에 엎드려 자고 있는 그의 어깨에 가운을 걸쳐주고, 무릎에도 가운을 덮어주었다. 그러고 나서 흔들의자에 앉았는데, 그러자 더는 졸리지 않았다. 의무 기록지에 기입할 사항이 많았다. 조용히 걸으며 주위를 살피던 그녀는 연필 한 자루를 발견하고 기록지에 내용을 적기 시작했다.

심박수: 120
호흡수: 25
체온: 36.7 / 36.9 / 36.8
특이 사항:

쓸 만한 일이라면 얼마든지 있었다.

진 술병을 빼앗으려 했음. 술병을 던져 깨뜨렸음.

그녀는 이 대목을 고쳐 썼다.

서로 다투다 술병이 바닥에 떨어져 깨졌음. 대체로 간호하기 힘든 환자임.

그녀는 기록지에 이렇게 덧붙이려 했다. '다시는 알코올의존증 환자를 맡고 싶지 않습니다.' 그러나 실제로 그렇게 쓰지는 않았다. 그녀는 자신이 7시에 일어나 그의 조카딸이 일어나기 전에 모든 것을 치울 수 있다는 것을 알았다. 모든 게 게임의 일부였다. 하지만 그녀가 의자에 앉았을 때 몹시 지친 듯한 그의 창백한 얼굴이 눈에 들어왔고, 그래서 왜 이런 일이 벌어졌을까 생각하며 다시 호흡수를 세어보았다. 오늘 하루, 그는 상당히 점잖고 평온하게 지냈다. 그녀를 위해 순전히 재미로 연속만화를 한 편 그렸고, 그것을 그녀에게 주었다. 그녀는 만화를 액자에 넣어 방에 걸어둘 생각이었다. 그의 가느다란 손목과 자신의 손목이 다투며 씨름했던 일이 다시 생각나고, 그가 내뱉은 심한 말들도 떠올랐다. 어제 의사가 그에게 한 말도.

"당신은 정말 좋은 사람이에요. 그러니 이런 식으로 자신을 함부로 대하면 안 돼요."

그녀는 피곤했으므로 화장실 바닥에 널린 유리 조각을 치우고 싶지 않았다. 그가 숨을 고르게 쉬기 시작하면 곧바로 그를 침대로 옮기고 싶었다. 하지만 결국 유리 조각 먼저 치우기로 마음먹었다. 무릎을 꿇고 유리 파편을 마지막 하나까지 찾아 치우며 생각했다.

―이건 내가 할 일이 아닌데. 그가 할 일도 아니고.

그녀는 억울해하며 일어서서 그를 물끄러미 바라보았다. 옆에서 보면 가늘고 섬세해 보이는 코에서 가볍게 코 고는 소리가 들렸다. 아득한 슬픔에 잠긴 듯한, 한숨 섞인 소리였다. 의사는 딱하다는 듯 고개를 저었고, 그녀는 이 일이 자신이 감당할 수 있는 정도를 넘어서는 사례라는 것을 알았다. 게다가 방문 의료 회사에 제출한 그녀의 등록 카드에는 선배들의 조언에 따라 써넣은 '알코올의존증 환자는 사양합니다'라는 문구가 있었다.

오늘의 업무가 끝났다. 그러나 머리에 떠오른 생각은 오직, 진술병을 두고 방 안 여기저기서 그와 다투던 와중에 문득 잠시 멈추었을 때의 일이었다. 그때 그는 팔꿈치를 문에 세게 찧어서 다치지 않았느냐고 물었고, 그녀는 이렇게 대답했다. "당신이 자신을 어떻게 생각하는지 모르지만…… 아무튼 당신은 사람들이 당신에 대해 어떻게 말하는지 모르고 있어요." 그때 그녀는 이 사람은 그런 문제에 신경 쓰지 않은 지 아주 오래되었다는 것을 깨달았다.

유리 조각을 다 모았다. 아직 남아 있을지도 모르는 파편까지 확실히 치우려고 빗자루를 가지고 왔을 때, 그녀는 산산조각으로 깨진 이 유리의 양은 그들이 잠시 서로를 들여다보았던 그 순간, 그때의 창보다 더 적다는 것을 깨달았다. 그는 그녀의 여동생에 대해 모르고, 거의 결혼할 뻔했던 빌 마코에 대해서도 몰랐다. 그리고 그녀는 그가 어떻게 해서 이 지경이 되었는지 몰랐다. 책상 위에는 그가 젊은 아내와 두 아들과 함께 찍은 사진이 있는데, 사진 속의 그는 늘씬하고 아주 잘생겼다. 5년 전의 그는 틀림없이 그런 모습이었을 것이다. 그런 그가 이렇게 변했다니, 도무지 이해할 수 없었다. 유리 조각을 줍다가 베인 손가락에 붕대를 감으며 그녀는 다시는 알코올의존증 환자

An Alcoholic Case

를 맡지 않겠다고 다짐했다.

2

다음 날 이른 저녁이었다. 못된 아이들이 핼러윈 장난으로 버스 옆 유리창을 쳐서 깨지거나 금이 가 있어서 그녀는 유리가 떨어질까 봐 뒤쪽 흑인 좌석으로 자리를 옮겼다. 그녀는 환자에게서 받은 수표를 지니고 있었지만, 너무 늦은 시간이라 현금으로 바꿀 수 없었다. 지갑에는 25센트짜리 동전 하나와 1센트 동전 하나가 들어 있었다.

그녀가 아는 두 명의 간호사가 '힉슨 부인 방문 의료 서비스' 복도에서 차례를 기다리고 있었다.

"어떤 환자를 맡았어?"

"알코올의존증 환자." 그녀가 말했다.

"아, 그렇지. 그레타 혹스가 나한테 얘기해줬어, 네가 포레스트파크 호텔에 사는 그 만화가를 맡았다고."

"맞아, 그랬어."

"그 사람, 꽤 치근거린다고 들었는데."

"날 귀찮게 하거나 성가시게 한 일은 전혀 없어." 그녀는 거짓말을 했다. "그런 사람들을 뭔가 이상한 짓을 하는 사람으로 취급해선 안 돼."

"오, 신경 쓰지 마. 어디선가 들은 소문을 얘기한 거야. 너도 알잖아, 그런 사람들은 간호사가 자기들과 놀아주기를 바란다는 거."

"됐어, 그만해." 그녀가 속에서 화가 치미는 것에 놀라며 말했다.

잠시 후 힉슨 부인이 복도로 나오더니 다른 두 간호사에게 기다리라고 말하며 그녀에게 사무실로 들어오라고 손짓했다.

"난 젊은 간호사에게 그런 환자를 맡기는 게 내키지 않았어요." 힉슨 부인이 말을 꺼냈다. "호텔에서 온 당신 전화는 접수했어요."

"아, 그다지 나쁘지 않았어요, 힉슨 부인. 그분은 자기가 뭘 하고 있는지 잘 몰랐지만, 아무튼 제게 상처를 주진 않았어요. 저는 혹시라도 제가 나쁜 평판을 얻어서 부인에게 폐를 끼칠까 봐 걱정했을 뿐이에요. 그분은 어제는 정말이지 종일 점잖고 평온하게 지냈어요, 제게 만화를 그려주기까지……."

"그 환자에게 당신을 보내고 싶지 않았어요." 힉슨 부인이 여러 장의 등록 카드를 손가락으로 넘기며 말했다. "결핵 환자는 맡을 수 있죠? 그래요, 괜찮을 거예요. 지금 결핵 환자가 한 명 있는데……."

전화벨이 계속 울렸다. 힉슨 부인이 또렷한 목소리로 전화를 받았고, 간호사는 부인의 말에 귀를 기울였다.

An Alcoholic Case

"내가 할 수 있는 일은 하겠지만, 그건 전적으로 의사에게 달렸어……. 내 권한 밖의 일이야……. 오, 해티, 안 돼. 지금은 할 수 없어. 그건 그렇고, 알코올의존증 환자를 잘 다루는 간호사가 그쪽에 없을까? 포레스트파크 호텔에 간호사가 필요한 알코올의존증 환자가 한 명 있어. 이따가 다시 전화해줄래?"

힉슨 부인은 수화기를 내려놓았다. "당신, 밖에서 좀 기다려야 할 것 같아요. 그런데 그 사람은 어떤 사람이죠? 점잖지 못한 행동을 하진 않았나요?"

"내 손을 밀쳤어요." 그녀가 말했다. "그래서 주사를 놓을 수 없었어요."

"오, 센 척하는 환자로군요." 힉슨 부인이 불만스럽게 말했다. "그런 사람은 요양원에 들어가야 하는데. 좀 편히 일할 수 있는 일이 2분 안에 들어올 거예요. 노부인 환자인데……."

전화벨이 다시 울렸다. "여보세요, 아, 해티……. 그러면 체구가 큰 스벤슨이란 간호사는 어떨까? 그녀라면 어떤 알코올의존증 환자도 잘 다룰 텐데……. 조세핀 마컴은? 너와 같은 아파트에서 살고 있지 않니? 전화로 연결해줘." 그러고 나서 잠시 후 힉슨 부인이 통화를 이어갔다. "조세핀, 당신이 포레스트파크 호텔에서 사는 유명한 만화가인지 화가인지 하는 사람의 간호를 맡아줄 수 있을까? 아니, 난 잘 몰라. 담당 의사는 닥터 카터이고, 10시쯤에 왕진을 갈 거야."

힉슨 부인은 한참 동안 주로 듣기만 했다. 이윽고 부인이 입을 열었다. "알겠어……. 물론이지. 당신 생각 충분히 이해해. 그렇지만 이번 경우는 그다지 위험하지 않은 것 같아. 약간 다루기 힘든 환자일 뿐이야. 난 원래 젊은 간호사를 호텔에 보내는 걸 좋아하지 않아. 쓰레기 같은 인간을 만날 가능성이 많다는 걸 잘 아니까……. 아니, 다른 사람을 찾아볼게. 시간이 늦긴 했지만. 신경 쓰지 마. 아무튼 고마워. 해티에게 그 모자가 실내 가운과 잘 어울리기를 바란다고 전해줘……."

힉슨 부인은 수화기를 내려놓고 앞에 있는 메모지에 뭔가 기록했다. 그녀는 대단히 유능한 여성이었다. 자신도 오랫동안 간호사로 일했으며, 대단히 힘든 상황도 잘 극복해왔다. 한때는 자부심과 이상이 높고 고된 일을 마다하지 않는 견습 간호사였으며, 똑똑한 인턴의 괴롭힘과 첫 환자들의 무례함에 시달리기도 했다. 그들은 노인들을 제대로 돌보지 못하는 어설픈 그녀를 즉시 수용소에 보내야 할 사람으로 여기는 것 같았다. 부인이 갑자기 몸을 움직여 책상에서 살짝 상체를 젖혔다.

"어떤 환자를 원해요? 내가 아까 말했죠? 점잖은 노부인이 한 명 있다고……."

여러 가지 생각들이 뒤섞여 떠오르면서 간호사의 갈색 눈이 밝게 빛났다. 최근에 보았던 파스퇴르에 관한 영화와 간호과 학생이었을 때 모든 학생이 읽었던 플로렌스 나이팅게일에 관한 책이 떠올랐다. 추운 날씨에 필라델피아 종합병원 주변 거리를 활개 치며 걷던 그들의 자부심도 떠올랐다. 그들은 그때 자신들이 입은 새 망토를 사교계에 데뷔하는 여인이 호텔 무도회에 입고 가는 모피 코트만큼이나 자랑스러워했다.

"제가…… 제가 다시 맡고 싶어요." 전화벨이 시끄럽게 울리는 와중에 그녀가 말했다. "다른 사람을 찾을 수 없다면 제가 다시 갈게요."

"아니, 조금 전까지만 해도 다시는 알코올의존증 환자를 맡지 않겠다고 했잖아요. 그런데 지금은 그 사람에게 다시 돌아가고 싶다니요."

"알코올의존증 환자 간호하는 일을 지나치게 어렵게 생각했던 것 같아요. 생각해보니 제가 그분을 충분히 도울 수 있을 것 같아요."

"그건 당신에게 달려 있어요. 그렇지만 그 사람이 당신 손목을 잡으려 하면 어쩌려고?"

"그러진 못할 거예요." 간호사가 말했다. "제 손목을 좀 보세요. 저는 웨인즈버러 고등학교에서 2년 동안 농구를 했답니다. 저는 그분을 충분히 잘 돌볼 수 있어요."

힉슨 부인은 그녀를 한참 동안 물끄러미 보았다. "음, 좋아요." 부인이 말했다. "하지만 그들이 술에 취했을 때 하는 말들은 맨정신일 때 보이는 언행과는 전혀 다르다는 사실만큼은 꼭 기억

해둬요. 나는 그런 일들을 지겹도록 겪었어요. 필요할 때 부르면 와달라고 호텔 직원 한 사람에게 미리 부탁해둬요. 무슨 일이 일어날지 알 수 없으니까. 알코올의존증 환자 중에는 성격이 좋은 사람도 있고 좋지 않은 사람도 있지만, 아무튼 모두 안심할 수 없는 사람들이란 걸 잊지 말아요."

"잊지 않을게요." 간호사가 말했다.

밖에 나왔을 때는 기이할 정도로 맑은 밤이었다. 사선으로 내리는 가느다란 진눈깨비가 암청색 하늘을 하얗게 만들고 있었다. 버스는 그녀를 마을로 데려다준 바로 그 버스였지만, 지금은 더 많은 유리창이 깨져 있는 것 같았다. 화가 잔뜩 난 버스 운전사는 어떤 아이든 잡히기만 하면 혼쭐을 내겠다고 했다. 그녀가 알코올의존증 환자를 생각하면서 계속 심란해했던 것처럼, 운전사 역시 여러 모로 심란하고 짜증스럽다는 얘기를 하고 있을 뿐이라고 그녀는 이해했다. 호텔 스위트룸에 들어갔을 때 정신 줄을 놓은 흐트러진 모습의 그를 발견하게 된다면 그녀는 그에게 경멸감과 연민의 감정을 동시에 느낄 것이다.

버스에서 내린 그녀는 대기에 스민 쌀쌀한 기운에 기분이 약간 고양되는 것을 느끼며 호텔로 이어지는 긴 계단을 내려갔다. 자신이 그를 맡아 돌보려는 이유는 다른 누구도 맡으려 하지 않기 때문이고, 누구도 맡으려 하지 않는 환자를 돌보는 데 관심을 기울이는 이들이야말로 가장 훌륭한 간호사이기 때문이다.

그녀는 무슨 말을 할지 생각하며 서재 문을 노크했다.

그가 직접 문을 열어주었다. 그는 저녁을 먹으러 나갈 때 입는 옷을 입고 중산모까지 쓰고 있었다. 하지만 커프스단추와 넥타이는 착용하지 않았다.

"오, 어서 와." 그가 예사롭게 말했다. "다시 와줘서 기뻐. 조금 전에 일어나서 외출하려던 참이었어. 야간 간호사는 구했나?"

"야간 간호도 내가 합니다." 그녀가 말했다. "24시간 근무를 하기로 했어요."

그는 다정하면서도 무심해 보이는 미소를 지었다.

"당신이 떠났다는 걸 알았는데, 왠지 모르게 당신이 다시 돌아올 거라는 생각이 들었어. 내 커프스단추 좀 찾아주겠어? 작은 귀갑 상자 안에 들어 있거나 아니면……."

그는 몸을 조금 흔들어서 옷이 편안하게 자리 잡게 한 다음 코트에서 셔츠 소맷부리를 끌어냈다.

"내 간호를 그만둔 줄 알았는데." 그가 아무렇지 않은 듯 말했다.

"나도 그렇게 생각했어요."

"저 책상 위에……." 그가 말했다. "내가 당신을 소재로 그린 연속만화 한 편이 있어."

"누구를 만나러 가는 거예요?" 그녀가 물었다.

"사장 비서." 그가 말했다. "나갈 준비 하는 데 시간이 너무 많이 걸렸어. 막 포기하려던 참에 당신이 온 거야. 날 위해 셰리주를 주문해주지 않겠어?"

"딱 한 잔만이에요." 그녀가 피곤한 기색으로 마지못해 받아들였다.

잠시 후 그가 화장실에서 소리쳤다.

"오, 간호사여, 간호사여, 내 인생의 빛이여, 다른 쪽 커프스단추는 어디 있지?"

"내가 달아줄게요."

화장실에 들어간 그녀는 그가 얼굴이 창백하고 열도 좀 있다는 것을 알았다. 그의 숨에서 박하향과 진 냄새가 섞인 냄새가 났다.

"금방 돌아올 거죠?" 그녀가 물었다. "카터 선생님이 10시에 오실 거예요."

"무슨 소리! 당신도 나와 함께 가는 거야."

"내가요?" 그녀가 외쳤다. "이 스웨터와 스커트를 입은 차림으로? 말도 안 돼요!"

"그럼 나도 안 갈 거야."

"좋아요. 그럼 침대로 들어가세요. 그곳이 당신이 있어야 할 자리니까요. 사람들 만나는 걸 내일로 연기할 수는 없나요?"

"안 돼. 그건 절대 안 돼!"

그녀는 그의 등 뒤로 돌아가서 어깨 너머로 손을 뻗어 넥타이를 매주었다. 셔츠는 그가 커프스단추를 달면서 어설프게 만지작거린 탓에 이미 손때가 묻어 있었다. 그녀가 제안했다.

"좋아하는 사람을 만나러 가는 거라면 셔츠를 갈아입는 게 낫지 않을까요?"

"그게 좋겠어. 하지만 내가 직접 입을 거야."

"왜 내가 도와주면 안 되죠?" 화가 난 그녀가 다그치듯 물었다. "왜 내가 옷 입는 걸 도와주면 안 되는 거예요? 당신을 도우려고 간호사가 있는 거예요. 그런 것도 못 하면 내가 무슨 소용이 있겠어요?"

그가 갑자기 변기 위에 걸터앉았다.

"좋아. 그렇게 해줘."

"이번에는 내 손목을 잡지 말아요." 그녀가 말했다. 그런 다음 덧붙였다. "그럼 실례할게요."

"걱정 마. 이런 일로 상처받지는 않으니까. 곧 알게 될 거야."

그녀는 코트를 벗기고, 조끼를 벗기고, 빳빳한 셔츠를 벗겼다. 그러나 그녀가 내의를 머리 위로 끌어 올려 벗기려 했을 때, 그가 담배 연기를 들이마시며 그녀의 행동을 지연시켰다.

"자, 이걸 봐." 그가 말했다. "하나, 둘, 셋."

그녀가 내의를 끌어 올렸고, 그와 동시에 그가 진홍빛 담뱃불 끝을 자신의 심장을 향해 단도처럼 찔렀다. 담뱃불은 그의 왼쪽 갈비뼈 부분에 있는 1달러 동전만 한 동판에 부딪쳐 부스러졌고, 그 부스러진 불꽃이 그의 배 위로 떨어지자 그가 "아악!" 하는 소리를 냈다.

지금은 냉철해야 할 때야, 그녀는 속으로 생각했다. 그녀는 그의 보석함 속에 전쟁에서 세운 공로로 받은 훈장이 세 개나 들어 있다는 것을 알았다. 하지만 그녀 자신도 살아오는 동안 많은 위험을 겪었다. 폐결핵도 그중 하나였다. 더 심한 일도 겪었는데, 당시 그녀는 그 사실을 몰랐고, 그녀에게 일러주지 않은 의사를 지금도 용서하지 못하고 있다.

"이거 때문에 고생이 많았겠어요." 그녀는 그의 몸을 스펀지로 닦아주면서 가벼운 어조로 말했다. "이 상처, 절대 낫지 않는 거예요?"

"절대 낫지 않아. 이건 동판이거든."

"그렇지만 이게 당신 자신에게 저지르는 행위에 대한 변명이 될 수는 없어요."

그는 커다란 갈색 눈을 그녀를 향해 돌렸다. 날카로우면서도 무심함과 당혹감이 서린 눈빛이었다. 그 1초 정도 되는 짧은 순간에 그는 그녀에게 신호를 보냈다. 그것은 그의 '죽음에 대한 의지'였다. 그녀는 그동안 익히고 쌓은 훈련과 경험에도 자신은 그와 함께 어떤 건설적인 일도 할 수 없다는 것을 깨달았다. 그는 일어서서 세면대에 몸을 의지한 채 바로 앞에 있는 어떤 곳을 응시했다.

An Alcoholic Case

"이봐요, 만약 내가 여기 머문다면 당신은 그 술을 마실 수 없을 거예요." 그녀가 말했다.

불현듯 그녀는 그가 술을 찾고 있는 게 아니라는 것을 알았다. 그는 자기가 전날 밤에 술병을 던진 구석을 바라보고 있었다. 그녀는 그의 잘생긴 얼굴을 응시했다. 연약하지만 도전적으로 보이는 얼굴이었다. 그녀는 그가 바라보는 쪽으로 시선을 가져가기가 두려웠다. 그가 바라보는 구석에 죽음이 숨어 있다는 것을 깨달았기 때문이다. 그녀는 죽음을 알고 있었다. 종종 죽음에 대한 이야기를 들었고, 죽음의 냄새가 틀림없는 냄새를 맡기도 했다. 그러나 죽음이 누군가의 존재 속으로 들어가기 전의 모습을 본 적은 없다. 하지만 이 사람은 지금 그 죽음의 모습을 화장실 구석에서 보고 있다는 것을 그녀는 알았다. 죽음 역시 거기 서서, 그가 힘없이 기침하며 뭔가를 뱉고, 그 뱉은 것을 바지의 세로줄에 문지르는 모습을 지켜보고 있다는 것도 알았다. 그것은 그가 취한 마지막 행동의 증거로서 잠시 거기서 반짝이며 말라붙어갔다.

다음 날 그녀는 그것을 힉슨 부인에게 어떻게든 설명하려 애썼다.

"그것은 우리가 싸울 수 있는 어떤 것과도 차원이 달라요. 아무리 열심히 싸워도 이길 수 없는 것이에요. 그 사람은 제 손목을 심하게 비틀어서 접질리게 할 수도 있었을 겁니다. 그렇다

해도 저에겐 크게 문제되지 않을 거예요. 진짜 문제는 어떻게 해도 그런 사람을 도울 수 없다는 것이고, 저로서는 그 사실이 몹시 괴롭고 낙담스러워요. 아무리 노력해도 소용없다는 거 말이에요."

An Alcoholic Case

피네건의 빚

Financing Finnegan

피네건의 빚

1938년 1월에 발행된 《에스콰이어》에 실렸다.

일종의 유머 소설로 부를 수도 있을 것이다. 작가는 빚에 떠밀려 정신 없이 사는 자신의 생활을 픽션이라는 형태로 희화화하고 있다. 무슨 일이든 죄다 소설의 소재로 써내는 작가 피츠제럴드의 터프함(탐욕 스러움)에 새삼 감탄하고 만다. 그리고 그가 채택한 스타일의 무궁 무진한 다채로움에도. 어떤 스타일로 쓰더라도 이 사람의 문장은 훌 륭하다. 원문에 담긴 정교한 유머 감각을 제대로 옮길 수 있다면 기 쁘겠다.

'스크리브너'의 편집자 맥스웰 퍼킨스와 문학 에이전트 헤럴드 오버 가 등장인물의 모델임이 명백한데, 두 사람은 이 원고를 읽고 틀림없 이 머리를 싸쥐었을 듯하다. 혹은 쓴웃음을 지었거나…….

1

　피네건과 나는 같은 문학 에이전트를 통해 판권을 관리하고
있다. 나는 종종 피네건이 캐넌 씨 사무실을 방문하기 직전이나
직후에 들르곤 했지만, 실제로 그를 만난 적은 없다. 마찬가지로
우리는 같은 출판사에서 책을 내지만, 내가 그곳에 도착했을 땐
피네건이 막 떠난 후인 경우가 보통이었다. 사람들은 피네건에
대해 이야기하면서 안쓰러운 한숨을 짓곤 했다.

　"피네건, 그 사람 참……."

　"아, 맞아, 피네건이 왔었다네."

　그 안쓰러운 한숨에서 나는 이 저명한 작가의 방문이 순조롭
지 않았음을 짐작할 수 있었다. 그들의 말 속에는 그가 출판사
를 나설 때 뭔가를 가지고 갔음을 암시하는 언급이 있었다. 원
고를 가지고 갔겠지, 그의 위대한 성공작인 소설 원고를, 하고
나는 짐작했다. 마지막으로 한 번 더 다듬겠다며 '그것'을, 그러

니까 그의 작품의 특징이라 할 수 있는 유려한 흐름과 예리한 기지를 얻기 위해 열 번이나 고쳐 썼다고 알려진 최종 원고를 가져갔을 거라고 생각했다. 나는 나중에야 피네건의 방문이 대부분 돈과 관계되어 있다는 것을 서서히 알게 되었다.

"벌써 가시겠다니 유감입니다." 한번은 캐넌 씨가 나에게 이렇게 말했다. "내일 피네건이 여기 올 거예요." 그러고 나서 잠시 생각에 잠겨 있다가 덧붙였다. "아마도 난 적지 않은 시간을 그와 함께 보내야 할 것 같군요."

그의 목소리의 어떤 어조가 딜린저* 가 근처에 숨어 있다는 뉴스를 듣고 불안해하는 은행장과 하는 대화처럼 들렸는지도 모르겠다. 그는 먼 곳을 멍하니 바라보는 눈길로 혼잣말하듯 말했다.

"물론 그는 원고를 가지고 올지도 몰라요. 아시겠지만 그는 현재 장편소설을 집필 중이거든요. 그리고 희곡 한 편도."

그는 마치 16세기 이탈리아에서 일어났던, 흥미롭지만 현실과 동떨어진 어떤 일에 대해 얘기하듯 말했다. 그러나 다음과 같은 말을 덧붙일 때 그의 눈에는 얼마간 희망의 빛이 감돌았다. "어쩌면 단편소설을 가지고 올지도 모르죠."

"아주 다재다능한 작가잖아요?" 내가 말했다.

• 1902-1934. 미국의 악명 높은 은행 강도.

"맞아요." 캐넌 씨의 얼굴에 화색이 돌았다. "그는 뭐든 할 수 있어요. 마음만 먹으면 말이에요. 그런 재능은 나로서는 처음 봅니다."

"난 그의 최근 작품은 별로 보지 못한 것 같군요."

"아, 하지만 그는 열심히 쓰고 있답니다. 단편 작품을 받아서 간직하고 있는 잡지사가 몇 군데 있어요."

"무엇 때문에 받아서 간직하는 거죠?"

"아, 더 좋은 시기를 기다리느라……. 책이 더 잘 팔릴 때를 기다리는 거죠. 자기들이 피네건의 작품을 간직하고 있다는 생각을 즐기나 봐요."

그의 이름에는 확실히 묵직한 무게감이 있었다. 그의 작품 활동은 화려하게 시작되었으며, 비록 최초의 빼어남을 꾸준히 유지하지는 못했다 해도 적어도 몇 년마다 화려하게 재기하는 저력을 보이곤 했다. 그는 미국 문학사에 길이 빛날, 전도유망한 작가였다. 실제로 그가 구사하는 어휘는 유려했다. 재기가 번뜩이는 말들은 눈이 부실 정도였다. 그가 쓰는 문장과 단락과 장(章)은 훌륭하게 직조된 걸작이었다. 나는 그의 작품 중 한 편을 논리적으로 매끄러운 이야기로 각색하려고 끙끙거리며 애쓰는 가없은 시나리오 작가를 만나고서야 피네건에게도 적이 있다는 사실을 깨달았다.

"그의 소설은 그냥 읽을 땐 대단히 아름다워." 시나리오 작가가 넌더리를 내며 말했다. "그렇지만 그것을 평이한 이야기로 각색하다 보면 흡사 정신병원에서 일주일을 보내는 것 같은 기분이 든단 말이야."

캐넌 씨의 사무실을 나와 내 책을 내는 5번가에 위치한 출판사로 갔는데, 곧 거기서도 피네건이 내일 오기로 예정되어 있다는 사실을 들었다.

사실, 피네건은 자신 앞에 긴 그늘을 드리우고 있었다. 내 작품에 대해 논의할 것으로 예상했던 오찬 시간의 대부분이 피네건에 관한 이야기로 채워질 정도로 말이다. 이번에도 내 담당인 조지 재거스 씨가 나에게 말하는 것이 아니라 자기 자신에게 혼잣말하는 것 같은 느낌이 들었다.

"피네건은 위대한 작가예요." 그가 말했다.

"물론이죠."

"그는 정말 훌륭해요."

나는 그 사실을 의심하지 않았기 때문에 그것에 대해 뭔가 의구심을 느끼는 거냐고 물었다.

"아, 아니에요." 그가 황급히 말했다. "단지 최근에 그가 불운을 겪고 있을 뿐입니다."

나는 동정하는 마음으로 고개를 저었다. "알고 있습니다. 물이 절반밖에 없는 수영장에서 다이빙한 것은 정말 불운한 일이었어요."

Financing Finnegan

"아니에요, 물이 절반만 차 있었던 게 아니에요. 물은 가득 차 있었대요. 넘칠 만큼 가득. 당신이 피네건이 그 이야기를 하는 걸 들어봐야 하는데. 그는 자기 이야기를 배꼽 빠지게 우스운 이야기로 만들어버리거든요. 그는 그때 몹시 지쳐 있었던 모양이고, 그래서 그냥 수영장 옆에서 물에 뛰어들었대요." 재거스 씨는 나이프와 포크의 끝이 테이블을 향하도록 들고 있었다. "그때 피네건은 몇몇 젊은 여자들이 15피트 높이의 다이빙대에서 다이빙하는 것을 보았죠. 그가 말하기를, 그걸 보고 자신의 잃어버린 젊음을 떠올리고 자기도 그 여자들처럼 해보려고 다이빙대에 올라가 멋진 스완 다이브를 시도했다는군요. 하지만 아직 공중에 있을 때 이미 그의 어깨가 부러졌답니다." 재거스 씨는 약간 불안한 표정으로 나를 보았다. "왜, 당신도 그 같은 사례를 들어본 적이 있지 않나요? 야구 선수가 공을 던지다가 어깨가 빠졌다든가 하는?"

그때는 그런 의학적 사례가 곧바로 생각나지 않았다.

"그 후 피네건은……." 그가 꿈꾸는 듯한 표정으로 말을 이었다. "천장에 글을 써야 했답니다."

"천장에요?"

"사실상 그런 셈이었지요. 그는 글쓰기를 포기하지 않았어요. 믿기지 않을지 모르겠지만, 피네건은 근성이 대단한 사람입니다. 그는 천장에 매다는 장치를 만들어서 설치해놓고, 등을 대고 누워서 허공에 글을 썼어요."

그것은 용기 있는 시도였다는 것을 나는 인정하지 않을 수 없었다.

"그런 방식이 작품에 영향을 미쳤나요?" 내가 물었다. "소설을 거꾸로 읽어야 하지는 않았어요? 중국어를 읽을 때처럼?"

"한동안은 약간 혼란이 있었지요." 그가 시인했다. "하지만 지금은 괜찮아요. 그에게서 편지를 몇 통 받았는데, 한결 예전의 피네건에 가까워진 글이었습니다. 삶과 희망과 장래에 대한 계획으로 가득 찬 편지였지요."

그의 얼굴에 아련한 표정이 떠올랐고, 나는 내 문제로 화제를 돌렸다. 우리가 재거스 씨의 사무실로 돌아왔을 때 피네건에 대한 이야기가 다시 이어졌다. (이 글을 쓰면서 나는 얼굴이 붉어지는 것을 느낀다. 왜냐하면 내가 평소에는 거의 하지 않는 행위─남의 전보를 읽는 일─를 했다는 고백이 담겨 있기 때문이다.) 어떤 직원이 도중에 복도에서 재거스 씨를 잠시 데리고 가버려서 나는 혼자서 그의 사무실로 들어가 의자에 앉았다. 그때 내 앞에 그 전보가 활짝 펼쳐져 있었던 것이다.

50이면 타이피스트에게 급료를 지불하고 이발을 하고 연필을 살 수 있습니다. 생활이 불가능해졌지만 나는 좋은 소식을 절실히 기대하며 살아가고 있습니다. 피네건.

나는 내 눈을 믿을 수 없었다. 50달러라니. 나는 피네건의 단편소설 판권이 대략 3천 달러라는 것을 우연히 들어서 알고 있었다. 사무실에 들어온 조지 재거스는 내가 여전히 멍한 표정으로 전보를 응시하는 모습을 보았다. 그는 전보를 읽은 후에 난처해하는 시선으로 나를 보았다.

"이 요구는 내 양심상 받아들일 수 없을 것 같군요." 그가 말했다.

나는 깜짝 놀라며 내가 과연 뉴욕의 잘나가는 출판사 사무실에 있는 것인지 확인하기 위해 주위를 둘러보았다. 잠시 후에야 내가 전보를 잘못 이해했다는 것을 깨달았다. 피네건이 선급금으로 요구한 것은 50달러가 아닌 5만(50 thousand)달러였다. 작가가 누구든 출판사로서는 동요하지 않을 수 없는 금액이었다.

"지난주에 100달러를 보냈습니다." 재거스 씨가 우울하게 말했다. "우리 부서가 매 분기 적자를 내고 있기 때문에 나로서도 공동 경영자에게 더는 그런 요구를 할 수 없는 처지예요. 그래서 내 주머니를 털어서 돈을 보내준 겁니다. 양복 한 벌과 구두 한 켤레를 포기하고."

"그러니까 피네건이 빈털터리라는 거예요?"

"빈털터리!" 그는 나를 바라보며 소리 없이 웃었다. 사실 나는 그의 웃는 모습이 별로 마음에 들지 않았다. 내 동생은 신경증이 있는데……. 아니다, 그 이야기는 핵심과 동떨어진 것이니 그 만두자. 잠시 후 그가 한결 침착해진 목소리로 말했다. "다른 사 람에겐 이 이야기에 대해서 아무 말도 하지 않을 거죠? 사실 피 네건은 슬럼프에 빠져 있었어요. 지난 몇 년 동안 잇따라 타격을 받았으니까요. 하지만 이제 슬럼프에서 빠르게 벗어나고 있고, 우리는 모든 돈을 회수하리라는 것을 알고 있어요. 우리가 그에 게……." 그는 잠시 머뭇거리며 적당한 말을 고르려 했으나 "준 돈을"이라는 말이 불쑥 튀어나오고 말았다. 이번에는 그가 화제 를 바꾸려고 서둘렀다.

　뉴욕에 체류하고 있었던 일주일 내내 피네건에 관한 생각이 나를 사로잡았다고 말하고 싶지는 않지만, 내 에이전트와 담당 편집자의 사무실에 자주 드나들다 보니 피치 못하게 피네건에 관한 얘기를 접하는 경우가 적지 않았다. 예를 들면 그로부터 이 틀 후 캐넌 씨의 사무실에서 전화를 사용하다가 회선이 잘못 연 결되는 바람에 우연히 캐넌 씨와 조지 재거스가 나누는 대화를 듣게 되었다. 하지만 나는 쌍방이 아닌 한 사람의 목소리만 들 을 수 있었으므로 그것은 어디까지나 부분적인 엿듣기일 뿐이 고, 따라서 두 사람의 목소리 전부를 듣는 것만큼 나쁜 일은 아 닐 것이다.

　"그렇지만 나는 그의 건강 상태가 괜찮다는 인상을 받았어 요……. 몇 달 전에는 심장이 어떻다는 말을 했는데, 지금은 좋아진 것 같더군요……. 예, 그리고 그는 어떤 수술을 받아야 할 것 같다고 얘기했는데…… 암이라고 말했던 것 같군요……. 음, 나도 수술받을 게 있다고 말해주고 싶었습니다. 나에게 금전적인 여유가 있었다면 이미 수술을 받았을 거라고……. 아니요, 그건 말하지 않았습니다. 그는 기분이 아주 좋아 보였어요. 그래서 그를 실망시키는 것은 예의가 아니라는 생각이 들었죠. 그는 오늘부터 단편을 쓰기 시작했는데, 내용 일부를 전화로 읽어주더군요…….

……주머니에 돈이 한 푼도 없다고 해서 25달러를 주었어요. 아, 그럼요. 그는 이제 괜찮아질 거예요. 그의 말을 들으면 진심인 것 같아요."

나는 이제 모든 것을 이해했다. 그들 두 사람은 피네건에 관한 일에서는 서로를 격려하자는 암묵적인 결탁을 도모하고 있는 것이다. 피네건에 대한, 피네건의 미래에 대한 그들의 투자액은 상당한 규모에 이르렀다. 피네건은 그들에게 소속되어 있는 셈이다. 피네건을 폄훼하는 말을 듣는 것은—자신들의 입에서 나온 말이라 할지라도—그들로서는 견딜 수 없는 일이었다.

　나는 캐넌 씨에게 내 생각을 말했다. "만약 피네건이 말만 그
럴듯하게 하는 허풍선이라면 무한정 돈을 줘선 안 됩니다. 그가
끝난 거라면 끝난 겁니다. 그건 어쩔 수 없는 일이에요. 피네건
은 물이 절반밖에 없는 어느 수영장에서 다이빙을 하는데 당신
은 수술을 미뤄야 한다는 것은 말도 안 돼요."

　"물은 가득 차 있었어요." 캐넌 씨가 참을성 있게 말했다. "넘
칠 만큼 가득."

　"글쎄, 가득 찼든 비어 있었든, 내게는 그 사람이 골치 아픈 사
람으로 보이네요."

　"저……." 캐넌이 말을 꺼냈다. "지금 할리우드에 전화를 걸어
잠시 통화를 해야 합니다. 그동안 이것 좀 훑어봐줄래요?" 그가
내 무릎 위로 원고를 던져주었다. "이해하는 데 도움이 될 거예
요. 피네건이 어제 그걸 가져왔답니다."

　단편소설이었다. 나는 다소 역겨운 기분으로 원고를 읽기 시
작했는데, 5분도 채 안 되어 그 소설에 흠뻑 빠져들었다. 나는 완
전히 매료되고 완전히 설득당해서 나도 이처럼 글을 쓸 수 있었
으면, 하고 바라게 되었다. 캐넌이 전화 통화를 마쳤을 때 나는
그에게 다 읽을 때까지 기다려달라고 했고, 다 읽었을 때 이 냉
정하고 나이 많은 직업 작가의 눈에는 눈물이 고였다. 이 나라

의 잡지사라면, 어떤 어려움이 있다 해도 이 작품을 최우선으로 수록하려 할 것이다.

하기는, 피네건이 글다운 글을 쓸 수 있다는 사실을 부정하는 사람은 아무도 없었다.

3

나는 몇 달 후에야 뉴욕을 다시 찾았다. 내 에이전트와 출판사에 관해서라면, 내가 자리 잡은 세상은 더 차분하고 더 안정적인 곳이 되어 있었다. 드디어 나 자신의 양심적이고 성실한 ― 독창성이 부족할지는 모르나 ― 문학적 지향점에 대해 이야기하는 시간을 가질 수 있었다. 시골집에 머무는 캐넌 씨를 방문했으며, 뉴욕의 별빛이 번개의 여광처럼 레스토랑의 정원으로 수직으로 떨어지는 여름밤을 조지 재거스와 함께 보내기도 했다. 피네건은 북극에라도 간 것일까……. 그런데 실제로 그는 거기에 갔다. 그는 브린모어 대학*의 인류학자 세 명을 포함하여 꽤 많은 일행을 데리고 북극에 갔고, 들어보니 그곳에서 많은 자료를 수집할 것 같았다. 그들은 몇 달 동안 그곳에 머물 예정이었다.

• 미국 펜실베이니아 주에 있는 여자 대학.

만약 그 일이 좋은 결과가 기대되는 조그만 하우스 파티* 같다는 느낌이 들었다면, 아마도 질투심 많고 냉소적인 내 성향 때문일 것이다.

"우리 모두 기뻐할 따름입니다." 캐넌이 말했다. "피네건에게 하늘이 내려준 선물이죠. 그는 여러 가지 일로 많이 지쳐 있었고, 그래서 바로 이런…… 이런 것이 필요했어요."

"얼음과 눈이 필요했단 말이죠?" 내가 거들었다.

"맞아요, 얼음과 눈. 그가 마지막으로 한 말은 정말 그다운 말이었습니다. 자신이 무엇을 쓰든 순백한 것이 될 거라고, 눈이 부시도록 환하게 빛날 거라고 말했답니다."

"그럴 거라고 생각해요. 그건 그렇고…… 누가 자금을 댄 거죠? 지난번에 여기 왔을 때만 해도 피네건은 빈털터리였던 것으로 기억합니다만."

"아, 그는 그 일에 관해서는 아주 적절히 처리했답니다. 그는 나에게 빚이 좀 있어요. 모르긴 해도 조지 재거스에게도 약간의 빚이 있을 겁니다." 늙은 여우 같은 캐넌은 '모르긴 해도'라고 말했다. 너무나도 잘 알고 있으면서. "그래서 피네건은 떠나기 전에 우리가 자신의 생명보험 대부분의 수혜자가 되도록 조처했습니다. 자신이 돌아오지 못할 경우에 대비해서 말이에요. 그런 여행

---

* 시골 저택에서 손님들이 며칠씩 머물면서 벌이는 파티.

에는 당연히 위험이 따르니까요."

"그렇겠죠." 내가 말했다. "특히 인류학자 세 명도 함께 간다면."

"그러므로 무슨 일이 생긴다 해도 재거스와 나는 온전히 보상받게 될 겁니다. 아주 간단한 얘기예요."

"생명보험 회사가 여행 자금을 댄 건가요?"

그는 눈에 띄게 안절부절못했다.

"그건 아니에요. 실은, 생명보험 회사는 여행의 이유를 알고 약간 언짢아했습니다. 조지 재거스와 나는 피네건이 여행에서 돌아와 특별한 책을 낸다는 특별한 계획을 세웠다면, 우리가 그를 조금 더 지원해주는 게 온당하다고 느꼈습니다."

"나는 잘 모르겠는데요." 내가 심드렁하게 말했다.

"모르겠다고요?" 그의 눈에 평소의 고단한 표정이 다시 감돌았다. "음, 실은 우리도 망설였어요. 원칙적으로는 이 같은 지원이 옳지 않다는 건 나도 압니다. 나는 때때로 작가들에게 소액의 선급금을 주곤 했어요. 그렇지만 근년에는 그러지 않겠다는 규칙을 세웠고, 그걸 지키고 있습니다. 그 규칙을 어긴 일이 지난 2년 사이 딱 한 번 있었는데, 심한 어려움을 겪고 있던 한 여성을 위해서였죠. 마거릿 트라힐이라고, 그 여성을 아시나요? 실은 그녀는 피네건의 옛 연인이랍니다."

"피네건도 잘 모르는데 어떻게 그녀를 알겠어요."

"그렇군요. 피네건이 돌아오면 꼭 그를 만나보세요. 그가 돌아온다면 말이에요. 당신도 좋아하게 될 거예요. 정말 매력적인 사람이거든요."

나는 다시 뉴욕을 떠나 나만의 상상 속 북극으로 돌아갔다. 계절은 여름에서 가을로 바뀌어갔다. 11월이 되고 첫 추위가 느껴졌을 때, 나는 얼마간 몸을 벌벌 떨면서 피네건의 탐험을 머리에 떠올렸고, 그러자 그에 대한 부러움이 싹 사라졌다. 그는 아마도, 문학적인 것이든 인류학적인 것이든 전리품을 얻었을 것이고, 그걸 가지고 돌아올 것이다. 그러고 나서 내가 다시 뉴욕에 온 지 사흘이 지나지 않았을 때, 나는 신문에서 그와 일행이 식량이 동난 상태에서 나아가다가 눈 폭풍을 만났고, 북극이 또다시 인간의 생명을 앗아갔다는 내용의 기사를 읽었다.

그가 참 안됐다는 생각이 들었지만, 그럼에도 나는 캐넌과 재거스가 손해를 입지 않고 보상받게 된 것을 기뻐할 만큼 현실적인 사람이었다. 물론, 피네건이 아직 차갑게 식지도 않은 마당이니―이런 비유가 너무 모질게 들리지 않기를 바란다―캐넌과 재거스는 보험에 관해 얘기하지 않고 있지만, 내가 아는 바로는 보험 회사가 인신보호청원 혹은 전문용어로 이루어진 절차를 포기했기에 그들이 보험금을 받을 것이 거의 확실해 보였다.

내가 조지 재거스의 사무실에 있을 때 피네건의 아들이 그곳을 방문했다. 그는 잘생긴 젊은이로, 나는 아들을 통해 피네건의

Financing Finnegan

매력을 짐작할 수 있었다. 수줍은 솔직함과 함께 내면에서는 아주 조용하고 용감한 전투가 벌어지고 있다는 인상. 직접 이야기되지 않는 그 전투는 그의 작품 속에서 마른하늘에 번개가 치듯 드러났다.

"그 아이도 글을 잘 써요." 피네건의 아들이 떠난 후에 조지가 말했다. "그 아이가 훌륭한 시를 몇 편 가지고 왔답니다. 아직은 아버지의 뒤를 이을 준비가 되지 않았지만, 분명 장래가 유망한 젊은이예요."

"그의 작품을 한 편 볼 수 있을까요?"

"물론이죠. 여기 그 아이가 방금 전에 맡기고 간 게 있습니다."

조지가 책상에서 종이 한 장을 꺼내 펼친 다음 목청을 가다듬었다. 그러고는 눈을 가늘게 뜨고 의자에서 몸을 앞으로 조금 숙였다.

"친애하는 재거스 씨." 그가 읽기 시작했다. "선생님께 이런 걸 직접 부탁하고 싶지는 않았지만……." 재거스가 읽기를 멈추었다. 그의 눈동자가 재빨리 뒷부분을 훑었다.

"그가 얼마를 원하나요?" 내가 물었다.

재거스가 한숨을 쉬었다.

"그 아이는 이것이 자기 작품인 듯 암시했습니다." 그가 짜증 섞인 목소리로 말했다.

"그 애가 썼겠죠." 나는 그를 위로하려고 노력했다. "물론, 아버지의 뒤를 이을 준비가 되어 있지는 않겠지만."

나중에 나는 그 말을 한 것을 후회했다. 어쨌든 피네건은 빚을 다 갚았고, 한결 좋은 시절이 돌아온 지금, 책이 더는 불필요한 사치품으로 간주되지 않는 지금에도 그의 작품이 살아남았다는 것은 아주 멋진 일이니까. 경기가 안 좋은 시기에 힘겹게 살아가던 내가 아는 많은 작가들은 이제 오랫동안 미루어왔던 여행을 떠나거나, 주택 담보 대출을 갚거나, 어느 정도 여유와 생활 보장이 있어야만 쓸 수 있는 완성도 높은 작품을 써서 세상에 내놓곤 했다. 할리우드의 새로운 프로젝트에 참여하기로 하고 선급금으로 1천 달러를 받기로 한 나는 좋았던 시절의 열정만을 가슴에 안고 할리우드로 날아갈 예정이었다. 작별 인사를 하고 돈을 받으려고 캐넌에게 갔을 때, 캐넌이 하는 일들 역시 아주 잘되고 있다는 것을 알게 되어 기뻤다. 우리는 그가 구입하려는 모터보트를 보러 함께 갈 예정이었다.

그러나 막판에 무슨 일이 생겨서 그가 지체하게 되었고, 나는 조급해져서 그와 함께 가기로 한 일은 그만둘 생각이었다. 그의 개인 공간인 안쪽 사무실 문을 두드려도 아무런 대답이 없어서 나는 그냥 문을 열었다.

사무실은 다소 혼란스러워 보였다. 캐넌 씨는 여러 대의 전화를 동시에 받고 있었고, 속기사에게 보험 회사에 관한 뭔가를 받아쓰게 했다. 한 비서는 급히 모자와 코트를 챙겨 입고 심부름을 갈 준비를 했으며, 다른 비서는 자신의 지갑에서 지폐를 꺼내 세고 있었다.

"금방 끝날 겁니다." 캐넌이 말했다. "사무실에서 종종 벌어지는 사소한 소동일 뿐이에요. 당신이 우리의 이런 모습을 본 적이 없을 뿐이죠."

"피네건의 보험과 관련된 일인가요?" 나는 묻지 않을 수 없었다. "무슨 문제가 있었나요?"

"피네건의 보험이라…… 아, 그 일이라면 아무 문제 없습니다. 전혀. 지금 2, 300달러를 급히 마련해야 하는 상황이 생겼을 뿐이에요. 은행 문이 이미 닫혀버린 시각이라 수중에 있는 현금을 죄다 모으고 있는 겁니다."

"여기, 당신이 조금 전에 준 돈이 있습니다." 내가 말했다. "할리우드에 가는 데 전액이 필요한 건 아니에요." 나는 그 돈에서 200달러를 꺼냈다. "이거면 충분해요?"

"충분하고말고요. 덕분에 한숨 돌리게 되었네요. 칼슨 양, 이제 됐어요, 메이프스 부인, 나가지 않아도 돼요."

"난 이만 가봐야 될 것 같습니다." 내가 말했다.

"조금만 더 기다려주시겠어요?" 그가 강하게 요청했다. "이 전보만 처리하면 됩니다. 정말 굉장한 소식이거든요. 정신이 번쩍 들 거예요."

그것은 노르웨이 오슬로에서 온 국제 전보였다. 나는 그것을 읽기 전부터 어떤 예감으로 가득 차 있었다.

나는 기적적으로 무사히 이곳에 있지만 당국에 의해 구금되어 있습니다 네 명의 뱃삯과 추가 비용 200달러를 송금해주시기를 간곡히 부탁드립니다 복귀해 고인이 된 분들이 남긴 많은 인사말을 전하겠습니다.

피네건

"정말 굉장하네요." 내가 동의했다. "피네건은 이제 쓸 이야기가 있겠군요."

"그렇겠죠." 캐넌이 말했다. "칼슨 양, 그 여학생들의 부모님께 전보를 보내줘요. 그리고 재거스 씨에게도 알려주는 게 좋겠어요."

몇 분 후 우리가 함께 거리를 걷고 있을 때, 캐넌 씨는 이 놀라운 소식에 얼이 빠진 듯 멍하니 생각에 잠겨 있는 모습이었다. 나는 그를 방해하지 않았는데, 왜냐하면 나는 사실 피네건에 대해 잘 알지 못했고, 캐넌 씨의 기쁨을 진정으로 함께 나눌 수도 없었기 때문이다. 그는 모터보트 전시장 앞에 도착할 때까지 내내 침묵에서 벗어나지 못했다. 전시장 간판 바로 밑에 이르러서야 그는 우리가 어디로 가고 있는지 처음으로 알아차린 것처럼 걸음을 멈추고 위를 올려다보았다.

"아이고, 이런." 그는 그렇게 말하며 뒤로 물러섰다. "지금은 이런 곳에 들어갈 마음이 들지 않는군요. 어디 가서 술이나 한잔할 생각이었는데."

우리는 한잔하러 갔다. 캐넌 씨는 아직도 엄청난 놀라움이 가시지 않은 듯 약간 멍한 상태였다. 그가 술값을 낼 때도 너무 오랫동안 멀뚱멀뚱 호주머니를 뒤지고만 있어서 내가 그 술값을 내겠다고 우겨야 했다.

그는 그날 정말 정신이 멍한 상태였던 것 같다. 왜냐하면 그처럼 꼼꼼하고 정확한 사람이 내가 그 사무실에서 건넨 200달러를 나에게 보내는 정산 보고서의 잔액 내역에 아직도 추가하지 않았기 때문이다. 그러나 나는 언젠가 틀림없이 그 돈을 받게 될 거라고 생각한다. 언젠가는 피네건이 다시 큰 인기를 얻을 것이고, 사람들은 그가 쓴 글을 읽으라고 요란스레 외치리라는 것을 알기 때문이다. 최근에 나는 그에 대한 이야기 중 몇 가지를 직접 조사해보았는데, 대부분 물이 반밖에 없는 수영장 이야기처럼 거짓이라는 것을 알게 되었다. 수영장에는 물이 가득 차 있었다.

피네건은 지금까지 그 북극 탐험에 관한 단편소설 한 편만을 발표했을 뿐이다. 연애 소설이었다. 그 여행은 그가 기대했던 것만큼 크고 풍성한 이야깃거리가 아니었던 모양이다. 그러나 영화계가 그에게 관심을 보이고 있다. 만약 영화계 사람들이 그를 오랫동안 유심히 지켜봐주기만 한다면, 그는 여러 가지 면에서 틀림없이 성공할 거라고 나는 믿는다. 제발 그러길 바란다.

잃어버린 10년

The Lost Decade

잃어버린 10년

1939년 12월에 발행된 《에스콰이어》에 실렸다.

이 역시 〈피네건의 빛〉과 마찬가지로 자신이 놓인 긴박한 상황을 픽션으로 희화화한 작품이다. 이제 막 편집자가 된 젊은이의 순수한 눈에 '수수께끼의 인물'이 비친다. 그가 지난 10년간 걸어온 길이, 조금씩 그러나 어디까지나 모호하게 독자에게 그려진다.

아주 경쾌한 문체로 짧고 가볍게 마무리한 작품이지만, 깊은 절망과 잃어버리고 만 것에 대한 동경 같은 것이 엿보이는 듯하다. 피츠제럴드의 '문장력'을 즐길 수 있는 작은 쇼케이스 같은 작품이다.

시사 주간지 사무실에는 정말 다양한 사람들이 찾아왔다. 오리슨 브라운은 그런 사람들과 온갖 종류의 관계를 맺었다. 회사를 나서면 그는 '편집자 중 한 사람'으로 취급받았다. 1년 전까지 다트머스 대학의 《잭오랜턴》*을 편집했지만, 이제 그는 사무실 안팎에서 생기는 달갑지 않은 일들을 기꺼이 맡아 처리하는 곱슬머리 청년일 뿐이다. 판독하기 어려운 원고를 바로잡는 일부터 잔심부름을 하는 사환 노릇까지, 그가 하는 일은 잡다했다.

그는 방문자가 편집장 사무실로 들어가는 것을 보았다. 마흔 살쯤 되어 보이는 키가 크고 핼쑥한 남자로, 조각상 같은 금발이 인상적이었다. 수줍음을 타는 것 같지도 않고 소심해 보이지도 않으며 수도승처럼 세속을 초월한 것처럼 보이지도 않았지만,

---

* 1908년 창간된 교내 유머 잡지.

그러면서도 그 세 가지 태도를 조금씩 다 지니고 있는 사람이었다. 명함에 적힌 '루이스 트림블'이라는 이름을 어디선가 들어본 듯 아련한 기억이 맴돌았지만, 도무지 실마리가 생각나지 않아서 오리슨은 더 집착하지 않았다. 그러나 얼마 후 책상에 부착된 버저가 울렸고, 그는 이전의 경험으로 미루어볼 때 트림블 씨가 점심 식사의 첫 번째 요리가 될 거라고 예감했다.

"이쪽은 트림블 씨, 이쪽은 브라운입니다." 점심 식사 비용 부담자가 말했다. "오리슨, 트림블 씨는 오랫동안 다른 곳에 계셨다네. 아무튼 오랫동안이라고 느끼신다네. 거의 12년 동안이니. 지난 10년을 놓친 것은 오히려 행운이라고 생각하는 사람들도 있겠지만 말이야."

"그건 그래요." 오리슨이 말했다.

"나는 오늘 점심 먹을 시간이 없어." 편집장이 말을 이었다. "이분을 부아쟁이나 트웬티원 레스토랑으로, 아니면 어디든 이분이 가고 싶어 하는 곳으로 모시게. 트림블 씨는 그동안 보지 못한 것들이 아주 많다고 생각하실 거야."

트림블이 점잖게 이의를 제기했다.

"아, 나 혼자 갈 수 있어요."

"알고 있습니다. 전에는 당신만큼 이 거리를 잘 알고 있는 사람은 없었죠. 만약 브라운이 말 없는 마차에 대해 설명하려 한다면 여기 나에게로 돌려보내세요. 4시까지 다시 여기로 오실 거죠?"

오리슨은 모자를 썼다.

"선생님은 10년간 이곳을 떠나 계셨어요?" 엘리베이터를 타고 내려가면서 오리슨이 물었다.

"엠파이어스테이트 빌딩을 짓기 시작할 때였지." 트림블이 말했다. "그게 몇 년이더라?"

"1928년쯤입니다. 하지만 편집장님이 말씀하셨듯 선생님이 많은 걸 보지 못하고 놓친 게 운이 좋았던 겁니다." 그가 트림블의 안색을 살피며 덧붙였다. "선생님은 아마도 더 흥미로운 것들을 많이 보셨겠지만요."

"그렇지도 않다네."

거리로 나왔을 때 시끄러운 차량 소음에 트림블의 얼굴이 굳어지는 것을 보고 오리슨은 한 가지를 더 추측했다.

"문명을 벗어난 곳에 계셨어요?"

"어떤 의미에서는." 대단히 신중하게 말을 하는 것으로 보아 이 사람은 자기가 원하지 않으면 말하지 않는 사람일 거라고 오리슨은 판단했다. 동시에 혹시 이 사람은 1930년대를 감옥이나 정신병원에서 보낸 게 아닐까 하는 생각이 들기도 했다.

"이곳이 유명한 트웬티원입니다." 그가 말했다. "어디 다른 곳으로 가서 식사하시겠어요?"

트림블은 걸음을 멈추고 그 갈색 사암 건물을 주의 깊게 살펴보았다.

 "언제 트웬티원이라는 이름이 유명해졌는지 기억나는군." 그가 말했다. "모리아티 가게가 유명해졌을 때와 거의 같은 해였어." 그러고 나서 미안해하는 듯한 태도로 말을 이었다. "5번가를 5분 정도 걸어 올라가서 근처 어디든 눈에 띄는 곳으로 들어가 식사를 하는 건 어떨까? 젊은이들을 볼 수 있는 곳으로."

 오리슨은 그를 힐끗하며 다시 한번 철창과 회색 벽과 쇠창살을 떠올렸다. 그는 자신의 임무 중 트럼블 씨에게 상냥한 여자들을 소개해주는 일도 포함되어 있는 게 아닐까 궁금했다. 그러나 트럼블 씨에게서 그런 것을 원하는 기색은 보이지 않았다. 그의 표정에서 보이는 주된 감정은 확고하게 자리 잡은 호기심이었다. 오리슨은 그의 이름을 버드 제독의 남극 비밀 기지나 브라질 정글에서 실종된 조종사들과 연관 지으려 노력했다. 그는 한때 잘나갔던 사람이리라. 그건 분명했다. 그러나 그동안 그가 살았던 환경을 알려주는 명확한 단서는 — 이 단서도 오리슨에게 아무런 방향 제시도 해주지 못했지만 — 시골 사람처럼 교통 신호등을 정확히 지킨다는 사실과 인도를 걸을 때 차로에 가까운 쪽보다는 상점 쪽에 붙어서 걷는 것을 선호한다는 것뿐이었다. 한번은 그가 걸음을 멈추고 신사용품점 진열창 안을 유심히 들여다보았다.

 "크레이프 넥타이로군." 그가 말했다. "대학을 나온 이후로 이런 걸 본 적이 없어."

"어느 대학에 다니셨어요?"

"매사추세츠 공대."

"훌륭한 대학을 다니셨군요."

"다음 주에 찾아가서 한번 구경해볼까 해. 어디 이 근처에서 식사를 하세." 두 사람은 50번가 북쪽에 있었다. "자네가 골라줘."

길모퉁이를 돌자 작은 차양이 달린 괜찮은 레스토랑이 있었다.

"가장 보고 싶은 게 뭔가요?" 자리에 앉을 때 오리슨이 물었다.

트림블은 생각에 잠겼다.

"글쎄……. 사람들의 뒤통수." 그가 말했다. "그리고 사람들의 목. 머리가 몸에 어떻게 연결되어 있는지 보고 싶어. 저 두 어린 소녀들이 자기 아버지에게 뭐라고 말하는지 듣고 싶어. 저 애들이 말하는 내용을 듣고 싶다기보다는 그 말들이 허공을 떠다니는지, 아니면 가라앉는지, 말을 마쳤을 때 저 애들의 입이 어떻게 닫히는지, 그런 걸 보고 싶어. 그건 리듬의 문제일 뿐이지. 콜 포터•가 1928년에 미국으로 돌아온 이유는 미국에서 새로운 리듬이 생겨나고 있다고 느꼈기 때문이야."

오리슨은 이제 단서를 잡았다고 확신했다. 그러나 최대한 예의를 지키기 위해 더 캐묻지는 않았다. 오늘 밤 카네기 홀에서 멋

• 1891-1964. 미국의 작곡가.

진 콘서트가 있다고 말하고 싶은 갑작스러운 욕구도 억눌렀다.

"스푼의 무게는 엄청 가벼워." 트림블이 말했다. "스푼은 손잡이가 달린 작은 그릇이지. 저 웨이터의 눈빛. 나는 저 친구를 알고 있지만 저 친구는 나를 기억하지 못할 거야."

그러나 그들이 레스토랑을 나설 때, 조금 전에 언급한 그 웨이터가 다소 당황한 눈빛으로 트림블을 쳐다보았다. 트림블을 알아보는 듯한 표정이었다. 밖으로 나왔을 때 오리슨이 소리 내어 웃었다.

"10년이 지났다면 기억하지 못할 텐데요."

"아니야, 지난 5월에 저기서 저녁을 먹었어." 그는 그렇게 말하고 나서 갑자기 입을 닫았다.

상태가 심각하군. 오리슨은 그렇게 판단하고 이제부터는 가이드의 역할에 충실하겠다고 급히 마음을 바꾸었다.

"여기서는 록펠러 센터가 또렷이 보여요." 그가 활기찬 목소리로 그쪽을 가리켰다. "그리고 모든 새로운 건물의 아버지 격인 크라이슬러 빌딩과 아미스테드 빌딩도 잘 보이고요."

"아미스테드 빌딩." 트림블은 고분고분한 태도로 고개를 돌려 바라보았다. "그래, 내가 저걸 설계했지."

오리슨은 유쾌하게 고개를 저었다. 그는 온갖 종류의 사람들과 돌아다니는 것에 익숙했다. 하지만 지난 5월에 그 레스토랑에 갔었다는 것은…….

그는 아미스테드 빌딩 초석 위쪽에 부착된 황동판 옆에 멈춰 섰다. 거기에 '1928년 준공'이라고 새겨져 있었다.

트림블은 고개를 끄덕였다.

"하지만 그해 나는 노상 술에 취해 있었어. 엄청 마셔댔지. 그래서 지금까지 한 번도 그걸 본 적이 없어."

"오." 오리슨은 우물쭈물했다. "지금 들어가보고 싶으십니까?"

"안에는 들어가보았어. 여러 번. 그런데도 한 번도 보지 않은 거야. 그리고 지금 내가 보고 싶은 건 그게 아니라네. 이제는 그걸 결코 보지 못할 것 같아. 난 그저 사람들이 어떻게 걷는지, 그들의 옷과 신발과 모자가 무엇으로 만들어졌는지 보고 싶을 뿐이네. 그리고 그들의 눈과 손을 보고 싶어. 괜찮다면 나와 악수를 해주겠나?"

"물론이죠, 선생님."

"고맙네, 고마워. 정말 친절하군그래. 이상해 보일지 모르지만, 사람들은 우리가 작별 인사를 하고 있다고 생각할 거야. 나는 잠시 이 거리를 걸어볼 생각이야. 그러니 정말로 여기서 작별 인사를 하자고. 사무실 사람들에겐 내가 4시에 그리로 갈 거라고 전해주게."

트림블이 출발하자 오리슨은 그가 술집으로 들어갈지 모른다고 예상하며 그의 뒷모습을 지켜보았다. 그러나 그에게서는 그런 기색이 전혀 보이지 않았고, 예전에 그런 기색을 보였던 것 같지도 않았다.

"오, 주여," 오리슨이 자기 자신에게 말했다. "10년 동안이나 술에 취해 있었다니."

그는 갑자기 자신의 코트를 만지며 질감을 느껴보았다. 그러고 나서 손을 뻗어 옆에 있는 빌딩의 화강암을 엄지로 꾹 눌러보았다.

에세이

나의 잃어버린 도시

My Lost City

나의 잃어버린 도시

1932년 7월에 집필되었으나 사후에 발표된 작품이다. 이 작품도 〈알코올에 빠져〉와 마찬가지로 40여 년 전에 번역했는데(그때의 제목은 '마이 로스트 시티'였다), 이번에 새로 번역했다. 개인적으로 좋아하는 작품이라 조금이라도 더 정확하게 번역하고 싶었다.

피츠제럴드는 여기에서 뉴욕이라는 하나의 도시를 중심으로 자기 인생을 말한다. 당시 그는 유럽에서 막 돌아왔고, 아내 젤다는 신경쇠약에 걸려 입원과 퇴원을 되풀이하고 있었다. 미국은 어두운 불황 시대를 맞아 1920년대의 들뜨고 시끌벅적한 분위기를 잊었고 피츠제럴드의 소설 스타일도 시대에 뒤진 듯 보였다.

그러나 뉴욕이라는 도시와 자신을 이야기하는 그의 필체는 매우 치밀하고 묵직하면서도 문학적이다. 그는 머리가 아니라 펜 끝으로 깊이 생각하는 듯하다. 문장의 설득력은 아마 거기서 생겨나는 것이리라.

우선 첫째로 새벽녘에 저지의 해안을 조용히 떠나가는 페리 호가 있었다. 그 순간이 하나의 결정체가 되어 내 마음속에 뉴 욕의 첫 번째 상징으로 자리 잡았다. 5년 후 열다섯 살이 되었 을 때, 나는 브로드웨이 뮤지컬 〈퀘이커 걸〉의 이나 클레어와 〈리틀 보이 블루〉의 거트루드 브라이언을 보려고 학교에서 그 도 시로 갔다. 두 여자에 대한 희망 없는 우울한 사랑에 혼란스러워 진 나는 둘 중에서 한 사람을 선택할 수가 없었고, 그리하여 두 여자는 흐릿하게 하나로 합쳐져 소녀라는 하나의 사랑스러운 본 질적 존재가 되었다. 그 소녀라는 존재가 내게 뉴욕의 두 번째 상징이 되었다. 페리호는 승리를 의미하고 소녀는 로맨스를 의미 했다. 시간이 흐른 뒤에 이윽고 나는 이 두 가지를 어느 정도 손 에 넣게 되었다. 하지만 내게는 뉴욕의 세 번째 상징이 있었는데, 나는 그것을 어디에선가 잃어버렸다. 영원히 잃어버린 것이었다.

내가 그것을 발견한 것은 그로부터 다시 5년 후 4월의 어느 어두운 오후였다.

"이봐, 버니."* 나는 소리쳤다. "버니!"

그는 내 목소리를 듣지 못했다. 내가 탄 택시는 그를 놓쳤지만 거리를 반 블록쯤 나아갔을 때 다시 그를 보게 되었다. 인도에는 군데군데 검은 빗물 웅덩이가 있었고, 나는 예의 갈색 옷 위에 황갈색 레인코트를 입은 그가 빠른 걸음으로 인파를 헤치고 걸어가는 모습을 보았다. 그의 손에 가벼운 지팡이가 들려 있는 것을 보고 나는 충격을 받았다.

"버니!" 나는 다시 소리쳤다. 그러고 나서 그만두었다. 나는 아직 프린스턴 대학교 학생이었고, 그는 이제 어엿한 뉴요커가 되어 있었다. 비가 내리기 시작한 거리를 지팡이를 들고 빠르게 걸어가는 것은 그의 오후 산책이었고, 그와 만나기로 한 약속 시간은 아직 한 시간이나 남았기 때문에 자신의 일상에 몰두해 있는 그를 불쑥 불러 세우는 것은 사생활 침해 같았다. 그렇지만 택시는 그가 걷는 속도와 비슷하게 나아갔으므로 나는 계속 그를 지켜보았고, 문득 감명을 받았다. 버니는 이제 프린스턴 캠퍼스의 수줍고 앳된 학자가 아니었다. 생각에 잠긴 표정으로 똑바로 앞을 보고 걷는 그의 걸음걸이는 자신감에 차 있었다. 새로

---

* 피츠제럴드의 프린스턴 동문이자 친구인 문학 평론가 에드먼드 윌슨의 애칭.

My Lost City

운 환경이 더없이 만족스러운 게 분명했다. 나는 지금 그가 대학생 신분일 때의 모든 금기에서 해방되어 다른 세 남자와 함께 한 아파트에서 살고 있다는 것을 알고 있었다. 그러나 그를 살아가게 하는 다른 원동력이 있었고, 나는 그 새로운 것을 처음으로 알아차리게 되었다. 그것은 대도시 정신이었다.

　그때까지 나는 뉴욕이 형식적으로 보여주는 것만을 보았을 뿐이다. 나는 시골에서 올라와 훈련된 곰의 재주를 보고 놀라서 입을 다물지 못하는 딕 위팅턴*이거나 파리의 넓은 대로에 넋을 빼앗긴 남프랑스에서 올라온 젊은이에 지나지 않았다. 나는 그저 쇼를 보기 위해 올라온 사람이기에 울워스 빌딩이나 로마 전차 경주 광고판을 설계한 사람들, 혹은 뮤지컬 코미디와 문제극 제작자들에게 나처럼 안성맞춤인 관객은 없었을 것이다. 왜냐하면 나는 뉴욕의 스타일과 화려함을 실제 가치보다 훨씬 높게 평가했기 때문이다. 그러나 나는 대학 우편함으로 들어오는, 대학생이면 사실상 누구나 참여할 수 있는 데뷔탕트 무도회** 초대장에 응한 적이 한 번도 없었는데, 어떤 현실도 내 마음속에 자리 잡은 뉴욕의 찬란함을 따라올 수 없다고 느꼈기 때문이리라. 게다가 내가 당시에 어리석게도 '내 여자'라고 불렀던 여성이 중서부 사람이었기 때문에 이 세상의 따뜻함의 중심은 바로 그 중

---

* 가난한 청년이 고양이 덕분에 런던 시장이 되었다는 영국 민담의 주인공.
** 상류층 젊은 여성이 상류 사교계에 데뷔하는 무도회.

서부라는 인식이 강했고, 따라서 나는 뉴욕을 본질적으로—그녀가 뉴욕을 다녀간 짧은 시간 동안 리츠 호텔 옥상을 환하게 밝힌 하룻밤을 제외하고는—냉소적이고 무정한 곳으로 여겼다.

그러나 얼마 전에 나는 그녀를 잃어버린 게 분명했고 이제는 성숙한 남자의 세계를 원하게 되었는데, 버니의 모습이 그런 남자의 세계로서의 뉴욕을 보여주었다. 일주일 전에 페이 신부님*은 나를 라파예트 레스토랑으로 데리고 갔다. 우리 앞에 오르되브르라 불리는 요리가 멋진 깃발처럼 펼쳐졌고, 우리는 클라레**를 마셨다. 버니의 자신감이 깃든 지팡이만큼이나 의젓한 술이었다. 하지만 그곳은 어디까지나 레스토랑이었고, 레스토랑을 나와서는 우리는 다리를 건너 외곽으로 돌아가야 했다. 대학생들이 젊음을 낭비하러 가는 뉴욕은, 부스터노비스며 샌리스, 잭스 따위의 술집이 있는 뉴욕은 공포스러운 곳이 되었지만, 그럼에도 나는 그곳으로 돌아가곤 했다. 아아, 나는 적잖이 알코올의 안개 속을 헤매었고, 그럴 때마다 거룩한 나의 이상을 배신하고 있다는 느낌이 들었다. 내가 뉴욕을 찾은 것은 방탕함보다는 성에 대한 관심에서 비롯되었는데, 그 시절의 기억 중에서 즐거웠던 추억으로 남아 있는 것은 거의 없다. 언젠가 어니스트 헤밍웨이가 말했듯 카바레의 유일한 목적은 짝이 없는 남자가 고분고

---

* 프린스턴 대학에 진학하기 전에 다니던 가톨릭계 기숙학교 뉴먼 스쿨의 교장.
** 프랑스 보르도산 레드와인.

분한 여자를 찾을 수 있게 하는 것이고, 나머지는 모두 탁한 공기 속에서의 시간 낭비일 뿐이다.

그러나 그날 밤 버니의 아파트에 있노라니 삶이 감미롭고 편안했다. 내가 프린스턴 대학에서 사랑하게 된 모든 것이 더욱 섬세하게 증류되어 있는 느낌이었다. 부드러운 오보에 연주가 가득 쌓인 책으로 만들어진 견고한 바리케이드를 뚫고 간신히 방안으로 들어온 바깥 거리의 소음과 섞였다. 방 안에 있는 사람중 한 명이 초대장 봉투 여러 개를 쫙 찢어서 개봉하는 소리만이 유일하게 그 자리에 어울리지 않는 소리였다. 그것이 뉴욕에 대한 나의 세 번째 상징이 되었다. 나는 그런 아파트의 월세가 얼마나 될까 생각해보기 시작했고, 아파트를 함께 사용하기에 적당한 친구들을 머리에 떠올려보기 시작했다.

가망 없는 생각이었다. 이후 2년 동안은 교도소에 갇힌 죄수가 자신의 옷을 선택할 수 없는 것과 마찬가지로 나 자신의 운명을 마음대로 통제할 수 없는 몸이었기 때문이다. 1919년에 뉴욕으로 돌아왔을 때 나는 워싱턴 스퀘어에서의 감미롭고 평온한 삶은 꿈도 꾸지 못할 만큼 생활에 단단히 얽매여 있었다. 당면한 과제는 브롱크스에서 둘이 지낼 수 있는 비좁은 아파트의 월세를 낼 만큼의 보수를 광고 회사에서 받는 일이었다. 함께 살여자는 이전에 뉴욕을 본 적이 없었지만, 뉴욕에서 사는 것을 마음에 들어 하지 않을 정도의 분별력은 있었다. 나는 불안과 불행의 희뿌연 안개 속에서 내 인생에서 가장 예민했던 4개월을 보냈다.

뉴욕은 태초의 모든 빛깔을 지니고 있었다. 귀환한 참전 부대가 5번가를 행진했고, 여자들은 본능적으로 그들을 향해 동쪽으로, 북쪽으로 이끌렸다. 우리 미국은 마침내 명백히 가장 강력한 나라가 되었고, 그래서 공기에 축제의 기운이 감돌았다. 토요일 오후에 플라자 호텔 레드룸을 유령처럼 떠돌 때도, 술이 풍족하게 제공되는 이스트 60번가의 가든파티에 갔을 때도, 빌트모어 술집에서 프린스턴 동문들과 술잔을 기울일 때도, 나의 다른 인생은 한시도 뇌리를 떠나지 않았다. 브롱크스의 칙칙한 방, 붐비는 지하철을 타고 출퇴근하는 일, 앨라배마에서 오는 편지를 날마다 기다리는 일(편지가 올까? 뭐라고 쓰여 있을까?), 허름한 양복, 가난, 그리고 사랑이 언제나 나의 뇌리에 들러붙어 있었다. 친구들이 순조롭게 인생의 바다로 출항하는 동안 나는 나의 불완전한 배를 강물 한가운데로 저어 가려고 열심히 손발을 놀려댔다. 클럽 드방에서 젊은 여자 배우 콘스턴스 베넷을 둘러싼 화려한 젊은이들, 종전 후 첫 동창회를 예일-프린스턴 클럽에서 열고 왁자하게 떠들어대는 동문들, 내가 종종 드나들던 백만장자들의 저택 분위기…… 이런 것은 내게는 공허하기만 했다. 비록 이런 것들을 인상적인 광경이라고 인정했고, 내가 다른 로맨스에 몰두한 일을 유감스럽게 생각하긴 했지만 말이다. 아무리 즐거운 오찬도, 아무리 꿈결같이 달콤한 카바레도 다 똑같았다. 나는 클레어몬트 애비뉴에 있는 집으로, 문밖에 편지 한 통이 나를 기다리고 있을지도 모르는 집으로 부리나케 돌아가곤 했다. 뉴욕에 대한 나의 위대한 꿈들은 하나씩 하나씩 퇴색해갔다. 새 집을 알아보러 다니다가 그리니치빌리지에서 뚱뚱하고 추레한 집주인과 면담했을 때, 버니의 아파트에 매료되었던 기억은 다른 기억들과 함께 사라져버렸다. 집주인은 나에게 여자들을 데려와도 괜찮다고 말했고, 나는 그런 생각만으로도 경악스러웠다. 내가 왜 내 방에 여자들을 데려온단 말인가? 나는 여자가 있는데. 나는 거리에 가득한 활기에 분개하며 127번가를 돌아다녔다. 그러다가 심드렁해지면 그레이스 드러그스토어에서 값싼 연극표를 구입하여, 브로드웨이에 대한 한때의 열정을 떠올리며 연극에 빠져들어 몇 시간을 보내곤 했다. 나는 실패자였다. 광고 업무 능력은 그저 그랬고, 작가로서의 인생은 첫발도 떼지 못했다. 나는 그 도시가 미워서 술에 취하면 고래고래 소리 지르고 울었고, 마지막 한 푼까지 털어 술을 마시고 나서야 집으로 돌아가곤 했다……

……예측할 수 없는 도시였다. 그 후에 나에게 찾아든 것은 그 화려한 시대의 수많은 성공담 중 하나일 뿐이지만, 그러나 나 자신의 뉴욕 이야기에서는 그것이 큰 역할을 한다. 6개월 후에 내가 뉴욕으로 돌아왔을 때, 편집자와 출판사들은 문을 활짝

열고 나를 맞았다. 극장 기획자들은 희곡을 써달라고 했고, 영화사들은 영화화할 수 있는 작품을 갈구했다. 놀랍고 당황스럽게도 나는 중서부 사람으로서가 아니고, 거리를 두고 바라보는 관찰자로서도 아니고, 뉴욕이 원했던 바로 그 전형으로 받아들여졌다. 이 얘기를 하려면 1920년의 대도시에 대해 어느 정도 설명이 필요하다.

그때에도 뉴욕의 거리에는 이미 오늘날과 같은 하얗고 높은 건물들이 들어차 있었고, 호황기의 뜨겁고 활기찬 움직임이 있었다. 하지만 거기에는 전반적으로 모호하고 막연한 분위기가 감돌았다. 칼럼니스트 F.P.A.*는 창문에서 지켜보는 사람처럼 쭈뼛거리는 태도를 보이긴 했지만, 당시의 개인과 대중의 동향을 누구보다 잘 파악했다. 상류 사회와 이 나라 고유의 예술은 아직 어우러지지 않았다. 그때는 아직 엘렌 맥케이와 어빙 벌린이 결혼하기 전이었다.** 피터 아르노***의 만화에 등장하는 많은 인물들은 1920년의 일반 시민들에게는 별 의미가 없었을 것이고, F.P.A.의 칼럼을 제외하면 이 대도시의 생활상을 논하는 자리는 없었다.

• 프랭클린 피어스 애덤스(1881-1960).
•• 유대인 작곡가 벌린과 가톨릭 집안 부호의 딸인 엘렌 맥케이는 서로 사랑에 빠졌으나, 종교적인 이유로 엘렌의 부모가 반대하자 부모의 동의 없이 결혼했다. 이를 좋은 기삿거리로 여긴 언론이 두 사람의 로맨스를 시시콜콜 보도했다.
••• 1904-1968. 오랫동안 《뉴요커》 표지 일러스트를 그린 미국 만화가.

그러다가 잠깐 동안 '젊은 세대'라는 개념이 뉴욕 생활의 많은 요소를 하나로 융합했다. 50세 전후의 사람들은 여전히 400인 목록*이 통용되는 척했을 수도 있고, 맥스웰 보덴하임**은 그림과 글이 뛰어난 보헤미안적 세계가 존재하는 척했을지도 모른다. 하지만 밝고 명랑하고 활기찬 요소들의 융합은 그때 시작되었고, 처음으로 에밀리 프라이스 포스트***의 딱딱한 마호가니 테이블 디너파티보다 좀 더 생기 있는 사회가 출현했다. 이 사회는 칵테일파티를 만들어냈고, 또한 파크 애비뉴****식의 위트를 진화시켰다. 그리하여 처음으로, 교양 있는 유럽인들이 정형화된 오스트레일리아 오지 여행보다 뉴욕 여행을 더 즐겁고 재미있는 것으로 상상하게 되었다.

나는 뉴욕에서 6개월 이상 일한 기자들보다도 뉴욕에 대해 아는 게 적었고, 리츠 호텔 댄스장에 짝 없이 와서 여성을 구하는 청년들보다도 뉴욕 사회에 대해 아는 게 적었지만, 잠시 동안 시대의 대변자일 뿐 아니라 전형적인 이 시대의 산물이라는 지위에 오르게 되었다. 내가 그 역할을 할 수 없다는 것이 밝혀지기 전까지, 잠시 동안이었지만 말이다. 나는―아니, 이 시점에서

* 1892년에 선정된 뉴욕의 상류층 회원 목록.
** 1892-1954. 뉴욕 그리니치빌리지를 중심으로 활동한 보헤미안 기질의 소설가이자 시인.
*** 1873-1960. 에티켓의 권위자로 알려진 여성.
**** 뉴욕 맨해튼 중심부에 있는 번화가.

는 '우리'*라고 하는 게 더 적합하겠다 ― 뉴욕이 우리에게 무엇을 기대하는지 정확히 알지 못해서 다소 혼란스러웠다. 뉴욕이라는 대도시에서의 모험을 시작한 지 몇 달 만에 우리는 우리가 누구인지 거의 알 수 없게 되었고, 우리가 무엇인지에 대한 개념도 없었다. 공원 분수대에 뛰어들거나 경찰과 가볍게 언쟁하는 것만으로도 우리는 신문 가십에 오르내렸다. 우리가 전혀 모르는 여러 가지 문제에서 우리의 발언이 인용되기도 했다. 사실 우리가 '접촉'하는 사람들은 아직 미혼인 대학 친구들 대여섯 명과 새로 사귄 문학계 인사 몇 명뿐이었다. 시내에 남아 있는 친구가 한 명도 없고 방문할 수 있는 집이 하나도 없어서 외롭게 크리스마스를 지내야 했던 때가 기억난다. 매달릴 수 있는 핵을 찾지 못한 우리는 스스로 작은 핵이 되어서 점차 우리의 분열적인 성격을 동시대 뉴욕의 풍경에 끼워 넣었다. 어쩌면 뉴욕이 우리를 잊어버리고 우리가 뉴욕에서 지낼 수 있도록 내버려두었는지도 모른다.

이 글은 뉴욕의 변화에 관한 설명이 아니라 이 도시에 대해서 한 작가가 느끼는 감정의 변화에 관한 설명이다. 1920년의 혼란스러움 속에서 어느 무더운 일요일 밤에 택시 지붕 위에 앉아 인적 없는 5번가를 지나갔던 일이 기억난다. 리츠 호텔의 시원

• 피츠제럴드 본인과 얼마 전에 결혼한 아내 젤다를 말함.

한 일본식 정원에서 수심이 깃든 표정의 케이 로렐*과 조지 진 네이선**과 함께 점심 식사를 했던 일, 연일 밤새도록 글을 써대던 일, 좁은 아파트에 너무 많은 집세를 냈던 일, 외양은 훌륭하지만 금방 고장 나는 차들을 샀던 일 따위도 기억난다. 최초의 주류 밀매점들이 생겨났고, 토들***은 구식 춤이 되었다. '몽마르트'가 말쑥한 최신 댄스 홀이었는데, 여기서 릴리언 태시먼****이 술에 취한 남자 대학생들 사이에서 금발을 휘날리며 플로어를 누비곤 했다. 〈낙오자〉나 〈신성한 사랑, 세속적인 사랑〉 같은 연극이 상연되었고, 미드나이트 프롤릭*****에서는 관객이 매리언 데이비스와 팔꿈치를 붙이고 춤을 추거나, 어쩌면 쾌활한 메리 헤이******의 모습을 합창단 속에서 찾아낼 수도 있었을 것이다. 우리는 그 모든 것과 연관이 없다고 생각했다. 사람은 누구나 자신은 주변 환경과 무관하다고 생각하는지도 모른다. 우리는 오랫동안 방치된 양지바른 커다란 헛간에 들어간 어린아이 같은 기분이었다. 롱아일랜드에 있는 그리피스 스튜디오로 불려간 우리

---

* 1890-1927. 미국 여자 배우.
** 1882-1958. 미국 문학 평론가.
*** 1910년대 후반에서 20년대 초반에 유행한 춤.
**** 1896-1934. 영화배우이자 사교계의 명사.
***** 브로드웨이의 극장 기획자 플로렌츠 지그펠드가 뉴암스테르담 극장 옥상 정원에서 열었던 여성 무희들의 심야 댄스쇼.
****** 1901-1957. 무용수이자 배우.

는 〈국가의 탄생〉*에 나오는 낯익은 얼굴들을 직접 마주하고는 괜히 위축되고 떨렸다. 나중에야 나는 뉴욕이 온 나라에 제공한 풍성한 오락의 배후에 있었던 것은 수많은 길 잃은 외로운 사람들뿐이었음을 깨달았다. 배우의 세계는 우리 자신의 세계와 비슷했다. 그 세계는 뉴욕에 있지만 그들은 뉴욕에 속해 있지 않다는 점에서 그러했다. 자신에 대한 감각이 거의 없는 데다 중심도 없는 도시였다. 내가 도로시 기시**를 처음 만났을 때, 나는 우리 둘 다 북극에 서 있고 눈이 내리고 있다는 느낌을 받았다. 그 후 그들은 근거지를 찾았지만, 당연히 그곳은 뉴욕이 아니었다.

지루할 때면 우리는 위스망스***식 기행으로 이 도시를 누볐다. 어느 오후에 둘이서만 우리 '아파트'에서 올리브 샌드위치를 먹고 조이 앳킨스****가 선물한 부시밀 위스키 한 병을 마시고 나서 새로운 매력을 발산하는 뉴욕 거리로 나갔다. 낯선 문들을 통해 낯선 아파트로 들어가고, 간간이 택시를 타고 온화한 밤거리를 부드럽게 내달렸다. 마침내 우리는 뉴욕과 하나가 되어, 뉴욕을 등에 업고 모든 출입구와 출입문을 통과했다. 지금도 나는

• 영화의 아버지라고 불리는 D. W. 그리피스가 감독한 1915년 영화.
•• 1898-1968. 미국 영화배우이자 연극배우.
••• 1848-1907. 프랑스의 소설가이자 미술 평론가. 초기에는 에밀 졸라의 자연주의에 동조하였으나, 후기에는 퇴폐적, 유미적 경향의 작품을 발표하였다.
•••• 1886-1958. 1935년에 퓰리처상을 수상한 극작가이자 시인, 소설가.

아파트 같은 공동 주택에 들어갈 때가 많은데, 그럴 때면 전에 내가 여기에 (또는 바로 위층이나 바로 아래층에) 와본 적이 있다는 느낌이 들곤 한다. 언제였지? 내가 '스캔들'에서 옷을 벗으려 했던 날 밤이었나? 아니면 '피츠제럴드, 낙원의 이편에서 경찰관을 구타'하던 날 밤이었나? (나는 그 기사를 다음 날 조간신문에서 읽고 깜짝 놀랐다.) 누군가와 싸우고 구타하는 것은 결코 내가 잘하는 일이 아니었으므로 나는 웹스터 홀*에서 어떻게 그 지경에까지 이르게 되었는지 일련의 과정을 재구성해보려 했으나 결국 실패했다. 그 시기에 있었던 일 중에서 마지막으로 생각나는 것은 어느 오후 택시를 타고 연보랏빛과 장밋빛으로 물든 하늘 아래 고층 빌딩 사이를 지나가던 때의 일이다. 나는 갑자기 마구 울기 시작했다. 원하는 것을 전부 손에 넣었고, 이렇게 행복한 시절이 다시 없으리라는 것을 알았기에 그렇게 서럽게 운 것이다.

아이의 출산을 앞두고 안전을 위해 고향인 세인트폴로 돌아간 것은 뉴욕에서 우리의 입지가 얼마나 불안정했는지를 잘 보여준다. 그 화려하고 외로운 도시에서 아기를 낳는 것이 부적절해 보였던 것이다. 그러나 우리는 1년 만에 뉴욕으로 돌아왔고, 다시 똑같은 일을 시작했다. 그다지 내키지도 않으면서 말이다. 우리는 많은 일을 겪으며 달려왔지만, 그럼에도 우리는 관찰하

* 맨해튼 이스트빌리지에 위치한, 다양한 사교 행사가 열리는 이벤트 홀이자 극장.

는 역할보다는 관찰당하는 역할을 더 선호함으로써 거의 연극적인 천진함을 유지하고 있었다. 하지만 천진함이란 그 자체로 완결된 것이 아니다. 본의 아니게 우리 마음이 성숙해짐에 따라 우리는 뉴욕을 전체적으로 보게 되었고, 필연적으로 다가올 장래의 우리 자신을 위해서 그중 일부를 보존해두려고 노력했다.

너무 늦었다. 아니면 너무 빨랐던 것인지도 모른다. 우리에게 뉴욕은 어쩔 수 없이 술과 결부되어 있었다. 가볍게 마시든 진탕 마시든, 술은 피할 수 없는 것이 되었다. 우리가 온전한 정신으로 있을 수 있는 건 롱아일랜드의 집에 돌아왔을 때뿐이었는데, 집에 있을 때라고 항상 그랬던 건 아니었다. 뉴욕과 적당히 타협하며 지내는 삶에서 얻는 건 없었다. 나의 첫 번째 상징은 이제 추억이 되어버렸다. 승리는 결국 자기 안에 있다는 것을 내가 알게 되었기 때문이다. 나의 두 번째 상징은 이제 평범한 것이 되었다. 1913년에 멀리서 숭배하는 마음으로 바라보았던 두 여자 배우를 우리 집으로 초대하여 함께 식사를 했으니 말이다. 하지만 세 번째 상징마저 희미해졌다는 것을 깨닫자 마음속에 어떤 불안감이 가득 차올랐다. 버니의 아파트에서 느꼈던 그 평온함은 점점 더 빠른 속도로 변해가는 이 도시에서 더는 찾아보기 힘들어졌다. 이제 버니도 결혼했으며 곧 아버지가 될 터였다. 많은 친구들이 유럽으로 떠났고, 독신인 친구들은 우리 집보다 더 넓고 더 사교적인 분위기의 집을 자주 방문했다. 이 무렵의 우리는 '모든 사람을 알고 있는' 상태였다. 다시 말하자면 랠프 바턴*이 어느 오프닝나이트의 오케스트라 관객석을 그렸을 때, 우리는 그의 일러스트에 등장하는 사람들 대부분을 알고 있었던 것이다.

그러나 우리는 이제 중요한 인물이 아니었다. 내 첫 소설의 인기는 플래퍼**의 활동에 바탕을 두었는데, 그 플래퍼가 1923년 무렵에는 이미—적어도 동부 지역에서는—유행에 뒤처진 구식 여성이 되어 있었다. 나는 연극으로 브로드웨이에 충격을 주고자 마음먹었지만, 브로드웨이는 정찰대를 애틀랜틱시티에 보내 미리 공연을 보고 깨끗이 손을 뗌으로써 나의 계획을 무산시켰다. 그래서 지금으로선 뉴욕과 나는 서로에게 줄 것이 거의 없다고 생각했다. 그리하여 나는 내가 그동안 익숙하게 호흡해온 롱아일랜드의 분위기를 깊이 받아들여서, 그것을 익숙지 않은 어느 하늘 아래서 형상화하자고 생각했다.

우리가 뉴욕을 다시 본 것은 그로부터 3년 후였다. 배가 미끄러지듯 천천히 강을 올라갈 때 옅은 석양 속에서 이 도시가 우리 위로 찬연하게 펼쳐졌다. 맨해튼 남단 배터리 공원 옆의 하얀 빙하가 현수교의 케이블처럼 쑥 아래로 흘러 내려가다가 '업타

• 1891-1931. 1920년대에 인기가 많았던 미국의 만화가이자 캐리커처 작가.
•• 재즈 에이지로 불리던 1920년대의 젊고 자유분방한 신여성을 가리키는 말.

운'* 쪽으로 솟아올랐다. 별들에 매달린 거품 같은 경이로운 빛의 향연이었다. 갑판에서 밴드가 연주를 시작했지만, 뉴욕의 장엄한 모습이 행진곡을 사소하고 앙증맞은 것으로 만들어버렸다. 그 순간부터 나는 뉴욕이—내가 아무리 자주 이곳을 떠난다 해도—나의 고향, 나의 집이라는 것을 깨달았다.

도시의 속도는 급격히 변했다. 1920년의 불확실성은 이제 황금을 좇는 한결같은 아우성에 묻혀 사라졌고, 우리 친구들 중많은 이들이 부자가 되었다. 그렇지만 1927년 뉴욕의 들썩거림과 초조감은 거의 히스테리에 가까웠다. 파티는 점점 더 커졌다. 예를 들어, 콘데 나스트**가 주최하는 파티는, 내용은 달라졌으나 형식 면에서는 1890년대의 전설적 무도회에 비견될 정도로성대했다. 속도는 더 빨라졌다. 음식을 제공하고 소진하는 속도가 파리를 능가했다. 쇼의 규모도 더 커졌고, 빌딩은 더 높아졌으며, 도덕은 더 느슨해지고, 술은 더 싸졌다. 하지만 이 모든 편의가 사람들의 즐거움에 기여한 바는 그다지 크지 않았다. 젊은이들은 일찍 지치고 쇠잔해졌다. 스물한 살의 나이에 벌써 딱딱하고 무기력한 사람이 되어갔다. 피터 아르노를 제외하면 이들중 누구도 새로운 무언가를 만들어내는 데 기여하지 못했다. 어

• 맨해튼 북쪽.
•• 1873-1942.《보그》,《베니티페어》등의 잡지를 발행하는 미디어 기업 '콘데 나스트'의설립자.

My Lost City

쩌면 피터 아르노와 그의 일파가 뉴욕의 호황기 시절에 대해, 재즈 밴드가 말할 수 없었던 모든 것을 다 말해버렸는지도 모른다. 알코올의존자가 아닌 사람들도 일주일에 나흘씩 술에 취하는 경우가 적지 않았으며, 신경이 쇠약한 사람들이 주위에 가득했다. 사람들은 신경증의 상태에 따라 끼리끼리 어울렸고, 숙취는 일상의 일부가 되어 스페인 사람들의 낮잠처럼 공개적으로 허용되었다. 내 친구들은 대부분 술을 너무 많이 마셨다. 시대에 맞춰가는 사람일수록 술을 더 많이 마셨다. 그 시절의 뉴욕이 제공하는 혜택에 비하면 노력 자체는 별것이 아니었으므로 노력을 깔보는 단어가 발견되었다. 성공한 계획을 '야바위'라고 표현하는 것이 그것이었다. 그러므로 나는 '문학적 야바위꾼'인 셈이었다.

우리는 뉴욕에서 몇 시간밖에 안 걸리는 곳에 거주했지만, 뉴욕에 갈 때마다 이런저런 복잡하고 성가신 일에 휘말려 며칠 뒤에는 다소 지친 상태로 델라웨어행 기차에 몸을 싣곤 했다. 이제는 도시의 모든 구역이 얼마간 유해한 독소를 내뿜었다. 하지만 어두워진 후 남쪽으로 운전하여 센트럴 파크를 빠져나간 다음, 59번가 초입의 불빛이 나무 사이로 반짝이는 곳을 향해 나아갈 때면 나는 언제나 지극히 평온한 순간을 누릴 수 있었다. 나의 잃어버린 도시가 그곳에서 다시 모습을 드러냈다. 신비에 싸인 나의 약속의 도시. 그러나 호젓하고 초연한 상태는 오래가지 않왔다. 노동자들이 도시의 복판에서 살아야 하듯, 나는 어지럽게 헝클어진 마음속에서 살아야 했으므로.

대신 거기에는 주류 밀매점이 있었다. 예전에는 예일 대학이나 프린스턴 대학의 학내 출판물에도 광고를 낸 고급 술집이던 곳이 암흑가의 우락부락한 사내가 독일풍의 온화한 분위기 속에서 주위를 살피는 맥줏집으로 바뀌었고, 그런 다음에는 다시 돌처럼 굳은 표정의 남자들이 손님들을 노려보는 낯설고도 더욱 불길한 장소로 바뀌었다. 이제 그곳에서는 즐거운 분위기를 찾아볼 수 없고, 밖으로 나가서 새로이 시작하려는 하루를 오염시키려는 야만스러움만이 존재했다. 1920년에 나는 떠오르던 젊은 사업가에게 점심 식사 전에 칵테일을 권함으로써 충격을 주었다. 그러나 1929년에는 시내에 있는 사무실 가운데 절반 정도에 술이 비치되었고, 커다란 빌딩 가운데 절반 정도는 건물 안에 주류 밀매점이 있었다.

사람들은 주류 밀매점과 파크 애비뉴를 점점 더 많이 의식하고 관심을 갖게 되었다. 반면에 지난 10년 동안 그리니치빌리지, 워싱턴 스퀘어, 머레이힐, 5번가의 샤토*는 적당히 잊히거나 별로 인상적이지 않은 것이 되었다. 도시는 케이크와 서커스로 터질 듯이 배가 부르고, 배 속이 부글부글 끓고, 머리가 멍청해졌

---

* 미국의 사업가 밴더빌트와 그의 아내 앨바가 지은 프랑스 성채 모양의 대저택.

다. 초고층 빌딩이 새로 생긴다는 발표를 듣고도 "오, 그래?"라고 전과는 달리 예사롭게 말한다는 사실이 사람들의 열광이 식었다는 것을 단적으로 보여주었다. 내 머리를 이발해주던 이발사는 50만 달러를 금융 시장에 투자하고 은퇴했다. 나는 나에게 인사를 하고— 혹은 인사도 하지 않고—테이블로 나를 안내하는 수석 웨이터들이 나보다 훨씬 더 부유하다는 것을 알아차렸다. 즐겁지가 않았다. 나는 다시 한번 뉴욕에 넌더리가 났다. 그래서 배에 몸을 실었는데, 그제야 안도감이 들고 마음이 놓였다. 바가지를 씌우는 프랑스의 호텔 방을 향해 항해하는 선상 바에서는 쉴 없이 흥청대며 먹고 마시는 분위기가 여전히 남아 있었다.

"뉴욕에서 도착한 뉴스 있어?"

"주식이 오르고 있어. 아기가 폭력배를 살해했대."

"다른 뉴스는?"

"없어. 거리에서 라디오 소리가 너무 요란하대."

예전에 나는 미국인의 인생에는 2막이 없지만 뉴욕의 호황기에는 분명히 2막이 있을 거라고 생각했다. 우리가 북아프리카 어딘가에 있었을 때 우리는 아주 먼 곳에서 들려오는 둔탁한 붕괴의 소리*를 들었다. 그 소리는 사막의 황폐한 오지까지 메아리 쳤다.

• 대공황(1929-1933)이 시작되었음을 암시하는 표현.

"저게 뭐지?"

"그 소리 들었어?"

"아무것도 아니야."

"집으로 돌아가서 알아봐야 하는 거 아닐까?"

"아니야. 아무것도 아니라니까."

2년 후 가을 어둑한 시간에 다시 뉴욕에 왔다. 우리는 묘하게도 친절한 태도를 보이는 세관을 통과한 다음 모자를 손에 들고 고개를 숙인 자세로 메아리가 울려 퍼지는 묘지를 경건하게 걸어갔다. 폐허 속에서 소수의 철없는 유령들이 자신들은 여전히 건재하다는 듯 연기했지만, 상기된 목소리와 발갛게 달아오른 뺨이 그들의 얄팍하고 허술한 가식을 드러내고 있었다. 카니발이 열리던 시절의 공허한 유물로서 최후로 살아남은 칵테일 파티에서는 부상자들의 비탄의 소리가 울려 퍼졌다. "제발 나를 쏴줘. 누가 나를 좀 쏴서 죽여줘!" 죽어가는 사람들의 신음 소리와 울부짖음도 울려 퍼졌다. "'유나이티드스테이츠스틸' 주가가 또 3포인트나 떨어진 거 봤어?" 내 머리를 이발해주던 이발사는 다시 자신의 이발소에서 일을 했다. 수석 웨이터들은 다시 손님들에게 공손히 인사를 하고 테이블로 손님을 안내했다. 인사할 손님이 있다면 말이지만. 폐허 속에서 엠파이어스테이트 빌딩이 마치 스핑크스처럼 고독하게, 불가사의하게 솟아올랐다. 이 아름다운 도시에 작별을 고할 때면 플라자 호텔 옥상에 올라가 눈으로 볼 수 있는 가장 먼 곳까지 둘러보는 것이 나의 습관이었던 것처럼, 나는 이번에는 가장 높고 가장 최근에 지어진 마천루인 엠파이어스테이트 빌딩 옥상에 올라갔다. 그때 나는 이해했다. 모든 것이 설명되었다. 이 도시의 가장 큰 오류를, 판도라의 상자를 발견한 것이었다. 나는 뉴요커로서 가슴 가득 차오르는 자부심을 느끼며 이 빌딩에 올랐다가 전혀 예상치 못한 광경을 보고 크게 당황했다. 뉴욕이 내가 생각했던 것처럼 끝없이 이어지는 빌딩숲이 아님을, 끝이 있다는 것을 보게 된 것이다. 어느 방향을 보아도 뉴욕이 점점 희미해지다가 결국 전원 속으로 사라져버리는 것을, 유일하게 끝이 없는 것인 녹색과 푸른색의 드넓은 자연 속에 묻혀버리는 것을 나는 가장 높은 빌딩 옥상에서 처음으로 보았다. 결국 뉴욕은 하나의 도시일 뿐, 우주가 아니었다는 오싹한 깨달음과 함께, 내가 상상 속에서 키워온 그 빛나는 거대한 구조물이 통째로 와르르 무너져 내렸다. 그것이 앨프리드 E. 스미스*가 뉴욕 시민에게 준 경솔한 선물이었다.

그러므로 나는 나의 잃어버린 도시에 작별을 고하고자 한다. 이른 아침에 페리호에서 보는 뉴욕은 이제 화려한 성공과 영원한 젊음을 속삭이지 않는다. 관객이 거의 없는 무대를 활보하는 경망스러운 젊은 여자들은 1914년에 내가 꿈꾸던 여자들에게서

---

* 1873~1944. 뉴욕 주지사를 네 번 역임한 정치가이자 엠파이어스테이트 빌딩을 건설하고 운영한 사업가.

느낀 형언할 수 없는 아름다움을 떠올리게 하지 않는다. 그리고 지팡이를 들고 자신감에 찬 걸음걸이로 소란스러운 거리를 뒤로 하고 수도원 같은 거처를 향해 빠르게 걸어가던 버니는 이제 공산주의에 경도되어 남부 공장 노동자들과 서부 농부들이 처한 부당한 현실에 속을 끓이며 괴로워하고 있다. 15년 전만 해도 그 같은 노동자, 농부들의 목소리가 그의 서재 벽을 뚫고 들어오지 못했었다.

추억만 남기고 모든 것이 사라졌다. 그럼에도 나는 때때로 1945년에 다음과 같은 《데일리뉴스》 기사를 기묘한 흥미를 느끼며 읽고 있는 내 모습을 상상한다.

뉴욕의 50세 남성, 미쳐 날뛰다
여러 차례 사랑의 둥지를 튼 피츠제럴드 마침내……
분노한 남자에 의해 총으로 살해되었다고, 미모의 여성이 증언

이런 상상을 하는 것으로 보아 나는 언젠가 다시 뉴욕으로 돌아와 아직까지는 글로만 읽은 새로운 경험을 하게 될 운명인지도 모른다. 하지만 지금 내가 할 수 있는 것은 나의 멋진 신기루가 사라져버렸다고 소리 지르며 애석해하는 것뿐이다. 돌아오라, 돌아오라, 오, 반짝이는 하얀 광휘여!

망가지다

The Crack-Up

망가지다 | 붙여놓다 | 취급주의

1936년 2월, 3월, 4월에 발행된 《에스콰이어》에 연속으로 게재되었다. 이 세 편의 에세이를 실었다는 것만으로도 《에스콰이어》의 편집장 아널드 깅리치의 공적은 높이 평가할 만하다. 나는 개인적으로 이 에세이 3부작을 아주 좋아해 예전부터 수없이 읽고 또 읽었다. 직접 번역하고 싶었으나 나이가 더 먹어야 적당할 듯해 지금까지 손대지 않고 소중히 아껴두었다. 하지만 슬슬 적당한 때가 된 듯해 이번 기회에 번역했다.

나는 물론 피츠제럴드의 소설을 애호하는 사람이나, 그의 소설에서 어떤 구체적이거나 기술적인 영향을 받았냐고 묻는다면 거의 없다. 정신적인 영향을 받기는 했어도……. 그러나 에세이는 어느 정도 구체적인 영향을 받았을지 모른다. 긴 에세이를 쓸 때 나는 언제나 이 '망가진 3부작'과 〈나의 잃어버린 도시〉를 염두에 두기 때문이다.

헤밍웨이에게 '여성스럽다'라고 비난받은 이 에세이의 아름다움을, 그리고 여기에 숨은 단단함을 부디 맛보시길.

1

물론 모든 인생은 망가져가는 과정이지만 이 같은 일의 극적인 측면을 만드는 타격(외부에서 오는—또는 외부에서 오는 것처럼 보이는—크고 갑작스러운 타격)은, 그러니까 계속 뇌리를 맴돌 뿐만 아니라 우리가 갖가지 안 좋은 일에 대한 원인으로 돌리며 탓해대고, 마음이 약해질 때면 친구들에게 얘기하게 되는 종류의 타격은 갑자기 효과를 발휘하지는 않는다. 한편 이와는 다른 종류의, 내부에서 오는 타격이 있다. 평소에는 느끼지 못하다가 그것을 자각했을 때는 너무 늦어서 손쓸 도리가 없는, 그런 종류의 타격이다. 어느 면에서는 자신이 다시는 좋은 사람이 될 수 없다는 사실을 마침내 깨닫게 되는, 그런 타격이다. 첫 번째 종류의 타격으로 인한 손상은 순식간에 발생하는 것처럼 보인다. 두 번째 종류의 타격으로 인한 손상은 거의 알지도 못하는 사이에 일어나지만, 어느 날 갑자기 알아차리게 된다.

망가지다

이 짧은 역사를 쓰기 전에 일반적인 이야기를 하나 해보자. 1급 지성의 척도는 두 가지 대립하는 관념을 마음속에 동시에 품으면서도 그 기능을 충분히 수행할 수 있는 능력이다. 예컨대 1급 지성인이라면 상황이 절망적이라는 것을 알면서도 희망적인 상황으로 만들 각오를 다질 수 있어야 한다. 이 철학은 있을 것 같지 않은 일, 믿기 어려운 일, 그리고 종종 '불가능한 일'이 실제로 이루어지는 것을 보곤 했던, 성인이 된 지 얼마 되지 않은 나에게 잘 들어맞았다. 인생이란 내가 조금만 노력하면 뜻대로 꾸려나갈 수 있는 것이었다. 삶은 지성과 노력에, 또는 이 두 가지가 적절히 뒤섞여 발휘된 것에 쉬이 길을 내주었다. 성공한 작가가 되는 것은 낭만적인 일로 보였다. 영화배우만큼 유명해지지는 않겠지만, 명예는 더 오래갈 것이다. 강력한 정치적 혹은 종교적 신념을 지닌 사람만큼 힘을 가질 수는 없겠지만, 분명 더 독립적으로 살아갈 수 있을 것이다. 물론 어떤 직업에 종사하든 끊임없이 불만을 달고 살겠지만, 적어도 나 자신은 작가 이외의 다른 직업을 택할 생각을 해보지 않았다.

1920년대가 지나가고, 그보다 조금 앞서 나의 이십 대도 지나갔다. 젊은 시절의 두 가지 아쉬웠던 일—체격이 크지 않아서 (또는 실력이 부족해서) 대학교 미식축구 선수가 되지 못한 것과 전쟁 중에 해외로 파병되지 못한 것—은 상상 속에서 영웅적인 행동을 하는 유치한 공상으로 변질되어 나타났는데, 이는 심란한 밤에 잠을 이루는 데 적잖이 도움이 되었다. 인생의 큰 문제들은 저절로 해결되는 것 같았다. 만약 그 문제들을 해결하는 것이 어려웠다면, 나는 너무 피곤해져서 일반적인 문제에 대해서도 생각할 수 없었을 것이다.

10년 전만 해도 인생이란 대체로 개인적인 문제였다. 나는 노력해봤자 소용없다는 생각과, 싸우는 것은 필요하다는 생각 사이에서 균형을 잡아야 했다. 실패가 불가피하다는 확신과 그럼에도 '성공'하겠다는 결의 사이에서 균형을 유지해야 했고, 특히 과거의 성과가 주는 압박감과 미래의 고상한 의도 사이에 존재하는 모순을 균형 있게 다루어야 했다. 만약 내가 흔히 겪는 일반적인 어려움—가정적, 직업적, 개인적 어려움—을 이겨내고 이 일을 해낸다면, 나의 자아는 힘껏 쏜 화살이 거침없이(마침내 오직 중력에 의해 땅에 떨어질 때까지) 무에서 무로 날아가듯 그렇게 계속 날아갈 터였다.

17년* 동안—그중 중간쯤 되는 해에 일부러 빈둥거리며 쉬었던 1년을 포함하여—일은 그런 식으로 진행되었다. 새로운 일은 자잘한 일일지라도 내일을 위한 멋진 전망으로 보였다. 사는 게 순탄치 않았지만 "마흔아홉 살까지는 괜찮을 거야"라고 나 자신에게 말했다. "그럴 거라고 믿어. 이런 삶을 살아온 나 같은 인간

---

* 첫 장편소설 《낙원의 이편》이 출간된 무렵부터 이 글을 쓰는 시점까지의 기간.

이 뭘 더 바라겠어."

—그런데 마흔아홉 살을 10년 앞둔 지금, 나는 내가 이미 망가져 있다는 사실을 갑자기 깨달았다.

2

사람은 여러 가지 방식으로 망가질 수 있다. 머리가 망가질 수도 있고(이 경우 결정권은 자신의 손을 떠나 남의 손에 맡겨진다), 몸이 망가질 수도 있고(이때는 병원이라는 하얀 세계에 자신을 맡길 수밖에 없다), 신경이 망가질 수도 있다. 윌리엄 시브룩*은 영화적인 결말로 끝을 맺는 배려심 부족한 저서에서 자신이 사회의 성가신 존재가 되어간 과정을 얼마간 자존심이 담긴 어조로 말하고 있다. 그를 알코올의존증으로 이끈 것은, 또는 그가 알코올의존증과 불가분의 관계를 가지게 된 것은 신경계의 붕괴였다. 이 글을 쓰고 있는 나는 상황이 그 정도로 심하지는 않았지만—6개월 동안 맥주 한 잔도 마시지 않았다—신경의 반사 기능이 망가져서 너무 많이 분노하고 너무 많은 눈물을 흘렸다.

다시 인생에는 다양한 형태로 찾아오는 공격이 있다는 나의

---

* 1884-1945. 미국의 신비술사이자 탐험가. 여기 언급되는 책은 자신의 알코올의존증과 정신병원 생활을 담은 《정신병원》이라는 책이다.

명제로 돌아가, 내가 망가졌다는 자각은 타격과 동시에 온 것이 아니라 유예기간을 두고 나중에 찾아왔다.

　그리 오래지 않은 과거에 나는 저명한 의사의 진료실에 앉아 엄중한 선고를 듣게 되었다.* 돌이켜 생각해보면, 나는 책에 나오는 인물들처럼 내가 못다 한 일이 얼마나 많은지, 앞으로 이런저런 책무가 어떻게 될 것인지에 대해 깊이 생각하거나 크게 신경 쓰지 않은 채 어느 정도 차분한 상태로 당시 내가 살고 있던 도시에서 일상을 지속했던 것 같다. 보험도 든든하게 들어두었고, 어쨌든 나는 원래 수중에 남겨진 대부분의 것들을—심지어 재능조차도—잘 관리하지 못하는 사람이었으니까.

　그런데 갑자기 나는 홀로 외로이 있어야 한다는 강한 본능을 느꼈다. 아무도 만나고 싶지 않았다. 지금까지 평생 너무 많은 사람을 만나왔다. 나는 평균적인 사교성을 지닌 사람이지만, 나 자신을, 나의 생각을, 나의 운명을 내가 접촉하게 된 모든 계층의 사람들과 관련짓고 싶어 하는 경향은 평균 이상이었다. 나는 항상 남을 구원하거나 남에게서 구원을 받았다. 하루의 아침나절 동안에만도 워털루 전투에서 웰링턴 공작이 느꼈을 법한 여러 다양한 감정들을 겪곤 했다. 나는 도무지 이해할 수 없을 정도의 적대감을 품은 사람들과 떨어져 있기 힘든 친구와 후원자들

---

* 피츠제럴드는 결핵 진단을 받았다.

에 둘러싸여 살았다.

하지만 이제 온전히 혼자 있고 싶어진 나는 일상적인 관심사에서 격리된 환경을 스스로 마련했다.

그것은 불행한 시간이 아니었다. 나는 멀리 떠났고, 그곳엔 사람이 훨씬 적었다. 나 자신이 몹시 지쳐 있다는 것을 깨달았다. 원하는 만큼 마음대로 누울 수 있었는데, 그게 참 좋았다. 어떤 때는 하루에 스무 시간씩 자거나 졸았고, 깨어 있는 동안에는 아무 생각도 하지 않으려고 단호하게 마음먹었다. 생각하는 대신 목록을 만들었다. 목록을 만들고, 만들고 나서는 그것을 찢었다. 수백 개의 목록을 만들었다. 기병대 대장들의 목록, 미식축구 선수들의 목록, 도시, 팝송, 야구 투수, 행복했던 시절, 취미, 내가 살았던 집, 제대한 후 구입한 정장과 신발(소렌토에서 산 정장은 줄어들어서 입지 못했기에 목록에 넣지 않았다. 수년 동안 가지고 다녔지만 한 번도 착용하지 않은 펌프스 구두, 와이셔츠, 칼라도 목록에 넣지 않았다. 펌프스 구두는 눅눅하고 까슬까슬해져서 신지 않았고, 와이셔츠와 칼라는 누렇게 변색되고 풀 먹인 곳에 곰팡이까지 슬어서 착용하지 못했다) 등의 목록을 만들었다. 좋아했던 여자들의 목록도 만들고, 인격 면에서나 능력 면에서나 나보다 나을 게 없는 사람들에게 당한 모욕의 목록도 만들었다.

—그런데 갑자기, 놀랍게도 몸이 회복되었다.

—그리고 그 소식을 듣자마자 나는 마치 낡은 접시처럼 깨져

버렸다.

　이것이 이 이야기의 진정한 결말이다. 그렇다면 이제 어찌할 것인가? 이른바 '시간의 자궁' 속에 침잠하여 쉬어야 할 것이다. 다음과 같이 말하면 될 것 같다. 나는 한 시간 동안 홀로 외로이 베개를 끌어안고 있다가 지난 2년 동안의 나의 삶이란, 내가 소유하고 있지 않은 자원에서 여러 가지를 끌어다 쓴 것이었다는 사실을 깨닫기 시작했다. 육체적으로나 정신적으로나 나 자신을 고스란히 저당 잡힌 삶을 살아왔다는 것을 깨닫게 된 것이다. 이것에 비하면 몸이 회복되었다는 작은 선물이 무슨 의미가 있겠는가? 한때는 목표를 향해 나아가고 있다는 자부심과 독립적인 생활을 잘 이어갈 수 있다는 확신이 있었는데 말이다.

　나는 지난 2년 동안 뭔가(그것은 내적 고요일 수도 있고 아닐 수도 있다)를 지키기 위해 내가 사랑하는 모든 것을 멀리해왔음을 깨달았다. 아침의 칫솔질부터 친구와 함께하는 저녁 식사까지 삶의 모든 행위가 노력을 요하는 것이 되어버렸다. 오랫동안 나는 많은 사람, 많은 것들을 실제로는 좋아하지 않으면서 좋아하는 척 가식을 떨었다는 것을 알았다. 나와 가장 가까운 사람들에 대한 사랑조차도 단지 사랑하고자 하는 시도가 되고 말았다는 것을 알았다. 편집자나 담배 장수나 친구의 자녀 같은 사람들과의 예사로운 관계는 과거에 있었던 일을 떠올려야 하는 의무적인 것일 뿐이었다. 그 한 달 사이에 라디오 소리, 잡지 광고, 철로에서 나는 날카로운 쇳소리, 시골의 깊은 정적이 몹시 싫어졌다. 인간의 나약함을 경멸하게 되었고, 완고한 태도를 보면 곧바로 (겉으로 표현하지는 않더라도) 시비를 걸고 싶은 마음이 되었다. 잠을 이룰 수 없을 때는 밤을 증오하고, 낮이 되면 밤을 향해 달려간다는 이유로 낮을 증오했다. 나는 심장이 있는 쪽을 아래로 하고 모로 누워 잠들기 시작했다. 심장을 조금이라도 더 빨리 지치게 만들면 복된 악몽의 시간이 더 빨리 찾아오고, 악몽은 카타르시스처럼 작용하여 나로 하여금 새날을 더 잘 맞이할 수 있게 해준다는 것을 알기 때문이다.

어떤 장소, 어떤 얼굴들이 마음에 떠올랐다. 대부분의 중서부 사람처럼 나 역시 인종적 편견이 거의 없다. 나는 세인트폴의 현관 앞에 앉아 있는, 아직 경제적 형편이 좋지 않아서 이른바 사교계에 진출하지 못한 아름다운 북유럽계 금발 아가씨에 대한 은밀한 갈망을 늘 가슴에 품고 있었다. 그들은 '철없는 소녀'라고 부르기엔 너무 근사했고, 밝고 환한 곳으로 나가기에는 아직 시골티를 벗지 못했지만, 나는 전혀 알지 못하는 그들의 밝게 빛나는 금발을 잠깐이라도 보기 위해 도시의 거리를 몇 블록이고 배회하곤 했다. 이것은 별로 재미없는 도시 이야기이다. 이 이야기에서 벗어나 다른 한 가지 사실을 말하자면, 나는 훗날 다음과 같은 사람들을 보는 것을 견딜 수 없었다. 켈트인, 영국인, 정치가, 이방인, 버지니아 주 출신 사람, 흑인(피부색이 옅든 짙든), 사냥을 즐기는 사람, 상점 점원, 중간 상인들, 모든 작가들(작가들은 다른 어떤 부류보다도 성가신 문제를 영구히 지속할 수 있기 때문에 나는 조심스럽게 그들을 피했다), 모든 계급이라는 것, 그리고 각자의 계급에 속해 있는 구성원으로서의 그들 대부분⋯⋯.

나는 무엇에든 매달리려는 심정으로 의사를 좋아하고, 열세 살 이하의 여자아이를 좋아하고, 가정교육이 잘된 여덟 살 남짓 된 남자아이를 좋아했다. 나는 이 얼마 안 되는 한정된 범주의 사람들과 어울리며 평온함과 행복감을 느낄 수 있었다. 노인을 좋아했다는 사실을 빠뜨린 것 같다. 일흔이 넘은 노인을 좋아했지만, 얼굴에 세월의 연륜이 짙게 배어 있다면 예순 이상의 노인도 괜찮았다. 사람들이 캐서린 햅번의 허세에 대해 뭐라고 떠들든, 나는 스크린에서 보는 그녀의 얼굴을 좋아했고, 미리엄 홉킨스*의 얼굴도 좋아했다. 1년에 한 번만 만나면서도 기억을 떠올릴 수 있다면 옛 친구들도 좋았다.

이 모든 게 적잖이 비인간적이고 메마른 이야기이다. 그렇지 않은가? 그렇다. 이것이 바로 붕괴의 진짜 신호인 것이다.

그리 아름다운 그림은 아니다. 어쩔 수 없이 액자에 담겨 여기저기 옮겨지고 여러 비평가들의 눈에 노출되고 말았으니. 한 여

---

* 1902-1972. 다재다능했던 것으로 유명한 미국 여자 배우.

성 비평가는 엄청나게 활기찬 사람이어서 그녀의 삶에 비하면 다른 사람의 삶이 죽음처럼 보일 정도인데, 그녀가 욥*을 위로해주는, 썩 내키지 않는 역할을 맡은 이번에도 그랬다. 이 이야기는 이제 끝났지만, 나는 그녀와의 대화를 일종의 후기로 여기고 여기에 덧붙이고자 한다.

"자신을 너무 측은해하지 말고 들어봐요." 그녀가 말했다. (그녀는 언제나 '들어봐요'라고 말한다. 왜냐하면 이 말을 하는 동안 생각을 하기 때문이다. 정말로 열심히 생각한다.) 그래서 그녀는 이렇게 말했다. "들어봐요. 이것은 당신의 내부에 생긴 균열이 아니었다고 생각하도록 해요. 그랜드캐니언에 생긴 균열이었다고 생각하면 돼요."

"그 균열은 내 안에 생겼어요." 내가 의연히 말했다.

"들어봐요! 세상은 오직 당신 눈에만 존재해요. 당신의 관념 속에 존재한다는 말이에요. 당신은 세상을 원하는 대로 크게 만들 수도 있고 작게 만들 수도 있어요. 그런데 당신은 스스로 작고 하찮은 사람이 되려 하고 있어요. 있잖아요, 만약 나에게 균열이 생긴다면, 난 세상도 나와 함께 망가지게 만들어버릴 거예요. 들어봐요! 세상은 오직 당신의 인식을 통해서만 존재해요. 그러니 균열이 생긴 것은 당신이 아니라 그랜드캐니언이라고 말

---

* 가혹한 시련을 견뎌내는 인물로 그려진, 구약성서 〈욥기〉의 중심 인물.

하는 게 훨씬 나아요."

"스피노자 강의, 다 끝난 겁니까?"

"스피노자에 관해선 아무것도 몰라요. 내가 아는 건⋯⋯." 그러고 나서 그녀는 자신이 예전에 겪은 몇 가지 고통스러운 경험에 대해 얘기했는데, 듣고 보니 내 고통보다 그녀가 겪은 고통이 훨씬 더 괴로웠을 것 같았다. 그녀는 어떻게 그 고통들을 맞닥뜨리고, 물리치고, 이겨냈을까?

그녀가 해준 말에 대해 뭔가 반발심이 일었지만, 나는 생각이 느린 사람이었다. 그리고 그와 동시에 활력이야말로 자연의 모든 힘 중에서 가장 전달되기 힘든 힘이라는 생각이 들었다. 어떤 의무도 없이 그저 활력으로 가득 차 있던 시절에 우리는 그것을 나누어주려 했지만, 언제나 성공하지 못했다. 좀 더 비유를 섞어 말하자면, 활력은 절대 '주고받을' 수 있는 게 아니다. 건강, 갈색 눈, 명예, 바리톤 목소리 등과 같이 우리는 활력을 가지고 있거나 가지고 있지 않다. 둘 중 하나일 뿐이다. 그녀에게 활력을 좀 나누어달라고 부탁할걸. 집으로 가져가서 그것을 요리해 먹을 수 있도록 말끔히 포장해달라고 얘기해볼걸. 그렇지만 나는 그 활력이라는 것을 결코 얻을 수 없었을 것이다. 자기 연민의 깡통을 들고 1천 시간을 기다린다 해도 말이다. 내가 할 수 있는 것은 금이 간 질그릇 같은 나 자신을 아주 조심스럽게 부여잡고 그녀의 집을 나와 쓰라린 고뇌의 세계(나는 이 세계에서 찾은 재료

들로 집을 만들고 있었다)로 들어가는 것뿐이다. 그녀의 집 문밖으로 나온 후 이런 구절을 나 자신에게 읊어주었다.

"너희는 세상의 소금이니, 소금이 만일 그 맛을 잃으면 무엇으로 짜게 하리요."

〈마태복음〉 5장 13절.

붙여놓다

Pasting It Together

앞서 쓴 글에서 필자는, 알고 보니 내 앞에 놓인 것이 내가 사십 대를 위해 주문한 그 요리가 아니었음을 깨달았다는 이야기를 했다. 사실 나와 접시는 동일한 존재이므로 나는 스스로를 금이 간 접시로 표현한 것이었다. 그것은 계속 간직할 가치가 있을까, 하고 망설이게 만드는 접시다. 담당 편집자는 그 글이 너무 많은 국면을 자세한 내용을 생략한 채 다루었다고 여겼고, 많은 독자들도 그렇게 느꼈을 것이다. '불굴의 영혼'*을 주신 신들에게 고귀한 감사를 드리는 것으로 끝나지 않는 한, 모든 자기 노출이 경멸스러운 것이라고 생각하는 사람들이 세상에는 언제나 있기 마련이다.

그러나 나는 너무 오랫동안 신들에게 감사해왔고, 게다가 그

• 윌리엄 헨리(1849-1903)의 시 〈불굴(Invictus)〉에 나오는 표현.

모든 감사는 아무 실속 없이 끝났다. 나는 그저 애통한 심정을 나의 기록에 적어두고 싶었을 뿐이다. 나의 기록을 좀 더 분위기 있게 만들어줄 '에우가네안 언덕'* 같은 배경도 없이 말이다. 나로서는 에우가네안 언덕 같은 것은 어디에서도 찾아볼 수 없었다.

그러나 금 간 접시도 가끔 유용하게 쓰일 때가 있으니 가정의 필수품으로 식기장에 보관해두어야 한다. 물론 두 번 다시 화덕에 올려 데우거나 다른 접시들과 설거지통 안에 섞어놓아서는 안 된다. 그 접시가 손님 앞에 나오는 일은 없겠지만, 밤늦은 시간에 크래커를 담아두거나 먹다 남은 음식을 담아 냉장고에 넣어두는 용도로는 쓸모가 있을 것이다…….

그런 이유로 후속편을 쓴다. 이것은 금이 간 접시에 일어난 뒷이야기이다.

비탄에 빠진 사람을 치료하는 표준적인 방법은, 몹시 궁핍한 사람이나 신체적 고통을 겪는 사람을 떠올리는 것이다. 이것은 우울증 일반에 좋은 효과를 내는 전천후 방법이며, 낮 동안에는 모든 사람에게 상당히 유익한 조언이다. 그러나 깜빡 잊어버리고 못 찾은 소포 하나가 사형선고만큼이나 엄중하고 비극적인 중요성을 띠는 새벽 3시에는 그 치료법이 통하지 않는다. 한

• 이탈리아 북부 베네토 주에 위치한 언덕으로 경치가 아름답기로 유명하다. 퍼시 비시 셸리의 시에서 인용함.

편, 영혼이 칠흑 같은 어둠에 빠진 사람의 시간은 매일매일 언제나 새벽 3시다. 유치한 꿈속으로 도망침으로써 최대한 현실에 직면하는 것을 피하고 싶어지는 시간인 것이다. 그렇지만 그런 와중에도 세상과 다양하게 접촉함으로써 끊임없이 놀라며 그 꿈에서 깨어나게 된다. 그러면 그 상황에 직면한 사람은 가능한 한 빨리, 가능한 한 모른 체하며 다시 꿈속으로 물러난다. 뭔가 좋은 소재가 나오거나 정신적 차원의 요행이 찾아와 일이 자연스럽게 해결되기를 바라면서 말이다. 하지만 도피하면 할수록 요행의 기회는 점점 더 줄어든다. 그는 이제 하나의 슬픔이 희미하게 사라져가기를 기다리는 것이 아니라, 자기 자신의 인격이 해체되고 처형되는 것을 마지못해 지켜보는 목격자가 되고 만다……

광기나 약물이나 술이 들어가지 않는 한 그 국면은 결국 막다른 지경에 이르고, 그 뒤에 찾아오는 것은 공허한 정적이다. 이때가 되면 할 수 있는 일은 무엇이 떨어져나갔으며 무엇이 남아 있는가를 가늠해보려고 애쓰는 것 정도이다. 이 정적이 찾아왔을 때 나는 비로소 내가 과거에 비슷한 일을 두 차례 겪었다는 사실을 깨달았다.

첫 번째는 20년 전으로, 대학 3학년 때 말라리아 진단을 받고 프린스턴 대학을 떠나야 했던 일이다. 그 십여 년 후에 찍은 엑스레이 사진을 통해서 그 병은 실은 결핵이었던 것으로 판명

되었는데, 아무튼 병세가 심하지 않아 나는 몇 달간 휴식을 취한 후에 대학으로 돌아갔다. 하지만 그 일로 인해 몇 가지 역할을 잃었다. 그중에서도 가장 소중했던 것은 뮤지컬 코미디 극단 '트라이앵글 클럽'의 회장직이었다. 게다가 한 학년이 뒤처졌다. 나에게 대학은 결코 예전의 대학이 아니었다. 이제 표창장이나 메달을 받을 가능성도 사라졌다. 3월 어느 날 오후, 나는 내가 지금껏 원했던 것을 모두 다 잃어버린 듯한 기분이 들었다. 그날 밤 나는 처음으로 여자라는 환영을 찾아 나섰다. 그 경험으로 인해 얼마 동안은 그것 이외의 모든 것이 시시해 보였다.

많은 세월이 지난 후에야 나는 대학에서 유명인이 되지 못한 것은 그 나름대로 괜찮은 일이었다는 것을 깨달았다. 여러 위원회에서 활약하는 대신에 영시(英詩)에 흠뻑 빠졌다. 시가 무엇인지 어느 정도 알게 되고 나서는 시작법에 대해서도 배우기 시작했다. "좋아하는 것을 얻지 못한다면, 지금 수중에 있는 것을 좋아하는 것이 낫다"라는 버나드 쇼의 원칙에 따르자면, 그것은 행운이었다. 그렇지만 당시에는 리더로서의 이력이 끝났다는 사실이 무척이나 속상하고 쓰라렸다.

그날 이후로 나는 형편없는 하인 한 명도 해고할 수 없게 되었고, 쉽게 그런 일을 할 수 있는 사람을 보면 그저 놀랍고 감탄스러웠다. 남보다 우위에 서고 싶은 오랜 욕망이 부서져 사라졌다. 주변의 삶은 무겁고 침울한 꿈처럼 여겨졌고, 나는 다른 도시에 사는 한 여자*에게 편지를 쓰는 것을 삶의 낙으로 삼았다. 사람은 이런 충격에서 회복될 수 없다. 그는 다른 사람이 되고, 이 새로운 사람은 결국 새로운 것들을 찾아내어 관심을 기울이게 된다.

지금의 내 상황과 비슷한 또 하나의 에피소드가 전쟁 후에 일어났다. 내가 또다시 능력 이상으로 너무 넓게 날개를 펼쳤을 때, 그것은 돈이 부족한 탓에 비극적 운명이 예견된 흔한 연애 중 하나였다.** 그리고 어느 날, 그녀는 일반적인 상식에 근거해 우리의 관계를 끝내버렸다. 그 절망의 긴 여름 동안 나는 편지 대신 장편소설을 한 편 썼고, 그것은 좋은 결과를 낳았다. 좋은 결과이되, 다른 이유로 좋은 결과였다. 호주머니가 두둑해진 나는 1년 후에 그녀와 결혼했는데, 언제나 마음속에 유한계급에 대한 불신과 적대감을 품게 되었다. 그 불신과 적대감은 혁명가의 확고한 신념이 아니라 농민들의 마음속에서 들끓는 증오의 감정이었다. 그 이후로 나는 친구들이 가지고 있는 돈이 어디에서 왔을까 하는 궁금증을 멈출 수가 없었다. 나아가 예전 어느 시점에선가 영주의 초야권 같은 게 행사되어 그 친구들 중 한 명에게 내 여자가 주어진 것은 아닐까 하는 생각마저 들었다.

16년 동안 나는 대체로 이 후자의 인간, 즉 '다른 사람이 된

• 미네소타에 사는 연인 지네브라 킹을 말함.
•• 아내 젤다와의 연애를 말함.

인간'으로 살아왔다. 부자들을 불신하면서도 돈 때문에 일했다. 그 돈을 이용하여 '옮겨 다니며 살기'와 '우아하게 살기'라는 일부 부유한 사람들이 채택한 삶의 방식을 그들과 공유하고자 했다. 그 시기에 나는 내가 일상적으로 타고 다니던 말들을 몇 마리나 쏘아 죽이게 했다. 그 말들의 이름 중 몇 개를 아직 기억하고 있다. '구멍 난 자존심', '좌절된 기대', '불성실', '자랑', '강타', '두 번 다시'. 그리고 얼마 후 문득 정신을 차려보니 나는 이제 스물다섯 살이 아니었다. 그 얼마 후에는 서른다섯 살도 아닌 나이가 되어 있었다. 모든 것이 예전만큼 좋지는 않았다. 그러나 그 모든 기간을 통틀어 실의에 빠진 기억은 전혀 없다. 나는 정직한 사람들이 우울한 기분에 빠져 자살 충동을 느끼는 것을 많이 보았다. 그중에는 삶을 포기하고 목숨을 버린 사람들도 있고, 어떻게든 잘 극복해서 이윽고 나보다 더 큰 성공을 이룬 사람들도 있다. 하지만 나의 사기는 내가 개인적으로 과시하기 위해 꼴사나운 짓을 했을 때 느끼는 자기혐오의 수준 이하로 내려간 적이 없었다. 곤경에 처해 있다고 해서 반드시 실의에 빠지는 것은 아니다. 관절염이 뻣뻣한 관절과 다르듯, 실의는 곤경과는 다른 그 자체의 세균을 지니고 있다.

지난봄 새로운 하늘이 태양을 가렸을 때,* 나는 처음에는 그

---

* 야심차게 출간한 장편《밤은 부드러워라》의 상업적 실패를 말하는 것으로 보임.

것을 15년이나 20년 전에 일어났던 일과 연관 지어 생각하지 않았다. 그런데 시간이 흐르면서 전에 있었던 일과 어떤 유사성이 있다는 것을 점진적으로 깨닫게 되었다. 능력 이상으로 너무 넓게 날개를 펼친 일. 양쪽 끝에서 타들어가는 양초. 내가 더는 어찌하지 못하는 물적 자원에 대한 요청. 마치 은행에서 예금 잔액 이상의 돈을 인출해버린 사람 같은 기분이었다. 충격의 강도로 보자면 이 타격은 과거의 다른 두 번의 타격보다 더 강렬했지만, 그 성격에 있어서는 같은 종류의 것이었다. 황혼 무렵에 인적 없는 텅 빈 사격장에 서 있는 것 같은 느낌이었다. 내 손에는 탄창이 비어버린 소총이 들려 있고, 표적들은 이미 다 쓰러졌다. 어떤 문제도 제시되지 않았다. 거기 있는 것은 침묵뿐이고, 들리는 거라곤 나 자신의 숨소리뿐이었다.

이 침묵에는 모든 의무에 대한 광범한 무책임이 있고, 나의 모든 가치관의 동요와 위축이 있었다. 질서에 대한 열정적인 신념, 과장된 동기나 결과를 무시하고 추측과 예언 따위를 경시하는 자세, 장인의 기술과 근면함은 어느 세계에서나 존재할 거라는 느낌⋯⋯. 이 같은 신념들이 하나씩 사라져갔다. 내가 막 성숙한 성인이 되었던 시기에는 한 인간에서 다른 인간으로 사상과 감정을 전달하는 가장 강력하고 유연한 매체였던 소설이, 이제 공동적이고 기계적인 예술에 종속되어가는 것을 보았다. 이 기계적인 예술은 할리우드 장사꾼들의 손에 맡겨지든, 아니면 러시아 이상주의자의 손에 맡겨지든 간에 더없이 진부한 생각과 너무 빤한 감정만을 반영할 수 있었다. 그것은 언어가 영상에 종속되는 예술이었다. 거기에서는 공동 작업의 부작용으로 피치 못하게 인물의 개성이 약화된다. 꽤 오래전인 1930년에 나는 유성영화가 가장 잘나가는 소설가들조차도 무성영화만큼이나 낡아빠진 것으로 만들어버릴 거라는 예감을 느꼈다. 사람들은 기껏해야 캔비* 교수의 '이달의 책' 정도만 읽지만(호기심 많은 아이들은 드러그 스토어 책장에서 티파니 세이어** 씨의 너절한 책을 코를 박고 들여다본다), 아무튼 여전히 책을 읽는다. 하지만 글로 쓰인 말의 힘이 더 반짝거리고 더 천박한 다른 힘에 종속되는 것을 보는 일은 괴롭고 모욕적인 일이다. 나에게는 그 모욕감이 거의 강박관념 같은 것이 되었다. 나는 긴 밤 동안 뇌리를 떠나지 않고 나를 괴롭힌 생각의 하나의 예로서 이것을 말하고 있다. 이것은 내가 받아들일 수도 없고 맞서 싸울 수도 없는 것이다. 또한 규모가 큰 체인점이 영세한 소매상을 무너뜨리듯 나의 노력을 시대에 뒤떨어진 쓸데없는 생각으로 만들어버리는, 결코 이길 수 없는 외부의 힘이다.

(지금 책상에 앉아 내 앞에 놓인 시계를 보며 시간이 얼마나 남았는지

---

* 예일 대학 교수이자 출판인. 1926년에 '이달의 책 클럽'을 세워 독자들이 좋아할 만한 양서를 선정하고 추천함.
** 1902-1959. 환상적이고 선정적인 대중 소설을 쓴 배우 출신 작가.

확인하노라니 흡사 강연을 하는 듯한 기분이 든다.)

이 침묵의 시기에 이르렀을 때, 나는 그 누구도 자진해서 채택하지는 않는 조치를 취하지 않을 도리가 없었다. 즉, 생각을 하도록 강요당한 것이다. 맙소사, 그것은 얼마나 어려운 일인가! 생각하는 것은 커다란 비밀 트렁크들을 이리저리 들고 다니는 것과 같다. 몹시 지친 상태로 쉬고 있던 첫 휴식기에 과연 내가 생각이라는 것을 해본 적이 있었던가, 하는 의문이 들었다. 오랜 시간이 지난 후에 나는 다음과 같은 결론에 도달했다.

(1) 나는 나의 글쓰기와 관련된 문제를 제외하고는 생각이란 것을 거의 하지 않았다. 지난 20년 동안 나의 지적 양심이 되어준 사람이 있었다. 에드먼드 윌슨*이 바로 그 사람이다.

(2) '좋은 인생'에 대한 나의 감각을 대표하는 또 다른 남자가 있다. 나는 그를 10년에 한 번꼴로 보았으므로 그를 만난 이후에 그가 교수형을 당했다 해도 이상하지 않을 것이다. 그는 북서부에서 모피 사업을 하고 있는데, 여기에 자신의 이름이 거론되는 것을 좋아하지 않을 것이다. 하지만 나는 어려운 상황에 처할 때마다 그라면 어떻게 생각하고 행동했을지 생각해보려고 애썼다.

• 문학 평론가. 피츠제럴드의 프린스턴 대학 동문이자 친구로, 앞에 나온 〈나의 잃어버린 도시〉에서 '버니'로 등장한 인물.

(3) 세 번째 동시대인*은 나에게 예술적 양심이었던 사람이다. 나는 그의 전염성 강한 문체를 모방한 적이 없다. 왜냐하면 나의 문체는(변변치 않은 문체이기는 하지만) 그가 책을 출판하기 전에 이미 형성되었기 때문이다. 그렇지만 내가 곤경에 처해 있을 때는 상당히 강하게 그에게 끌렸었다.

(4) 네 번째 사람**은 내가 타인과의 인간관계가 원만했던 시기에 그런 좋은 관계를 유지하기 위해서는 무엇을 하고 무슨 말을 해야 할지에 대해 자세히 지시해준 사람이다. 사람들을 일시적으로나마 행복하게 만들기 위해서는 어떻게 해야 하는지 알려주었다(일종의 체계화된 천박함으로 모든 사람을 철저히 불편하게 만드는 방법을 알려주는 포스트 부인의 이론과는 정반대다). 그것은 항상 나를 혼란스럽게 만들고, 어딘가로 가서 술에 취하고 싶다는 생각이 들게 했지만, 이 사람은 이런 문제를 자세히 관찰하고 분석하여 승리를 거두어왔으므로 나에게는 그의 말이 충분히 유익했다.

(5) 나의 정치적 양심은 지난 10년 동안 내 작품 속에서 아이

• 어니스트 헤밍웨이를 말함.
•• 《밤은 부드러워라》에 등장하는 딕 다이버의 모델로도 알려진 제럴드 머피로 추정됨.

러니의 한 요소로 활용된 것 말고는 거의 존재하지 않았다. 내가 정치적 양심 아래 기능해야 할 시스템에 다시 관심을 가지게 되었을 때, 그것을 열정과 신선한 공기와 함께 나에게 가져다준 사람은 나보다 한참 어린 남자였다.

그러므로 나의 자존감을 세워야 할 바탕이 되는 '나'는 더 이상 없었다. 남아 있는 것은 기껏해야 고된 일을 할 수 있는 무한한 능력 정도지만, 나는 이제 그조차도 가지고 있지 않은 것 같다. 자아가 없다는 것은 이상한 일이다. 이제 하고 싶은 건 무엇이든 할 수 있다는 것을 알지만 하고 싶은 것이 아무것도 없다는 것을 깨닫게 된, 커다란 집에 혼자 남겨진 어린아이 같은 것이다.

(시계를 보니 이미 정해진 시간이 지났지만 나는 아직 논점에 도달하지 못했다. 이 글이 일반 독자들의 관심을 끌 수 있을지 다소 의심스럽다. 그러나 더 많은 이야기를 듣고 싶은 독자가 있다면, 나로서는 할 얘기가 많이 남아 있다. 편집자가 어떻게 하는 게 좋을지 나에게 말해줄 것이다. 만약 이것으로 이미 충분하다고 생각한다면 그렇게 말해주기 바란다. 그러나 너무 큰 소리로 말하지 않았으면 좋겠다. 왜냐하면 나는, 누구인지는 모르겠지만 아무튼 누군가가 깊이 잠들어 있다는 것을 느끼고 있기 때문이다. 나의 가게가 계속 열리도록 나를 도와줄 수도 있었을 누군가가 말이다. 그것은 레닌이 아니었다. 신도 아니었다.)

취급주의

Handle with Care

지금까지 대단히 낙관적이던 한 젊은이가 어떻게 해서 모든 가치가 붕괴되는 일을 경험했는지에 대해 이야기했다. 그런 붕괴가 일어난 지 한참 후에야 그 사실을 알게 되었다는 얘기도 했다. 그리고 뒤이은 황량한 시기에 대해 이야기했으며, 삶이 계속되어야 하는 필요성에 대해서도 말했다. 하지만 나는 "머리에 피가 낭자해도 결코 머리를 숙이지 않는다"*는 헨리의 익숙한 영웅주의적 언사는 빼고 말했다. 왜냐하면 나의 정신적인 문제를 자세히 진단해본 결과, 나에게는 숙이거나 숙이지 않을 머리 자체가 없다는 것이 밝혀졌기 때문이다. 한때 나는 심장을 가지고 있었다는 것, 그것이 내가 확신하는 전부였다.

"나는 느꼈다. 고로 나는 존재했다." 이것이 내가 허우적거리

• 앞에서 언급된 윌리엄 헨리의 시 〈불굴〉에 나오는 구절.

던 늪에서 벗어나기 위한 최소한의 출발점이었다. 한때 나에게 기대거나, 어려움에 처하여 나를 찾아오거나, 멀리서 편지를 보내오는 사람들이 많았던 적이 있었다. 그 사람들은 나의 조언과 삶에 대한 나의 태도를 암암리에 믿었던 것이다. 아둔하고 진부하기 짝이 없는 상인이나 더없이 부도덕한 라스푸틴*이라 할지라도 많은 사람들의 운명에 영향을 미칠 수 있는 사람이라면 분명 제 나름의 개성을 가지고 있을 것이다. 그러니 문제는 내가 어느 지점에서, 왜 변했는지 알아내는 것이 되어야 했다. 나도 모르는 사이 나의 열정과 활력이 너무 이른 시기부터 끊임없이 줄줄 새기 시작한 그 틈이 어디인지 알아내야 했다.

괴로움과 절망에서 허우적거리던 어느 밤, 나는 그 문제에 대해 깊이 생각하기 위해 서류 가방에 필요한 물건들을 챙겨 넣고 1천 마일이나 떨어진 곳으로 여행을 떠났다. 나는 아는 사람 하나 없는 작고 단조로운 마을에서 1달러짜리 방을 하나 잡은 다음, 남은 돈 전부를 양념된 고기 통조림과 크래커와 사과를 사는 데 썼다. 하지만 늘 풍족하게 먹던 세상에서 상대적인 금욕주의로 옮겨간 이 변화를 '위대한 연구'** 같은 것으로 보지 말아주기를 바란다. 나는 단지 왜 슬픔에 대해서 슬픈 태도를 취했

---

* 1872-1916. 제정 러시아의 성직자로, 황제의 신임을 얻어 국정을 좌우한 요승으로 알려진 인물.
** Research Magnificent. 허버트 조지 웰스가 1915년에 쓴 장편소설 제목.

을까, 왜 우울에 대해서 우울한 태도를 취했을까, 왜 비극에 대해서 비극적인 태도를 취했을까, 나는 왜 나의 두려움과 연민의 대상에 나 자신을 동화시켰을까 하는 것을 곰곰이 생각하기 위해 완벽하리만큼 조용한 곳을 원했을 뿐이다.

시시콜콜한 것에 정신을 팔고 있는 것처럼 보이는가? 아니, 그렇지 않다. 바로 그런 동일시가 성취를 가로막는 결과를 초래한다. 제정신인 사람들이 일을 제대로 하지 못하는 건 바로 이 같은 이유에서다. 레닌은 프롤레타리아트*의 고통을 기꺼이 견디려 하지 않았다. 워싱턴은 자기 병사들의 고통을, 디킨스는 런던 빈민들의 고통을 기꺼이 감내하려 하지 않았다. 반면에 톨스토이가 자신의 관심의 대상에 얼마간 그런 식으로 자신을 동화시키려 했을 때, 그것은 가짜였고 실패였다. 내가 이 사람들을 언급한 이유는 이들이 우리 모두에게 가장 잘 알려진 사람들이기 때문이다.

그것은 위험한 안개였다. 워즈워스가 "이 지상에서 광휘가 사라졌다"고 읊었을 때, 워즈워스는 자신도 그 광휘와 함께 지상에서 사라지고 싶은 충동을 전혀 느끼지 않았다. 존 키츠도 폐결핵에 대한 투쟁을 한시도 멈추지 않았고, 생의 마지막 순간까지 영국 시단에 이름을 남기려는 희망을 포기하지 않았다.

---

* 무산계급.

나의 자기 부정은 음습하고 어두운 것이었다. 그것은 전혀 현대적이지 않았다. 하지만 다른 사람들에게서도 그것을 보았다. 전후에 활약한 십여 명의 명예롭고 근면한 사람들에게서 그런 자기 부정의 모습을 보았던 것이다. (여러분의 목소리가 들리는군요. 예, 그래요. 그들 중에는 마르크스주의자도 있었어요.) 나와 같은 세대의 한 유명인이 반년 동안 커다란 퇴출*에 대한 생각을 만지작거리는 동안 나는 곁에서 그를 지켜보았다. 그리고 이 사람과 똑같이 저명한 다른 사람이 주변 동료들과의 어떠한 접촉도 견디지 못하고 몇 달을 정신병원에서 보내는 모습도 지켜보았다. 나는 또 삶을 포기하고 죽어간 사람들도 스무 명쯤 나열할 수 있었다.

이런 기억은 살아남은 사람들은 일종의 '완전한 탈출'을 이루어냈기에 살아남은 거라는 생각으로 나를 이끌었다. 이것은 의미심장한 말이다. 완전한 탈출은 탈옥과는 전혀 다르다. 탈옥한 사람은 아마도 새로운 감옥으로 들어가거나 옛 감옥으로 도로 끌려가게 될 것이다. 사람들이 자주 언급하는 '도피'나 '모든 것으로부터의 탈주'라는 것도 깊은 함정을 벗어나지 못하는 함정 속에서의 여행일 뿐이다. 설령 그 함정에 남태평양이 포함되어 있다 할지라도 그것은 남태평양을 그리고 싶거나 거기서 항해하

---

* 자살을 의미함.

고 싶은 사람들만을 위한 것이다. 이와 달리 완전한 탈출은 다시는 돌아갈 수 없는 것이다. 이것은 과거를 더 이상 존재하지 않게 만들어버리기 때문에 되돌아가는 것이 불가능하다. 그렇다면 인생이 나를 위해 설정한, 또는 내가 나 자신을 위해 설정한 의무를 더 이상 완수할 수 없게 되었으니, 4년 동안 뭔가 알맹이가 있는 양 가식을 떨었던 빈껍데기를 깨끗이 없애버리지 못할 이유가 있겠는가? 글을 쓰는 것이 나의 유일한 삶의 방식이므로 나는 계속 작가로 살아야 한다. 하지만 나는 하나의 인간이 되려는—친절하거나 공정하거나 관대해지려는—어떠한 시도도 그만둘 것이다. 세상에는 수많은 위조 동전이 있고, 그것들이 이런 친절, 공정, 관대 대신에 통용될 것이다. 그리고 나는 어디에서 5센트로 위조 동전 1달러어치를 구할 수 있는지 알고 있었다. 39년을 살아오는 동안 나는 관찰력이 좋은 눈으로 어디서 우유에 물을 타고, 설탕에 모래를 섞고, 모조 다이아몬드가 진짜 다이아몬드로 둔갑하고, 치장 벽토가 석재로 유통되는지 알아내는 법을 터득했다. 이제 나 자신을 주지 않으련다. 주는 행위는 모두 새로운 법의 이름—그 이름은 '헛수고'이다—아래 불법으로 금지될 것이다.

그렇게 결정하고 나니 뭔가 현실적이면서도 새로운 존재가 된 것처럼 내 안에 활기가 감돌았다. 그 첫 조치로, 내버려야 할 편지 더미를 곧장 쓰레기통에 던져 넣었다. 이 사람의 원고를 읽어주세요, 이 사람의 시를 홍보해주세요, 출연료 없이 라디오에 나와 말해주세요, 서문을 써주세요, 이 인터뷰를 해주세요, 이 연극의 플롯을 도와주세요, 이 가정 문제를 도와주세요, 배려나 자선을 베풀어주세요, 등등 대가 없이 뭔가를 요구하는 편지들이었다.

마술사의 모자는 텅 비어 있었다. 오랫동안 거기서 이런저런 물건을 꺼낸 것은 일종의 교묘한 손재주에 지나지 않았다. 이제 나는, 다른 비유를 들어 말하자면, 구원자 명부에서 영원히 삭제된 것이다.

악당이 된 것 같은 들뜬 기분이 계속되었다.

나는 마치 15년 전 그레이트넥에서 통근 열차를 타고 가던 중에 자주 보았던 번뜩이는 눈빛의 사내들이 된 듯한 기분이었다. 자기들 집만 무사하다면 내일 온 세상이 혼돈에 빠진다 해도 전혀 신경 쓰지 않는 그런 사내 말이다. 나는 이제 빈틈없고 능글맞은 그들의 일원이 되어 이런 말을 한다.

"미안하지만 비즈니스는 비즈니스야."

또는,

"이런 문제가 생기기 전에 좀 더 생각을 했어야지."

또는,

"그건 내가 이래라저래라 할 일이 아니야."

그리고 미소. 그렇다, 나는 미소를 지을 것이다. 나는 아직 그 미소를 연습 중이다. 그 미소는 호텔 지배인, 경험 많은 사교계의 베테랑, 학부모 참관일의 교장 선생님, 승강기를 운전하는 흑인, 잘난 체하며 고개를 돌리는 게이, 시장 가격의 반값으로 각본을 손에 넣는 프로듀서, 새 직장에 출근하는 간호사, 처음으로 화보를 찍는 몸 파는 여자, 희망을 간직한 채 카메라 앞을 지나가는 단역 배우, 발가락에 염증이 생긴 발레 무용수, 그리고 물론 워싱턴에서 베벌리힐스에 이르기까지 꾸며진 얼굴에 의지하는 무리 특유의 붙임성과 친절함이 넘치는 유난히 밝은 얼굴 등등, 이들 각각의 가장 좋은 부분을 모아서 결합한 미소다.

목소리도 마찬가지다. 나는 발성 교사를 따라 발성 연습을 하고 있다. 내가 그 목소리를 완벽하게 낸다면 나의 후두에서는 어떤 확신의 울림도 나타나지 않을 것이고, 단지 대화 상대자의 확신만 있게 될 것이다. 주로 "예"라는 말을 끌어내는 데 목적이 있으므로 발성 교사(변호사이다)와 나는 그 점에 집중해서 연습하고 있다. 비록 여가 시간을 이용해서 연습하고 있긴 하지만 말이다. 나는 정중한 신랄함이 묻어나도록 말하는 법을 배우고 있다. 그래야 상대가 자신들이 환영받지 못할 뿐 아니라 참을 수 없이 싫어하는 대접을 받고 있으며, 매 순간 끊임없이 혹독하게 분석당하고 있다는 느낌을 받을 테니까. 이럴 때는 물론 미소가 동반되지 않아야 할 것이다. 미소는 지친 노인이나 발버둥 치며 힘겹게 사는 젊은이들처럼 내가 상대에게서 얻을 게 아무것도 없는 경우를 위해서만 남겨질 것이다. 그런 사람들은 어차피 그런 대접에 익숙할 테니 별로 신경 쓰지도 않을 것이다.

이제 충분하다. 그것은 가벼이 다룰 문제가 아니다. 만약 당신이 젊은 작가 지망생으로, 종종 전성기의 작가들을 덮치는 감정의 마모 상태에 대한 작품을 쓰는 음울한 문학인이 되는 법을 배우기 위해 나를 만나고 싶다고 요청하는 편지를 보낸다면— 만약 당신이 이런 일을 할 정도로 젊고 어리석다면—당신이 아주 부유하고 중요한 인물의 친척이 아닌 한 나는 당신의 편지를 받았다는 답장조차 하지 않을 것이다. 그리고 만약 당신이 우리 집 창문 밖에서 굶어 죽어가고 있다면 나는 재빨리 뛰어나가서 앞에서 얘기한 그 미소와 목소리를 당신에게 건네고(손은 더는 내밀지 않고), 누군가가 5센트 동전을 꺼내 전화로 구급차를 부를 때까지 당신 주위에 머물러 있을 것이다. 그것도 거기에 뭔가 내게 도움이 되는 이야깃거리가 있다는 생각이 들 경우에 한하여.

그리하여 마침내 나는 오로지 작가가 되었다. 내가 끈질기게 추구하고자 했던 인물은 적잖은 부담이 되었으므로 그 인물상을 '딱 잘라버렸다.' 흑인 여자가 토요일 밤에 라이벌 여자를 면도칼로 베어버리듯이 별 죄책감 없이 잘라버렸다. 선량한 사람들은 그렇게 행동하도록 내버려두면 된다. 일이 너무 많은 의사들에게는 1년에 일주일간의 '휴가'를 주어 그들의 가정사를 해결하는 데 전념할 수 있게 하고, 휴가를 마친 후 바쁘게 일을 하다가 숨을 거두게 하면 된다. 일이 별로 없는 의사들에게는 한 건당 1달러짜리 환자들을 빼앗기 위한 다툼을 벌이게 하면 된다. 군인들은 죽게 해서 즉시 자신들의 이상향인 발할라*에 들어가게 하면 된다. 그것은 그들이 신과 맺은 계약이다. 작가는 스스로 그런 설정을 하지 않는 한 그런 이상을 가질 필요가 없다. 그리고 나는 이미 그런 이상을 폐기했다. 괴테 – 바이런 – 쇼의 전통을 잇고, 거기에 미국식 호화로움을 가미하여 J. P. 모건, 토팜 보클레어, 아시시의 성 프란체스코를 결합한 완전한 인간이 되고자 했던 오래된 꿈은 프린스턴 대학 신입생 시절에 미식축구 경기장에서 하루만 착용한 어깨 패드나 해외에서 한번 써보지도 못한 파병 부대의 군모 따위의 다른 잡동사니들과 함께 어딘가로 버려졌다.

그래서 어떻다는 건가? 지금 나는 이렇게 생각한다. 지각 있는 성인이라면 어느 정도 불행한 것이 자연스러운 상태라는 것이다. 또한 자신의 자질을 향상시키고자 하는 성인의 타고난 욕망, 즉 '부단한 노력'(이런 말을 사용함으로써 밥벌이를 하는 사람들이 쓰는 상투어이다)은 결국 이 불행 — 우리의 젊음과 희망에 찾아오는 최종 상태이다 — 을 가중시킬 뿐이라고 생각한다. 과거의 나 자신의 행복은 종종 황홀경에 가까워서 내가 가장 사랑하는 사

• 북유럽 신화에서, 오딘을 위해 싸우다가 죽은 전사들이 머무는 궁전.

람과도 공유할 수 없을 정도였다. 그래서 나는 행복감을 가슴에 품은 채 혼자 조용한 거리나 좁은 길을 걸으면서 얼마 안 되는 행복의 조각들만을 증류하여 나의 책 속에 몇 줄로 간추려 넣을 수밖에 없었다. 그런 나의 행복, 혹은 자기기만의 재능인지 뭔지는 예외적인 것이었다고 생각한다. 그것은 자연스러운 것이 아니라 부자연스러운 것이었다. 호황기가 부자연스러웠던 것만큼이나 부자연스러웠다. 그리고 최근의 나의 경험은 그 호황기가 끝났을 때 온 나라를 휩쓸었던 절망의 물결과 비슷하다.

비록 이런 사실을 확실히 파악하는 데 몇 달이 걸렸지만, 나는 이 새로운 인식과 더불어 어떻게든 살아남을 것이다. 미국 흑인들로 하여금 가혹하기 짝이 없는 자신들의 삶의 상황을 견딜 수 있게 해준 웃음과 금욕주의가 진실에 대한 그들의 감각을 무디게 했듯이, 내게도 치러야 할 대가가 있다. 나는 이제 우편집배원을 좋아하지 않는다. 식료품 장수도, 편집자도, 사촌의 남편도 더 이상 좋아하지 않고, 그러다 보면 그들 역시 나를 싫어하게 될 것이다. 그리하여 내 삶에 아주 기분 좋은 일은 다시는 일어나지 않을 것이다. 우리 집 문에는 언제까지나 '개조심'이라는 팻말이 걸려 있을 것이다. 그래도 나는 올바른 동물이 되려고 노력할 것이고, 만약 당신이 살점이 넉넉하게 붙은 뼈다귀를 던져준다면 나는 당신의 손을 핥을 수도 있을 것이다.

젊은 날의 성공

———

Early Success

젊은 날의 성공

1937년 10월에 발행된 《아메리칸 캐벌케이드》에 실렸다.

이 시기, 피츠제럴드는 MGM과 계약을 맺고 할리우드에서 살았다. 그의 인생은 드디어 마지막 단계에 들어간다. 아직 마흔한 살밖에 되지 않았는데 마치 자신의 이른 죽음을 예상이라도 하듯 과거를 회상하는 그의 시선은 따뜻하고 사려 깊다.

"인생이 낭만적인 것이라는 믿음이야말로 너무 이른 시기에 거둔 성공의 대가이다." 이는 스콧 피츠제럴드의 작품을 이야기할 때 절대 잊어서는 안 될 중요한 문장일 것이다.

17년 전 이달에 나는 직장을 그만두었다. 사업에서 은퇴했다고 말하는 게 더 나은 표현일지도 모르겠다. 어쨌든 직장 생활을 끝냈다. 스트리트레일웨이 광고 회사는 알아서 굴러갈 것이다. 은퇴하는 것이 나에게 이익이 되어서 은퇴한 것이 아니라 빚과 절망, 약혼 파기 같은 부정적인 요인 때문에 은퇴한 것이었다. 은퇴한 나는 '장편소설을 완성하기 위해' 고향인 세인트폴로 가만가만 기어 내려갔다.

전쟁*이 끝날 때쯤 훈련소에서 쓰기 시작한 장편소설은 내 인생의 비장의 무기였다. 뉴욕에서 직장 생활을 하면서는 밀쳐두었지만, 그 소설은 황량했던 봄 한철 내내, 밑창에 두꺼운 마분지를 깐 구두처럼 내 머리를 떠나지 않았다. 여우와 거위와 콩

• 제1차 세계대전.

한 자루 이야기* 같은 상황이었다. 나는 소설을 완성하기 위해 직장을 그만두면 그녀를 잃게 되는 처지에 놓였다.

그래서 나는 내가 싫어하는 일을 붙들고 필사적으로 분투했다. 프린스턴 대학에서 얻은, 그리고 육군 최악의 부관으로 복무한 오만한 군 경력에서 얻은 모든 자신감이 서서히 사라져갔다. 잊히고 길 잃은 존재인 나는 이런저런 장소에서 허겁지겁 걸어나오곤 했다. 쌍안경을 맡긴 전당포에서, 전쟁 전에 입었던 양복을 입은 채 나간 잘나가는 친구들 모임에서, 마지막 남은 5센트 동전을 팁으로 낸 식당에서, 전쟁에서 돌아오는 옛 직원들을 위해 자리를 남겨둔 바쁘고 활기찬 사무실 등지에서…… 나는 허겁지겁 도망치듯 나왔다.

첫 단편소설이 채택되었을 때조차도 그다지 기쁘지 않았다. 나와 더치 마운트는 전철 안 광고 문안을 만드는 광고 회사의 마주보는 자리에서 일하고 있었는데, 작품이 채택되었다는 것을 알리는 같은 잡지사의 동일한 우편물이 우리 두 사람에게 각각 도착했다. 친숙한 《스마트 세트》**라는 잡지였다.

"나에게 온 수표는 30달러야. 네 것은 얼마야?"

"35달러."

---

* 여우와 거위, 콩 한 자루를 가진 농부가 배로 강을 건널 때 이 중 하나만 가지고 탈 수 있는데, 여우가 거위를 잡아먹지 않게 하고, 거위가 콩을 먹지 않게 하려면 어떻게 해야 하는가 하는 수수께끼.

** 미국의 유명한 월간 문예지.

그러나 진짜 암담한 것은 채택된 단편이 2년 전 대학생 때 쓴 작품이고, 그 이후에 쓴 10여 편의 새 작품은 편집자의 개인적인 편지조차 받지 못했다는 사실이었다. 아무래도 나는 스물두 살의 나이에 이미 퇴보하고 있는 것 같았다. 그 30달러는 앨라배마에 있는 애인에게 줄 자홍색 깃털 부채를 사는 데 썼다.

사랑에 빠지지 않았거나 '현명한' 여성과의 중매를 기다리는 내 친구들은 참을성 있게 장기전에 대비했다. 나는 그렇지 않았다. 나는 회오리바람과 사랑에 빠졌고, 그 바람을 잡아서 머리에서 끄집어내기 위해 열심히 커다란 그물을 짜야 했다. 내 머리는 짤랑거리며 떨어지는 5센트 동전과 10센트 동전이 가득한, 형편없는 음악이 끊임없이 흐르는 주크박스 같았다. 그런 상태를 지속할 수는 없었다. 그래서 그녀가 나를 버렸을 때 나는 귀향하여 장편소설을 완성했다. 그리고 갑자기 모든 게 바뀌었다. 이 글은 그 성공의 첫 번째 거친 바람과 그 바람에 실려 온 달콤한 안개에 관한 글이다. 그 시절은 짧고도 소중한 시간이다. 왜냐하면 몇 주 후, 또는 몇 달 후에 안개가 걷히고 나면 우리는 최고의 시간이 끝났다는 것을 깨닫게 되기 때문이다.

그것은 1919년 가을에 시작되었다. 그때 나는 실속 없는 빈 깡통 같은 사람이었고, 여름 내내 글을 쓰느라 정신적으로 너무 무뎌져서 노던퍼시픽 철도 공장에서 차량 지붕을 수리하는 일을 하기도 했다. 그러던 어느 날 우편집배원이 우리 집 벨을 울렸다. 그날 나는 일을 그만두고 거리를 돌아다니면서 종종 도로 한편에 차를 세우고 친구들과 지인들에게 이 소식을 알렸다. 내 장편소설 《낙원의 이편》의 출판이 결정되었다는 소식을. 그 주에 우편집배원은 우리 집 벨을 누르고 누르고 또 눌렀다. 나는 귀찮고 성가셨던 소소한 빚들을 다 갚고 정장 한 벌을 구입했다. 매일 아침 눈을 뜨면 말할 수 없이 뿌듯하고 기대에 찬 세계가 나를 맞아주었다.

소설이 출간되기를 기다리는 동안 아마추어 작가에서 프로 작가로의 탈바꿈이 시작되었다. 말하자면 삶 전체가 통째로 꿰매어져서 작업 패턴이 된 것이다. 그리하여 한 가지 일의 끝이 자동적으로 다음 일의 시작이 된다. 예전에 나는 아마추어 작가였지만, 10월에 한 여자와 함께 남부 묘지의 묘석 사이를 산책할 때에는 이미 프로 작가가 되어 있었다. 그녀가 느끼고 말한 어떤 것들에 매료된 나는 벌써부터 그것들을 소설에 담고 싶다는 열망에 사로잡혔다. 그 결과물은 훗날 단편소설 〈얼음 궁전〉으로 출간되었다. 이런 일도 있었다. 크리스마스 주간에 세인트폴에서 머물던 어느 밤, 나는 두 건의 댄스파티 초대를 거절하고 집에서 단편소설을 쓰고 있었다. 그날 저녁 친구 세 명이 전화를 해서 내가 어떤 진귀한 구경거리를 놓쳤다고 알려주었다. 이 지역에서는 유명한 한 남자가 낙타로 분장하고(낙타의 엉덩이 쪽에는 택시 운전사가 들어가 있었다) 나타났다는 것이다. 그는 초대

받지도 않은 파티에 참석하려 했다. 나는 그곳에 없었던 것을 몹시 안타까워하면서도 다음 날 그 이야기의 조각들을 모으러 열심히 돌아다녔다.

"글쎄, 나로서는 그 일이 일어났을 때 퍽 재미있었다는 것 말고는 별로 할 말이 없는데."

"아니, 그 사람이 어디서 그 택시 운전사를 구했는지는 잘 모르겠어."

"그 사람을 모르는 사람은 그게 얼마나 우습고 재미있었는지 이해하기 어려울 거야."

나는 실망해서 이렇게 말했다.

"음, 무슨 일이 일어났는지 정확히 알아내기는 어려울 것 같아. 그렇지만 나는 그 일에 대해 쓸 거야. 자네들이 말해준 것보다 열 배는 더 재미있게 써보겠어." 그래서 나는 22시간 동안 쉬지 않고 줄곧 그 일에 대해 썼다. 재미있게 쓰겠다고 떠벌렸으므로 무조건 '재미있게' 썼다. 〈낙타의 등〉은 잡지에 발표되었고, 지금도 가끔 유머 소설 선집에 실리곤 한다.

겨울의 끝 무렵에 다시 쓸 거리가 없는 시기가 찾아왔지만, 그것은 기분 좋은 재충전의 시간이기도 했다. 잠시 휴식을 취하는 동안 미국인들의 삶의 새로운 풍경이 내 눈앞에 펼쳐지기 시작했다. 1919년의 불확실성은 끝났고—앞으로 무슨 일이 일어날지, 의문의 여지가 없어 보였다—미국은 역사상 가장 성대하고 가장 번드르르한 잔치를 벌일 것이며, 그에 대해 할 얘기가 아주 많을 터였다. 다가올 황금기가 공기 중에 서려 있었다. 그 멋들어진 관대함, 무지막지한 부패, 그리고 금주법 시대의 미국의 고단하고 고통스러운 몸부림……. 내 머릿속에 떠오른 이야기들은 하나같이 재앙의 기운이 감돌았다. 내 장편소설 속의 젊고 아름다운 사람들은 파멸을 맞고, 단편소설에 나오는 다이아몬드 산은 폭파되고, 백만장자들은 토머스 하디의 소설 속 농부들만큼이나 아름답고 저주받았다. 현실에서는 아직 그런 일들이 일어나지 않았지만, 그럼에도 나는 삶이란 그들—나보다 조금 젊은 세대—이 생각하는 것처럼 분방하고 순탄한 것이 아니라고 나름대로 확신했다.

내가 두 세대 사이의 경계에 위치하고 있다는 사실이야말로 내 관점의 유리한 점이었으므로 나는 그곳에 자리 잡고 앉았다. 얼마간 자의식을 느끼며 경계에 앉은 것이다. 처음으로 수많은 우편물(단발머리 소녀를 그린 단편소설에 대한 수백 통의 편지)이 밀려들었을 때, 왜 이 편지들을 나에게 보내는 것인지 다소 우스꽝스럽게 느껴졌다. 한편으로는, 내성적인 사람이 다시 한번 자기 자신 이외의 누군가가 된다는 것은—내가 '작가'가 된다는 것은 예전에 '소위'가 되었던 것처럼—근사한 일이었다. 물론 한 인간인 나는 전적으로 육군 장교가 아니었듯 온전히 작가인 것도 아니었지만, 그러나 그 거짓된 얼굴 뒤에 뭐가 있는지 헤아려보는 사람은 없는 것 같았다. 나는 3일 만에 결혼 준비를 끝내고 결혼했고,* 인쇄기는 영화 속에서 엑스트라를 쏟아내듯 《낙원의 이편》을 계속 쏟아냈다.

책의 출간과 더불어 나는 조울증적인 정신이상 상태에 이르렀다. 분노와 행복감이 한 시간마다 교차했다. 많은 사람들은 그 작품을 모조품이라고 생각했고(어쩌면 그럴지도 모른다), 다른 많은 사람들은 그 작품을 거짓말이라고 생각했는데(그렇지는 않았다), 나는 얼떨떨한 상태에서 인터뷰를 하나 했다. 그 인터뷰에서 내가 얼마나 뛰어난 작가인지, 내가 어떻게 높은 수준에 도달했는지 이야기했다. 나를 유심히 관찰하며 인터뷰를 진행한 헤이우드 브룬은 내 말을 그대로 인용한 뒤 '이 사람은 대단히 자만심에 빠진 젊은이로 보인다'는 촌평을 덧붙였고, 며칠 동안 나를 찾는 사람이 눈에 띄게 줄었다. 나는 그를 점심 식사에 초대했고, 그 자리에서 그가 아무것도 이룬 것 없이 인생을 흘려보내는 게 안타깝다고 정중하게 말했다. 그는 이제 막 서른 살이 되었고, 그즈음에 나는 두고두고 회자됨으로써 나 스스로도 결코 잊을 수 없게 된 이런 문장을 썼다. "그녀는 빛이 바랬지만 여전히 사랑스러운 스물일곱 살 여자였다."**

나는 얼떨떨한 상태에서 스크리브너 출판사 사람들에게 내

---

* 《낙원의 이편》이 출간된 지 일주일 후에 헤어졌던 젤다 세이어와 결혼했다.
** 피츠제럴드의 단편소설 〈겨울 꿈〉에 수록된 문장.

소설이 2만 부 이상 팔릴 것 같지 않다고 말했다. 그들은 웃었고, 웃음이 가시자 내게 신인 작가의 첫 장편소설이 5천 부 팔리면 아주 성공한 편이라고 말해주었다. 그 책의 판매가 2만 부를 넘긴 것은 출간 일주일 후였던 것 같은데, 당시 나는 마음의 여유가 없었으므로 그 상황이 재미있다는 생각조차 하지 못했다.

구름 위를 걷는 듯했던 나날은 그로부터 일주일 후에 프린스턴 대학이—대학생이 아니라 검은 덩어리처럼 한데 뭉친 교수진과 동문들이—내 책을 공격했을 때 갑자기 끝났다. 히븐 총장으로부터 어조는 친절하지만 질책하는 내용의 편지가 도착했고, 한 방 가득 모인 동급생들이 갑자기 나에게 비난의 화살을 쏘아대기 시작했다. 그 여름에 나와 몇몇 일행은 하비 파이어스톤* 소유의 청록색 차를 타고 재학생 파티에 참여했다. 우리는 눈에 띄게 과시적이고 쾌활한 무리였는데, 모임을 즐기던 와중에 나는 싸움을 말리다가 실수로 눈을 맞아 멍이 들었다. 이것이 난잡한 파티였던 것처럼 과장되었고, 재학생 대표가 학교 운영 위원회에 참석하여 탄원했음에도 대학 클럽은 내게 2개월 출입 금지 조치를 내렸다. 〈졸업생 주보〉도 내 책을 비난했고, 오직 가우스 학장만이 나를 옹호하는 발언을 해주었다. 그 같은 느끼

---

* 피츠제럴드의 대학 동기생으로 파이어스톤 타이어 회사의 창업주.

하고 위선적인 일련의 과정에 나는 분통이 터졌고, 그래서 7년 동안 프린스턴 대학에 발길을 끊었다. 훗날 한 잡지사가 그런 일들에 관한 글을 한 편 써달라는 청탁을 했고, 글을 쓰기 시작했을 때 나는 내가 프린스턴을 얼마나 사랑하는지 깨달았다. 그리고 전체를 놓고 보았을 때 그 일주일간의 경험은 아주 작은 부분이라는 것을 알아차렸다. 하지만 1920년 그날, 내 성공에 따른 기쁨은 대부분 사라져버렸다.

하지만 이제 나는 프로 작가가 되었고, 작가로서 낡은 세상을 힘차게 떨쳐내지 않고는 새로운 세상을 제시할 수 없었다. 나는 칭찬과 비난, 둘 다에 대해서 견고하게 방어하는 법을 서서히 익혔다. 사람들이 엉뚱한 이유로 나의 작품을 좋아하는 경우가 아주 많았고, 은근히 비난해주었으면 싶었던 부류의 사람들이 내 작품을 좋아하는 경우도 적지 않았다. 훌륭한 작가 경력은 결코 대중을 상대로 만들어지는 것이 아니기에 나는 전례 없는 길을 두려움 없이 나아가는 법을 배웠다. 내 수입에 대해 얘기하자면, 1919년에는 글을 써서 800달러를 벌었다. 그러던 것이 1920년에는 단편소설 고료, 영화 판권, 책의 인세를 합하여 1만 8천 달러를 벌었다. 내 단편소설의 고료는 30달러에서 1천 달러로 치솟았다. 호황기 후반에 지불된 고료에 비하면 적은 금액이지만 당시의 나로서는 말할 수 없이 큰 거금이었다.

내 꿈은 이른 시기에 실현되었고, 그 꿈의 실현에 수반하여 모종의 보상과 모종의 짐이 생겨났다. 너무 일찍 성공을 이룬 사람은 운명이라는 신비로운 관념을 가지게 되는데, 그것은 의지력에 대척되는 개념이다. 최악의 경우 그것은 나폴레옹식 망상이 된다. 젊어서 성공에 이른 사람은 자신의 운명의 별이 눈부시게 빛나기 때문에 자기가 의지를 행사하는 거라고 믿는다. 서른 살에 어렵사리 두각을 드러낸 사람은 의지력과 운명이 각각 어떤 기여를 했는지에 대해서 균형 잡힌 생각을 갖는다. 마흔 살에야 그런 위치에 이른 사람은 의지력만을 강조하는 경향이 있다. 서로 차이 나는 이런 태도는 폭풍우가 당신의 배를 강타할 때 드러난다.

인생이 낭만적인 것이라는 믿음이야말로 너무 이른 시기에 거둔 성공의 대가이다. 긍정적인 의미에서는 이를 통해 젊음을 유지하게 된다고도 볼 수 있을 것이다. 사랑과 돈이라는 주요 목표가 당연시되고 흔들리는 명성이 그 매력을 잃었을 때, 나는 영원한 '해변의 카니발'을 찾아 꽤 오랜 세월을 허비했다(솔직히 나는 그 세월을 후회할 수 없다). 언젠가 이십 대 중반에 나는 차를 몰고 해안 절벽을 따라 만들어진 높다란 도로를 달리고 있었다. 저 아래 바다 위로 프랑스 리비에라 전체가 황혼 속에서 아름답게 빛나고 있었다. 내 시야가 미치는 가장 먼 곳에 몬테카를로가 있었다. 시즌이 지났으므로 이제 그곳에는 도박을 즐기는 대공들이 한 명도 남아 있지 않을 것이고, 나와 같은 호텔에서 지내며 목욕 가운 차림으로 생활하던 E. 필립스 오펜하임*은 뚱 뚱하고 근면한 남자일 뿐이었지만, 몬테카를로라는 이름 자체가 사무치게 매혹적이어서 나는 그저 절벽 도로에서 차를 세우고 의미 없는 감탄사를 토해낼 수밖에 없었다. "어 후! 어 후!" 그때 내가 보고 있던 것은 몬테카를로가 아니었다. 내가 보고 있던 것은 오래전에 발바닥 쪽에 두꺼운 마분지를 간 구두를 신고 뉴욕 거리를 걸어가던 젊은이의 마음속이었다. 나는 다시 한번 그가 되었다. 이제 더는 나 자신의 꿈이 없는 내가 짧은 순간이나마 그의 꿈을 공유하는 행운을 누렸다. 지금도 여전히, 뉴욕의 어느 가을 아침이나 너무나도 조용해서 이웃 카운티의 개 짖는 소리도 들릴 것 같은 캐롤라이나의 어느 봄밤 같은 때에, 그에게로 살금살금 다가가서 그를 놀라게 하는 때가 가끔 있다. 그렇지만 그와 내가 하나가 되었던 그 짧은 순간은, 충만한 미래와 열망에 들뜬 과거가 어우러져 하나가 된 그 찬란한 순간은—인생이 진정 하나의 꿈이었던 순간은—다시는 찾아들지 않을 것이다.

---

* 1866-1946. 영국의 스릴러 작가.

엮은이의 글

———

    내가 처음으로 번역한 책은 스콧 피츠제럴드의 소설집《마이 로스트 시티》였다. 이 책은 1981년에 출판되었는데, 내가 소설가로 데뷔한 직후였다. 이후로도 나는 창작을 하면서 피츠제럴드의 소설을 번역하는 일을 시간 간격을 두고 조금씩 계속해왔다. 이후 소설집을 몇 권 엮어 내고 장편소설《위대한 개츠비》를 번역했다.

    《마이 로스트 시티》를 번역하던 당시, 피츠제럴드의 작품은 얼마 번역되어 있지 않았고 대부분 절판되었다. 따라서 그의 작품을 일본 독자에게 널리 소개하는 게 번역자로서의 내 중요한 역할 가운데 하나가 되었다. 아직 번역 능력도 변변치 않았지만, 그 같은 열의가 나를 앞으로 나아가게 했다.

    지금은 피츠제럴드의 인지도나 평가가 당시보다 훨씬 높아져 그의 주요 작품은 대체로 쉽게 손에 넣을 수 있다.《위대한 개츠비》나 열 편 정도의 단편소설은 미국 문학의 고전으로 적지 않은 일본 독자들에게 읽혔다. 기쁜 일이다.

그러나 '읽힌' 피츠제럴드의 작품 대다수는 1920년대, 이른바 '재즈 에이지'의, 그가 작가로서 절정을 누리던 시기에 집필된 것으로, 1930년대, 특히 그 후반에 발표된 작품은 일부를 제외하면 그리 열심히 읽힌 듯 보이지 않는다. 1930년대 후반은 피츠제럴드에게는 말년에 해당하는 시기인데, 이 사람은 겨우 마흔네 살에 세상을 떠났으므로 '말년'이라는 표현은 어울리지 않을지도 모르겠다. 사실, 사십 대 중반이라면 소설가로서 제일 절정기일 테니까.

그러나 1920년대의 활약—일에서나 사생활에서나—이 너무나 화려하고 눈에 띄어, 1930년대 이후의 피츠제럴드는 자신이 이미 전성기를 지나 쇠퇴기에 들어간 인간인 듯 느꼈다(세상도 대체로 그렇게 평가했다). 과거에는 후배였던 작가 어니스트 헤밍웨이에게 인기에서도 실력에서도 추월당했고, 그 격차는 점점 벌어지는 듯 보였다. 그런 초조함도 그의 '쇠퇴기'를 앞당겼다. 또 아내 젤다가 신경쇠약으로 입원과 퇴원을 반복한 것도 사태를 부추겼다. 그리고 그는 점차 술에 빠지게 된다. 술이 들어가면 사람이 변했고, 취기가 돌면 집필도 생각만큼 이루어지지 않았다.

피츠제럴드는 일상생활에서 체험한 일을 소재로 상상력을 발휘해 부풀려 쓰는 타입의 작가이므로, 실생활이 기세를 잃고 시들면 작품 역시 그에 맞춰 빛을 잃는 경향이 있었다. 그는 젤다와 함께 적극적으로 다채로운 생활을 보내며, 두 사람의 눈으로 함께 세상을 바라보고, 거기에서 소설 집필에 필요한 다이내믹함을 얻었다. 그런 젤다―그의 또 다른 눈―를 잃은 것은, 그에게 큰 정신적 손실이었다. 이제부터 도대체 뭘 써야 하나? 그는 한없이 어려운 재정비를 해내야 했다. 또한 그는 빚을 안고(젤다의 치료에는 막대한 돈이 들었다), 음주라는 집요한 숙제와 싸우면서, 사랑하는 어린 딸 스코티를 혼자 키워야 했다.

―――――

1930년대 그의 인생을, 순서대로 따라가보자.

1930년 봄, 유럽 체류 중 젤다가 신경쇠약을 일으켰다. 댄스에 지나치게 집중한 나머지 정상적인 생활 감각을 잃고 만 것이다. 젤다의 가족은 원래 정신질환 유전 경향이 있었다고 한다. 스콧은 그녀를 스위스의 요양시설에 넣는다(이것이 나중에 《밤은 부드러워라》의 첫 무대가 된다).

1931년에 젤다는 스위스의 요양시설을 나와 귀국해 고향인 앨라배마 주 몽고메리로 돌아온다. 스콧은 경제적인 어려움을 해결하고자 단기간 할리우드로 건너가 각본 일을 한다. 그때의 경험이 〈크레이지 선데이〉라는 작품을 낳는다. 그러나 이 무렵부터 그는 돈 때문에 상업 잡지용으로 가벼운 작품을 양산하게 된다(그럴 수밖에 없었다).

1932년. 젤다는 고향 몽고메리에서 일종의 소강상태를 유지했으나, 2월에 다시 발작을 일으켜 볼티모어의 필립스 클리닉에 입원한다. 스콧은 아내를 따라 볼티모어로 이사 와 열한 살의 딸과 함께 그곳에서 한동안 생활한다. 그리고 몸을 축내며 장편소설《밤은 부드러워라》를 써 내려간다. 이 소설이야말로 나를 다시 미국 문학의 거성으로 부활시키리라, 모든 문제는 이것으로 다 해결되리라, 하는 기대가 곤경에 처한 그의 사기를 간신히 지탱했다.

1934년. 젤다의 증상이 점점 심해진다. 그런 가운데《밤은 부드러워라》가 출간된다. 그러나 그 책은 세상의 주목을 거의 받지 못한 채 사라진다. 판매도 그리 좋지 않았다. 그리고 헤밍웨이는 이 작품을 혹평했다. 자신이 이미 과거의 사람이 되고 말았다는 스콧의 낙담은 더욱 깊어진다. 소중한 소설을 술에 절어 쓰고 말았음을 그는 한없이 후회했다. 그때 술을 마시지 않았더라면……

《밤은 부드러워라》는 작가의 사후 10년 이상 지나서야 재평가되어 미국 문학의 고전으로 빛나는 지위를 얻었으나, 당시의 스콧 피츠제럴드로서는 알 수 없는 일이었다.

이 시기에 마치 결정타를 맞듯 그는 결핵이라는 진단을 받아

(다행히 중증은 아니었다), 노스캐롤라이나 각지에서 요양 생활했다. 불안한 생각에 시달리면서도 건강을 다시 추스르며 어떻게든 술을 끊으려 한 어두운 날들이었다. 그런 가운데 에세이 '망가진 3부작'을 집필한다. 전체적인 톤은 어둡지만 독특한 아름다움을 머금은 에세이이다. 쇠약함이 느껴지지 않는 단아한 문장력—그는 정말이지 마지막 순간까지 그 뛰어난 문장력을 유지했다—이 그의 심연을 정밀하게, 일종의 집념처럼 조명한다.

1937년 후반, 그는 생활을 다시 일으키기 위해 또다시 할리우드로 건너간다. 그리고 할리우드 여성 칼럼니스트 셰일라 그레이엄을 만나 동거하게 된다. 피츠제럴드는 그녀의 도움으로 마침내 술을 끊고 원하지 않는 각본 일을 계속하면서도 1939년에 새로운 장편소설《라스트 타이쿤》의 집필에 들어간다. '좋았어! 나는 아직 할 수 있을지 몰라!' 그런 희망이 그의 안에 싹튼다.

그러나 그 소설을 완성하지 못한 채 스콧은 심장발작을 일으켜 1940년 12월 21일, 셰일라의 아파트에서 갑자기 사망했다.

———

장편소설《라스트 타이쿤》이 완성되지 못한 것은 피츠제럴드 팬에게는 너무나 유감스러운 일이다. 하지만 그가 인생의 마지막에 드디어 마음을 다잡고 새로운 지점을 향해 나름 힘껏 나아가기 시작했음을 알고 독자는 가슴을 쓸어내렸을 것이다. 그러나 너무 늦어버렸다고 해야 할까…… 그동안 그는 몸을 지나치게 혹사했다.

아무리 생각해도 너무 이른 죽음—그러나 그것이 스콧 피츠제럴드라는 작가의 정해진 운명이었을 것이다. 개인적인 이야기를 덧붙이자면 나는 마흔네 살이 되었을 때 이렇게 생각했다. '그렇구나. 딱 이 나이에 피츠제럴드는 죽었구나.' 나는 그때 프린스턴 대학에 다니며(피츠제럴드의 모교다), 《태엽 감는 새 연대기》라는 장편소설을 쓰고 있었다. 그리고 통감했다. '이 작품을 마치지 못하고 죽어버린다면 틀림없이 분하겠다.'

이 책을 위해 내가 고르고 옮긴 작품은 주로 그가 말 그대로 '자기 몸을 축내며' 살았던 암울한 시대에 내놓은 작품들이다. 그러나 거기에는 깊은 절망을 헤치고 나아가려는, 그리고 어떻게든 희미한 광명을 움켜쥐려는 긍정적인 의지가 줄곧 보인다. 그것은 아마도 피츠제럴드의 작가로서의 강인한 본능일 것이다. 자기 연민이나 자기기만을 능가하는 힘을 지닌 것이다. 이 같은 그의 생각을 이 책에 수록된 작품에서 독자가 느끼고 읽어낼 수 있다면, 번역자로서 이보다 큰 기쁨은 없을 것이다.

작품 해설에서도 언급했지만, 〈알코올에 빠져〉와 〈나의 잃어버린 도시〉는 이전에 번역한 적 있는데(모두 《마이 로스트 시티》에 수

록) 둘 다 내가 개인적으로 애호하는 작품이라 이번에 처음부터
새로 번역했음을 밝혀둔다.

———

  번역 감수에서 늘 시바타 모토유키 씨에게 큰 신세를 지고 있
다. 또 요크 대학교(캐나다 토론토)의 테드 구센 교수로부터도 몇
가지 가르침을 얻었다. 감사드린다. 그리고 피츠제럴드의 번역서
를 이제까지 담당해온 주오구론샤의 편집자 요코다 도모네 씨
에게도 감사한다.

무라카미 하루키

옮긴이 **서창렬**

연세대학교 영어영문학과를 졸업했다. 옮긴 책으로 제임스 설터의 《소설을 쓰고 싶다면》《아메리칸 급행열차》, 줌파 라히리의 《저지대》《축복받은 집》을 비롯해 그레이엄 그린의 《사랑의 종말》《브라이턴 록》《그레이엄 그린》, 에이모 토울스의 《링컨 하이웨이》《모스크바의 신사》, 제프리 유제니디스의 《불평꾼들》, 앨리 스미스의 《데어 벗 포 더》 등이 있다.

옮긴이 **민경욱**

고려대학교 역사교육과를 졸업하고 전문번역가로 활동하고 있다. 옮긴 책으로 히가시노 게이고의 《11문자 살인사건》《브루투스의 심장》《백마산장 살인사건》《아름다운 흉기》, 이케이도 준의 《샤일록의 아이들》《하늘을 나는 타이어》《노사이드 게임》, 고바야시 야스미의 《분리된 기억의 세계》 신카이 마코토의 《날씨의 아이》《스즈메의 문단속》 등이 있다.

어느 작가의 오후
피츠제럴드 후기 작품집

초판 1쇄 2023년 11월 29일
초판 4쇄 2024년 1월 10일

지은이 | F. 스콧 피츠제럴드
엮은이 | 무라카미 하루키
옮긴이 | 서창렬·민경욱

발행인 | 문태진
본부장 | 서금선
책임편집 | 이준환   편집 3팀 | 허문선

기획편집팀 | 한성수 임은선 임선아 최지인 이보람 송현경 이은지 유진영 장서원 원지연
마케팅팀 | 김동준 이재성 박병국 문무현 김윤희 김은지 이지현 조용환
디자인팀 | 김현철 손성규   저작권팀 | 정선주
경영지원팀 | 노강희 윤현성 정현준 조샘 서희은 조희연 김기현
강연팀 | 장진항 조은빛 강유정 신유리

펴낸곳 | ㈜인플루엔셜
출판신고 | 2012년 5월 18일 제300-2012-1043호
주소 | (06619) 서울특별시 서초구 서초대로 398 BnK디지털타워 11층
전화 | 02)720-1034(기획편집) 02)720-1024(마케팅) 02)720-1042(강연섭외)
팩스 | 02)720-1043   전자우편 | books@influential.co.kr
홈페이지 | www.influential.co.kr

한국어판 출판권 ⓒ ㈜인플루엔셜, 2023

ISBN   979-11-6834-149-4   (03840)